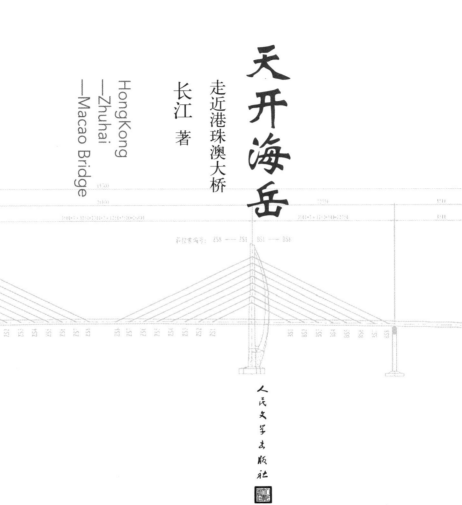

天开海岳

走近港珠澳大桥

长江 著

HongKong
—Zhuhai
—Macao Bridge

人民文学出版社

图书在版编目（CIP）数据

天开海岳：走近港珠澳大桥/长江著. —北京：人民文学出版社，2018
ISBN 978-7-02-014397-9

Ⅰ.①天… Ⅱ.①长… Ⅲ.①纪实文学—中国—当代 Ⅳ.①I25

中国版本图书馆 CIP 数据核字（2018）第 116993 号

责任编辑 孔令燕 杨新岚 于文舲
责任印制 任 祎

出版发行 人民文学出版社
社　　址 北京市朝内大街 166 号
邮政编码 100705
网　　址 http://www.rw-cn.com

印　　刷 三河市西华印务有限公司
经　　销 全国新华书店等

字　　数 219 千字
开　　本 680 毫米×960 毫米 1/16
印　　张 18.25 插页 33
印　　数 20001—23000
版　　次 2018 年 8 月北京第 1 版
印　　次 2018 年 10 月第 2 次印刷

书　　号 978-7-02-014397-9
定　　价 46.00 元

如有印装质量问题,请与本社图书销售中心调换。电话:010-65233595

建设中的港珠澳大桥全景（杨瑶琼 摄）

建设中的港珠澳大桥（港珠澳大桥管理局提供）

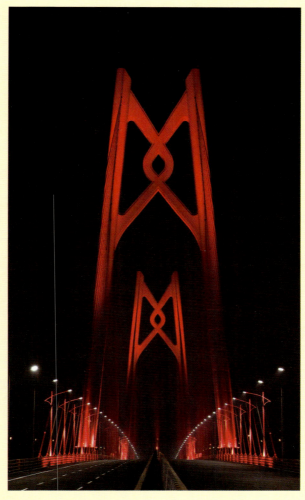

港珠澳大桥中国结桥塔夜景（陈立通　摄）

港珠澳大桥管理局员工合影（港珠澳大桥管理局提供）

港珠澳大桥管理局局长 朱永灵（港珠澳大桥管理局提供）

港珠澳大桥岛隧工程设计施工总承包项目经理部总经理、总工程师 林鸣
（中央电视台王忠新 摄）

港珠澳大桥管理局副局长 余烈（港珠澳大桥管理局提供）

港珠澳大桥管理局总工程师 苏权科（港珠澳大桥管理局提供）

港珠澳大桥管理局工程总监 张劲文（中央电视台王忠新 摄）

港珠澳大桥岛隧工程设计施工总承包项目经理部副总经理、设计负责人 刘晓东
（中央电视台王忠新 摄）

港珠澳大桥岛隧工程设计施工总承包项目经理部第五工区总工程师 岳远征
（港珠澳大桥管理局提供）

港珠澳大桥岛隧工程设计施工总承包项目经理部二工区（东人工岛项目）副经理
莫日雄（港珠澳大桥管理局提供）

中铁建电气化工程局港珠澳大桥交通工程项目经理部总经理
蔡俊福（港珠澳大桥管理局提供）

港珠澳大桥主体工程初步设计负责人孟凡超在工作现场（港珠澳大桥管理局提供）

港珠澳大桥广东长大公司 CB04 合同段项目经理余立志接受作者长江的采访，背景是通车前的港珠澳大桥（中央电视台王忠新 摄）

作者长江在港珠澳大桥工程现场（中央电视台王忠新 摄）

目　录

上　篇

　　直到有一天,我脑子里突然冒出这样的一溜小字——伶仃洋上神奇的脚印,我要写一写中国人,写一群建桥人——一群港珠澳大桥的建桥人,这冲动才变得十分明确,难舍难弃。

　　其实,茫茫大海,谁能把"脚印"留在水面?

　　不可能! 不可思议!

　　但,就是这渺小与倔强、浩渺与宏阔、人与自然的反差呈现在一个取景框里,那风景才由"伟大"渐渐透出两个震撼力更大的字——"可怕"。

　　仔细质疑:港珠澳大桥,这是座什么桥?

　　看介绍,它拥有超过 1200 亿元的巨额投资,于当今世界是最长、跨度最大、埋置最深、体量最大的跨海大桥;听名字,它是要跨越香港、珠海、澳门。但这三地之间,可是南中国海的珠江口、浩瀚无垠的伶仃洋啊,此桥是梦是幻?

　　从西往东里说,大桥从珠海抬起左脚、从澳门迈开右脚,然后身体有如神助一般飘起来,一路向东伸向香港,弄出个大大的"人"字——之所以说它是"飘",55 公里的全长啊,架在大海之上,高处鸟瞰,便是条带子。这条"带子"神龙见首不见尾,22.9 公里从珠海出发还是桥,4 公里从澳门出发也是桥,但走着走着就钻入海底不见了身影,接着6.7公里的深海隧道,从隧道再钻出,12公里跨向香港。因此从香港,也就是从东往西看过来,它又是一个颀长无比的大"Y"。

这天早上,珠海,难得的采访间隙,我步行在情侣中路滨海的大道上,太阳拨开云雾,露出笑脸,把金灿灿的阳光洒向海面,印象中一向温婉贤淑的雕像"渔女"竟变得风情万种——

为什么,为什么中国人要在伶仃洋上建一座大桥?

这桥建好了以后有什么用途、什么意义?

其实说"桥",这不仅仅是桥,是一个跨海的集群工程。它由桥、岛、隧三部分组成,是继我们国家三峡工程、青藏铁路、京沪高铁之后又一个重大基础建设项目——费用之大、难度之大、风险之大都令人错愕!

不走近,当然我可以事不关己高高挂起地为"我的国"说一句"乐见其成",但走近了,走进去了,一连二十天的满负荷采访,我才知道什么叫意义深远、作用非凡,才知道建设者们是怎样如临深渊、如履薄冰。120年的使用寿命,千人走钢丝! 毫米级标准!

为了应对这55公里的难题,特别是6.7公里的深海隧道,64项重大创新让世界瞠目,近600项技术已经申请到了国家专利。整个工程,牵一发动全身,一处处暗礁、一次次险情,最后一处"血栓"还差点要了大桥的性命——后怕啊! 采访中好几次我睁大了吃惊的眼睛,听着设计者、指挥者以及工地上最普通的工人师傅们给我讲述那不堪回首、并没有空闲说与他人的日日夜夜,一股凉气从后背爬起——咱中国争这世界第一、奇观、举世无双,干什么?

不过采访开始了,故事听进去了,浸透全身的寒气一点点被熨温、蒸热。

我知道,我该写下点什么,不然就对不起大桥的建设者,也对不起我的心——那一阵阵已经久违了的感动……

一、暗埋杀机的"5·2之夜"

2017年5月2日,不要说中国媒体,就是世界的主流媒体,也都把"长枪短炮",至少是关注的目光对准了中国南部珠江口外的伶仃洋,在这里中国人正在进行着"新现代世界七大奇迹"之一的港珠澳大桥的最后合龙。33节为了铺设海底隧道而特别预制的巨型沉管通过4年里的一次次"海底之吻"已经成功嵌入海底几十米深的海槽,这一天就等着最后一节接头——设计上称为"最终接头"——沉放入海,与一整条隧道连通,从而完成整座港珠澳大桥主体工程的全线贯通。

这一天,安装海域的指挥船——"津安3号"上,全体人员都换上了崭新的工作服。这种工作服肩头绣着鲜艳的"五星红旗",与测量塔上代表着33节沉管的33面红旗交相辉映,惹得来自荷兰的"密封产品设计师"乔尔也开口向总指挥林鸣要了一件。

6.7公里的海底隧道接通了,用老百姓的话说,55公里的"大桥"也就做成了。

但是万一连不上,或者堵在那里,就是"血栓",也就会毁了隧道乃至整座港珠澳大桥!

如神话一般,中国做什么事情还会有失败?"失败",在人们的期待中根本不存在!果然,晚上10时30分,作业海域传来捷报,最后一段接口装置在海里完成对接,管内没有水,一滴水也不漏。整座港珠澳大桥,这个巨大的海上"巨无霸",以此为标志可以向全世界宣告:"我们成功啦!"

真的?不漏水?到底漏不漏水?!

不漏,就是不漏!

太好了!

漏不漏水是隧道成功与否的最关键指标,对全世界而言,概莫能外。

伶仃洋上烟花绽放,安装船上一片欢呼——叫声、掌声、泪水——大海也跟着沸腾!

新华社迅速向全球发出通讯:

> 时间:2017 年 5 月 2 日 23 时 52 分 56 秒
>
> 导语:2 日 22 时 30 分许,重达 6000 吨的港珠澳大桥沉管隧道最终接头在经过 16 个多小时的吊装沉放后,最终安装成功。至此,经过我国交通建设者 6 年多的持续奋战,世界最大的沉管隧道——港珠澳大桥沉管隧道顺利合龙。

为了记录下这一辉煌的时刻,有关企业专门为中国中央电视台设计定制了一个有着很多只"眼睛"、外观有点像螃蟹的水下拍摄器——机器人"小黄"。这家伙不仅有一个大广角超清摄像头,还有 4 个 LED 灯和两个卤素灯,可以在水下任意变换角度进行拍摄。与此同时,装在无人机吊臂上的摄像机也于头两天到达安装海域充当"天眼",指挥船、吊装船、潜水母船也都安装了固定的摄像设备。这一回可以说天空、海上、水下,每一分钟"最终接头"的形态都在被拍摄、被记录——不能失败,不许失败,不敢失败,最后人们就只剩下一条出路——成功!

"新华社广州 5 月 2 日电"继续报道:

> 2 日 22 时 30 分许,重达 6000 吨的港珠澳大桥沉管隧道最终接头在经过 16 个多小时的吊装沉放后,最终安装成功。至此,经过我国交通建设者 6 年多的持续奋战,世界最大的沉管隧道——港珠澳大桥沉管隧道顺利合龙。
>
> 2 日 5 时 50 分许,随着港珠澳大桥岛隧项目部总经理林

鸣下达施工指令,起重能力达 12000 吨的"国之重器""振华30"的巨大主钩缓缓上升、转动,最终接头平稳吊离"振驳 28"运输船,悬停在对接位置上空。在相继完成"脐带缆"连接、姿态调整、海洋条件、控制系统、基床回淤等情况复核确认后,最终接头缓缓入水。

随着最终接头逐渐下沉,阻水面积进一步增大,龙口区流速越来越大,操控难度愈来愈大。决策团队、施工团队、保障团队全力配合,控制着最终接头缓缓竖直沉放。10 时许,最终接头没入水下。12 时许,最终接头在 28 米深海成功着床。随后小梁顶推、结合腔排水等后续作业相继完成。22 时 30 分许,经初步测量,各项指标满足预控标准,最终接头安装取得成功。

安装成功,已经成功。

这压力! 不是劈头盖脸,是扛在肩上,一分钟比一分钟更重!

然而,这个"最终接头"真的在海底被安装得严丝合缝了吗?

120 年的使用寿命,中国人真的可以向世人狠拍胸脯,说我们一点问题都没有了吗?

不!

外界不知道,但建设者不能自欺欺人。"成功"的报道我们说早了,所有的监测指标我们还差一项,那就是……

深夜,其实此时时间已经是 5 月 3 日的凌晨,港珠澳大桥"岛隧工程"各路指挥和项目负责人刚刚回到驻地,人们心情大好地放松睡下,几年的心血,连续几天的演练、准备,大家都太累了。只有总经理、总工程师林鸣心里不踏实。他在等一个电话。"他们怎么还没给我来电话?"要是以往——林鸣指的是过去 33 节沉管每次安装完毕之后,贯通测量人员的"报喜电话"早就打过来了。

林鸣等待的是什么电话?

按照设计,检测隧道沉管在海底是否实现完美对接有 GPS 系统、双人孔投点、管内贯通测量以及水下人工复核等四种测量手段。最后一个手段，也就是最后一道监测，技术人员要步行或坐电瓶车进到隧道内，打开"最终接头"的封门，亲眼检查和校验"最终接头"纵向及水平方向的安装是不是按设计要求没有超过对接误差。但是这个电话没有来。

忽然一个激灵，林鸣抄起了手机。

"怎么？误差有没有？"他把电话打给了具体的检测人员。

开始检测人员还有点不敢说："有，有一点。"

林总问："多少？误差到底是多少？"

检测人员："八九厘米……十几厘米。"支支吾吾，听着有点战战兢兢，理不直气不壮的。

"十几厘米？"对于这样的汇报，林总心里其实半块石头已经落了地。为什么说"半块"？因为港珠澳大桥全长6.7公里的海底隧道，由33节沉管组成，技术名称是E1至E33。这些沉管说"大"有多大？标准长度180米，有两个足球场的长，宽37.95米，高11.4米，重量将近8万吨，等于一个中型航母的体量。如此巨大的钢筋混凝土的"大家伙"要入海安装，再嵌入20米深的海槽，而且是从两头开始沉放，东、西两头在E29和E30中间找齐，这工程本身就难度极大。"最终接头"虽然体长没有180米，只有12米，但它的重量却也有6120吨，而且与以往的33节沉管不同，它不是和前一个已经在海槽里面安装好了的沉管头尾相连，是要像楔子一样塞进E29和E30之间，漆黑一片的大海深处，暗流汹涌，接头两旁的缝隙只有15厘米。有人形容这在海下简直是"于大风中穿针"。

夸张吗？一点也不。

八九厘米？十几厘米？到底符不符合设计标准？

林总坐不住了，他把电话打给每一个需要商量的工作人员："快，开会，开会，马上开会！"

5月3日早上6点钟，人们接到通知，走进会议室，知道大事不好,但心想也不至于有什么大难临头吧?

在会上,林总通报了刚刚听来的"坏消息",但耳听为虚,眼见为实。他马上招呼大家:"走,上船,我们去现场!"一个小时后,交通船顶着海风抵达头一天晚上的安装海域。人们从"最终接头"上方直挺挺伸出海面的一个50米高、90°角的"人孔井"鱼贯而下,一个个下到了"最终接头"的肚子里。

残酷的事实暴露在这些大桥人的眼前:"最终接头"真的出现了意外,而且它和E29管节的横向对接偏差出现的不是八九厘米,是整整的17厘米。这17厘米局外人并不知道意味着什么,茫茫大海,一个6000多吨"三明治"结构的构件与东西两座"航母们"对接,17厘米算得了什么?开始,至少我就是这么想的。

对,17厘米对沉管结构不造成影响,且纵向偏差仅为1厘米,止水带压接非常均匀,"滴水不漏",这已经很了不起。设计人员几乎都在"自我安慰"。

可不是嘛,世界上所有的海底隧道,没有一条是不漏水的,我们不漏,已经很牛!

但,设计要求是多少?允许误差是多少?

7厘米。

这7厘米是理论上的,17厘米偏差了出去也就不过只有两个拳头,更主要的是这点"偏差"在深海基槽内根本就没有安全之忧,对于双向六车道的海底隧道来说,也不涉及行车界线,经过后期装饰施工,一点都不会让它看得出来!

怎么办?每个人都皱着眉头,但每个人心里想的也都不一样!

大多数人认为"没问题",这个"大多数"既包括中国的设计师、工程师,也包括外籍的专家,比如瑞士、荷兰、日本的顾问。

来自瑞士的顶级"顶推系统"专家瓦特现场查验后提议"维持原判",理由是如果推倒重来,"最终接头"要被从现在已经卡在E29和E30之间的缝隙里顶出去再推回来,这期间一旦腔里的压力和外面的海水压力不平衡,就可能损坏两侧的止水带和顶推滑道。

荷兰人乔尔,特瑞堡公司派驻港珠澳大桥"岛隧项目"的密封产品设计师,他本来已经订好了5月3日回家的机票,就等着天一亮坐车去机场了,但早上6点接到总部通知,要他马上回现场,"最终接头"有可能会返工,重新调整姿态。乔尔取消了航班,来到海面,也和大家一样顺着测量塔的梯子进到"最终接头"的底部。两小时后他爬出海面,在决策会上发表意见:"压接状态相当好,管内滴水不漏,纵向间距、平面转角、竖向位置、竖向转角、整体线条都已经很好。为了精调一个方向就得将这些来之不易的完美部分都重新置于不确定(因素)中,我倾向于不要再重来了。"

几位外国专家和中国工程师迅速"统战"着,港珠澳大桥"岛隧工程"副总经理、总工办主任高纪兵曾经就当时现场的情况接受过我的采访,他说:"我也不同意推倒重来——'最终接头'是2016年在江苏南通生产的,但2012年我们就到日本去做过调研考察,知道了世界上目前只有两种方式,传统的'海底现浇'和另一种需要创新的'整体式结构'。'工法'共有5种。我们分8大项、将近40个专题,组织技术攻关。随后为了敲定我们的'最终接头'的型式和尺寸,有一阵子我们在会议室连着'吵架',吵了四五天,不断地质疑、论证,质疑、论证。一直到2014年年初,项目团队才达成共识,开始筹备做一个全世界独一无二的主动止水的'最终接头'。这期间我们总共组织了十余次专家咨询会,攻关会议更是开了有上百次,先后推翻了十多个方案,同时也进行了数十次的验证性实验和调试性演练,最后才形成了港珠澳大桥沉管隧道新型的整体安装方案。所以说,真不容易。当时我就不同意推倒重来,怕麻烦是一个因素,但更关键的还在于我们要为此冒极大的风险。"

"什么风险？这风险有多大？"我追问。

高纪兵答:"很大。

"第一,我们的'最终接头'理论上是可以逆向操作的,但是对逆向操作过程中可能遭遇到的风险并没有实操的预案;第二,'最终接头'和33节沉管一样,不是说什么时候安装就可以在什么时候安装的,必须在允许的'时间窗口'内完成,如果等准备工作就绪,但'时间窗口'错过了,再装就很危险;此外,还有一个巨大的阴影,那就是欧洲的厄勒海峡沉管隧道,施工中,工程技术人员尽管一步一步地也是按技术规程来操作,但鬼使神差,一段管节就是因为'密封门突然破裂'而沉入海底,延误了工期。"

高纪兵说:"后来我们真的推倒重来了,好几次险情真是吓得人手脚冰凉。"

外国专家和中国工程师继续"统战"着,只有林鸣眉头不展。

"不,4年沉管隧道安装,33次深海之吻,我们从没有这么大的偏差数据出现过。这个数据会使港珠澳大桥建设的光辉变得黯淡!"

林总开始问身边的工程副总、设计总负责人:"你们要让这个遗憾永远地留在海底吗？你们甘心吗？"

"副手"们都明白老板这是决意返工,要"一意孤行"了。

但"返工",或者说"精调",把一个已经固定在深海基槽内重达6000多吨的"大家伙"重新吊起,对准角度,再放到位置,不能保证调一次就成功,谈何容易？!

又是4个小时的集中"会诊"、务实讨论。

为了以防万一,设计人员事先已经为"最终接头"预设了一种断开装置,这就意味着"返工"是可行的。只不过茫茫大海,海浪冲击,暗流汹涌,"最终接头"一旦重新断开、提起,不成功后果是什么？顶推系统,也就是"最终接头"最核心的部分,由两侧各27

台千斤顶、顶推小梁及临时止水带组成,一旦腔内与外界(海水)的压力不平衡,脱开时就有可能被损坏乃至完全破坏,那结果可不堪设想。

"算了吧。"

"还是算了吧!"

几乎所有人都想说服林总罢手。

现在的情况已经是 60 分了,虽有遗憾,但你非要追求 90 分、100 分,那万一失败了,千古骂名,所有功劳都会因为这一处闪失而消弭殆尽,况且新闻已经报出去了,成功的后面还要再来一个"是否成功,尚未知"?

怎么办?不返工,不影响使用,但"17 厘米的偏差"是个心病,留给历史的确是一道永远也抹不去的遗憾;但返工重装,成功了便什么都好说,万一失败,中国人的脸面,整个大桥已经叫响世界的"成功"就可能毁于一旦,我们敢赌吗?!

怎么办?怎么办?怎么办?

决策者迅速思索着、权衡着——千钧压顶,何去何从?

这就是后来为什么有人形容"此一处血栓差点要了大桥的卿卿性命"!

二、中国人不是"吃饱了撑的"?

先按下林鸣最后如何"决策"不表,我得先解决掉卡在喉咙里的一块大骨头,那就是中国人为什么要建港珠澳大桥。我说过了,港珠澳大桥不仅是桥,而是桥、岛、隧一体化的跨海超级通道。那么,中国为什么要在珠江口外建这样的一座通道?为什么非要桥、岛、隧相结合?

围绕大桥的建设——特别是桥身已现，芙蓉出水，中国人真的在浩瀚的伶仃洋上用自己的实力摆弄出了一条线条优美、嫦娥广袖般的长桥——各方的议论、猜测也就漫卷而来。其中，骄傲自豪当然是大多数，为国家强大、为粤港澳三地的融合竖起大拇指；但也有人质疑，有人把话说得很难听：

港珠澳大桥，这座全球最长的大桥，在世界工程史上是个奇迹，在使用价值上却成了世界史上最大的难题——大桥即将建成通车，但给谁用？

祖国内地的车辆不能用，因为内地车牌不能出入香港和澳门。

香港的车辆不能用，因香港车牌又不能去内地和澳门。

澳门的车辆也不能用，因为澳门车牌也不可以去内地和香港……

还有更大的难题：内地的车辆靠右行，香港的车辆靠左行，那么车该怎么上桥？到底往哪边行驶？？？

三个"？？？"，看得出发帖人挺激动。

2017年12月5日，珠海的采访已经结束，《新闻调查》摄制组一行五人又来到北京北二环著名的德胜门桥的西北面，走进中国交通建设股份有限公司，采访了副总工程师、全国工程勘察设计大师同时也是港珠澳大桥主体工程的设计负责人孟凡超先生。

因为一路上听人们都在"孟大师、孟大师"地喊，我一直以为这是一位耄耋老人，至少应该是位年事已高的"老权威"，但一见面，年纪并不大啊，后来一打听，还不到六十。

来到809他的办公室，我直截了当地说："不好意思啊孟总，原来咱们的采访只是想让您补充谈谈港珠澳大桥的总体设计，现在跟您商量一下，有个更大的问题您看您能不能先谈一谈？"

孟总让座后问："什么问题？"

我们国家建设港珠澳大桥的初衷，换句话说就是为什么要建这座大桥？有人指责这是"面子工程"，是浪费，建了以后也没什么用……

孟凡超笑了。他一笑我就知道问题不大，这个问题他能谈，一些来自"网络社会"的担心甚至微词有可能属于杞人忧天。

"好，我谈。你不用担心！"孟总说。

我们坐下，面对面，摄像师已经架好了两台摄像机，一台对着他，一台对着我，很正式。

"说到为什么要建这样的一座大桥，我们得先看看它所处的地理位置。"孟总说。

浩瀚的伶仃洋，人们大概都知道，1279 年南宋大臣文天祥在广东海丰兵败被俘，押到船上，次年经过这片中国南部珠江口外的海域，留下了一首著名的诗作《过零丁洋》。他那句"惶恐滩头说惶恐，零丁洋里叹零丁"里的"零丁"指的就是"伶仃"，而最后一句"人生自古谁无死，留取丹心照汗青"更是脍炙人口，700 多年来不知道鼓舞了多少仁人志士舍生取义，为国捐躯。

伶仃洋水域面积大约 2100 平方公里，是珠江最大的喇叭形河口湾，半径 60 公里以内有 14 个珠三角的大中城市、7 座机场，地理位置十分重要，在历史上就是中国南大门上的一道防线，今天更是珠海与香港、澳门携手打造"大湾区"前景非常辽阔的一个经济大舞台。从 20 世纪 80 年代开始，广东省依靠香港经济的带动成为中国改革开放的前沿省份之一，只是多年来粤东、粤西发展并不平衡，交通形成的阻碍是主要的原因。

大家还记得亚洲"四小龙"和中国"四小虎"吗？

20 世纪 60 年代，亚洲的中国香港、中国台湾、新加坡和韩国，相继推行"出口导向型战略"，重点发展劳动密集型的加工产业，在很短的时间内就实现了经济腾飞，一跃成为全亚洲最发达富裕的地区和国家。在亚洲"四小龙"之后，中国改革开放了，广东省出现了"四小虎",这个"四小虎"包括东莞、南海、顺德、中山四座城市。开始的时候,大家的实力都差不多,深圳和珠海两个经济特区的实力也不相上下,但是后来,深圳的实力逐渐高出珠海七八倍,珠江东岸的东莞也早已把西岸的三只"小老虎"——南海、顺德、中山甩在了后头。

原因何在?

孟凡超说:"香港通过珠三角东岸这一侧的交通互联互通,已经实现了和内地,比如深圳的经济勾连,但和西岸、和澳门这边基本上是一个空白。"

受到香港的辐射带动,深港之间很快有了皇岗、文锦渡、沙头角等多个陆路口岸(如今口岸已发展到 11 处),良好的区位优势、投资环境,加上便捷的交通联系,吸引了大量的外来投资,其中七八成都是港资。而珠江口,东、西两岸天堑相阻,尽管靠近澳门,然澳门较香港的经济体量小,对珠海和西岸地区的影响力有限,导致珠三角西岸经济开发明显滞后,经济布局相对薄弱。

"如果要改变这种状态,进一步发挥我们香港经济在大湾区内的龙头和辐射作用,建一条港珠澳大桥就显得很有必要。"孟总说。

"那建成港珠澳大桥以后对香港、澳门有没有好处?"我问,而且有点"明知故问"。

孟总说:"当然有好处。"物畅其流、人尽其便。如果港珠澳大桥建好了,两岸产业布局不断优化,三地融合会产生更大的凝聚力,可以越来越明显地展现出区域经济的优势与活力,这样就能使珠三角更具国际竞争力——

"事实上 2002 年建这个大桥的动议还是香港首先提出来的。"

"啊,香港提出来的?"

开始,港英政府时代,香港认为内地落后,对香港经济发展没有什么作用,建桥的积极性并不高。后来,大家知道,1997年以后,香港金融危机对香港的经济冲击,给政府和商界都提出了一个严肃的问题,那就是香港的经济未来怎么发展,怎么和内地进一步加强沟通,扩大经济腹地?这时候就提出希望开发珠江西岸,一定程度上避开与深圳的直接竞争。而港珠澳大桥建设之前大概有十多年吧,珠江口上除了一条"虎门大桥",就再没有第二个通道,也没有建第二座大桥。时代提醒着香港人:解决海上陆路交通已显得非常重要!

我们把镜头推回到20世纪80年代,1983年,全国政协委员、香港著名投资家、设计师胡应湘先生就首先提出要在香港和珠海之间架一座跨海大桥,叫"伶仃洋大桥"。

我在香港,从2004年开始到2014年工作了10年,就是专门做新闻报道,对于香港的海底隧道并不陌生。比如1972年就已经通车使用了的"红隧",全长1.86公里,连接起港岛与九龙,改变了人们想要过海(维多利亚港湾)就只能坐"天星小轮"等水上摆渡的习惯。后来香港东、西两个新隧道相继打通,"红隧"夹在"西隧"与"东隧"之间,又被人称作"中隧"。但是,对于胡应湘先生为什么要建议国家在伶仃洋上建一座香港与珠海之间的大桥,说实在的我都没有进行过报道(可见香港社会对这件事的反应的确比较低调)。不过还好,《21世纪经济报道》的记者赵忆宁在港珠澳大桥通车前曾专门采访了胡应湘,让胡先生回忆起了港珠澳大桥的前世因缘。

"港英政府在香港回归之前的方针是将香港与内地隔绝,最好不要与内地有任何瓜葛,实际上就是所谓的'小心边界模糊论'。而我的理念是香港一定要和内地挂钩,所以南辕北辙,伶仃洋大桥的方案就被搁置了。"胡先生说。

读了赵老师的长文(编辑:耿雁冰),我才知道,老家在广东花县(现为广州市花都区)的胡应湘先生早年曾留学美国(1958年毕业于美国普林斯顿大学土木工程系)。他熟悉美国的纽约湾区、旧金山湾区,以及日本的东京湾区,知道美国硅谷(Silicon Valley)——电子和计算机工业的王国,就诞生在旧金山那个湾区里面。这个湾区总人口只有700多万,跨海大桥却有5座。一个世纪前,旧金山湾区还只是一片果园,但交通发达了以后,1500家技术创新企业陆续聚集,"城市群"和"经济圈"的效应随后便逐渐产生。

胡先生说,"粤港澳大湾区"其实比"旧金山湾区"要大得多。

那么他三十年来一直坚持呼吁国家要建桥的原因就可以想见:根据经济发展的普遍规律,修建一个能把粤港"串起来"的伶仃洋跨海大桥,是中国经济未来发展的大势所趋。香港与内地的差异是一时的,改革开放以前,内地可以被比作一个"大齿轮",香港是一个"小齿轮"。开始,香港这个"小齿轮"还慢慢带动了"大齿轮",但是,内地经济起飞以后,"大齿轮"越转越快,香港作为"小齿轮"就必须加快转速才能跟上这样的发展。建设港珠澳大桥是其中一项必要的硬件,让香港在国家的发展中也能跟上转速。

胡先生的胸怀有多大?三四十年前就有这样的眼光和见识!

当然,胡应湘先生倡导修建的"伶仃洋大桥",还不是如今的"港珠澳大桥"。

对于伶仃洋大桥,有人说是计划搁置后被后来的港珠澳大桥计划所取代。孟总纠正:这个说法不成立,因为在港珠澳大桥建好了以后,从地图上看,香港、珠海、澳门已经实现环抱,但这不是规划的全部,港珠澳大桥使港、珠、澳实现了海上连接,这只是一个大圈、外圈;里面我们今后还要恢复建设"伶仃洋大桥",是第二个圈;再里面还要建设深圳与中山直通的"深中海上通道",这是最里圈。这样三座大桥都建好了,珠三角的交通路网才算完成,才能与内地的公路网实现通连。

"那也就是说,拉动粤港澳三地经济发展是建设港珠澳大桥的最主要目的?"我问。

孟总说:"对。在这一点上香港起到了领头羊的作用,是提出者;澳门应该是一个积极的跟进者;广东省因为始终觉得珠海的发展比深圳慢,很大程度上是因为接受不到香港的经济辐射,而大桥的连通可以帮助珠海承接香港的产业转移,所以很高兴,积极响应。那中央政府的身份应该怎么说呢?是一种战略上的支持者、支撑者。

"就这样2004年年初,中央政府已经决定接受香港的建议,并正式启动了港珠澳大桥的前期工作,那个时候我们'中交公规院'就接受三地政府的委托,正式承担起了港珠澳大桥的工程可行性研究的这么一个报告的前期规划。"

"从那时开始到现在,您跑珠海、香港、澳门总共跑了有多少趟?"

孟总说:"数不清。"

其实早在两千多年以前,一条以中国徐闻港、合浦港等港口为起点的"海上丝绸之路"就曾经搭建过世界性的贸易网络。中国的货物经伶仃洋出海与我国沿海及世界诸港相连,伶仃洋就已经成为"海上丝绸之路"的东方发祥地。时间跨越了两千多年,到2013年,中国新一代领导人又提出了"21世纪海上丝绸之路"的构想,港珠澳大桥围起来的"粤港澳大湾区",客观上就变成了新的"海上丝绸之路"的起点之一,这在未来,必然要承担起国家一带一路、扩大对外开放的重任。

如果说意义,还有比这个更远大的吗?

对,没有比这更大,但这并不遥远。

2009 年 12 月 15 日,就在珠海著名的情侣南路,海边的一片宽阔的绿地上,粤港澳三地政府隆重举行了港珠澳大桥的开工仪式。时任国务院副总理的李克强先生亲临现场宣布大桥项目开工,并见证了海面上抓斗船伸长巨臂轻轻挖起了千万年来沉积于海底的第一铲泥沙,此刻媒体报道:彩烟喷向天空,阳光下显得缤纷夺目。

港珠澳大桥历经十几年的协商、论证,到 2011 年 1 月 4 日,主体工程的"岛隧工程"正式启动,从此拉开了整个大桥施工的序幕。不过大桥开始建了,周围的议论并没有停止。我继续向孟凡超孟总索要答案。我说:"港珠澳大桥的战略意义、经济意义我们都清楚了,可有些具体问题真的是没办法回避,现在不少人已经在担心这个大桥建好之后,使用率究竟有多大? 我们现在内地到香港、香港到内地还需要两地车牌,谁手里能同时拥有粤港澳三地的车牌? 肯定是凤毛麟角。大桥建成了以后,这个问题怎么办? 确实有个通关的障碍。"——这回,问题有点尖锐了。

孟总说:"对,这是一个问题,但我认为这是暂时的,因为香港的未来一定是要和'珠三角'融为一体,和国家经济大发展融为一体。以后如果我们很快实现了社会经济、文化一体化,香港、澳门、广东等城市就是一个世界级的'超级城市群'了,我们未来的发展方向不应该是彼此越来越封闭,或者说还要坚守过去的什么交通管制、牌照限制、通关限制,我们应该实现全方位的互联互通。"

"您说未来通关限制有可能会被取消?"

孟总答:"为什么不可能? 至于说到香港、珠海两地开车左舵右舵的问题,那更是很容易解决,而且在港珠澳大桥现在的设计上,我们已经建设了'换道立交',这问题简单安排一下就完事了。"

"啊? 简单安排一下就完事了?"这么说如此轻松? 听了孟总的解释,我心里豁然开朗。

是啊，为什么我们看待今天的港珠澳大桥目光不能放远一点？海峡两岸暨香港、澳门，汽车牌照、开车习惯、通关便利等等的问题也曾在我心里纠结，好一阵子找不到出路。但现在，经孟总这么一说，等到将来"大湾区"规划落实，广东的广州、深圳、佛山、东莞、惠州（不含龙门）、中山、珠海、江门、肇庆9市和香港、澳门两个特别行政区，11座城市，注定会形成一个"城市群"、一个"经济圈"。大家在一起共同发展，将会成为与美国纽约湾区、旧金山湾区和日本东京湾区并肩的世界四大湾区之一，是国家建设世界级城市群和参与全球竞争的重要空间载体。这些湾区都是先建设海上巨型通道，然后再连接相关城市。经济要起飞，交通要先铺好跑道，这"跑道"在海上是什么？就是桥梁！如此看，有些经济学家分析说我们的港珠澳大桥其实已经建得有点晚了，还真是不无道理。

啊，听着过瘾，而且有道理！

孟总说："小平同志说50年不变，我想到了50年以后，真的没有什么变化的必要了，都一体化了。"

可不是嘛！

十几年前，深圳还有"二线关"，我们内地人要到深圳去出差、办事还曾受到过管制，还要单位开介绍信、通关手续。但今天这件事已经成为历史，年轻人不知道，仿佛没有发生，甚至现在我要写文章了，想上网查一查相关的时间节点，无论是输入"深圳何时取消进入管制"，还是"深圳何时开始自由出入"，或者"深圳二线关"等等，屏幕上出现的都是一种答复——"对不起，百度百科尚未收录这个词条"。

一抹云，一阵风，历史会永远踩着时间无限地向前延伸，但很多事，过往的，很难留痕。或不等留痕，就被人忘了。

三、能当"逃兵"你也逃了？

刘晓东,港珠澳大桥岛隧工程项目部副总经理、设计总负责人。

人不高,和大家一样,整天把自己装在工作服里,看不出算不算健壮,但眼睛近视,不怎么喜欢表现,尤其目光好像总是有意躲在镜片之后,有种威严和淡定。总设计负责人嘛,他和他的同事所负责设计的是港珠澳大桥最重要、最核心、最困难的部分——岛隧,这个工程关乎整座大桥的成败,这样的人,威严与淡定是必需的。只是想不到好不容易抓到他采访,说起话来,典型的南方人却换成了一条北方大汉——粗犷,坦荡。

那一天,已经是我们约了好几次都没有实现采访后再选的一天,2017年11月27日。

上午,本来"关于设计"我们要从从容容地"好好谈",但他没时间,改成了下午;下午本说可以,但4点又突然要出差赶飞机,天哪,大忙人。好,那就只有中午12点匆匆吃了饭我们就开始,压在他两点半去机场之前,满打满算也就两个小时的时间可以进行采访。

"没办法,您太忙了,我们又有很多的问题要问。"我上来就说,表示有点担心这次没可能把这场采访完成好。

晓东总(公司人上下都这样称呼他)说:"没关系,有什么话您尽管问吧。"一种胜券稳操、不行了咱还可以选时间再接着谈的感觉。

我接受了他的安慰,说谢谢,但按职业习惯,"时间短有时间短的打法",就先问了一个比较轻松但他又必须回答的问题。

19

我说："听说 E1 安装时很艰难？"

我说的 E1 是港珠澳大桥海底隧道 33 节沉管中的第一节沉管。"E"指的是英文 element 的首字母，意为"元件"。"这节沉管的设计和制作本身就有一大堆的故事，但我现在要问的是安装，因为非常不顺，据说你们整整干了 96 个小时？"

晓东总点点头。

按照设计，港珠澳大桥的海底隧道由 33 节沉管组成，每个标准管节长 180 米、宽 37.95 米、高 11.4 米，采用两孔一管廊的形式，总重量约 8 万吨，相当于一艘中型航母——对，这我说过了。

就是这么 33 个"大家伙"，组成一条 5664 米长的隧道（6.7 公里是计算了隧道两端与两座人工岛的结合部分之总和），那工程怎么做？安装究竟遇到了什么难题？

简单说，港珠澳大桥的海底隧道不是一条龙被随便甩到海底，任海浪、暗流涌动，那样的做法不可能不令人担心，也不可能确保 120 年的使用寿命。相反，这 33 节沉管要被放入事先已经在海底开挖好了的一条长沟，准确说是一条被整平过了的 20 米深的基槽，这条基槽也不是一条线在一个基准上被绷平的，是深浅不一，带弯度的，其中最深处可达 48.5 米。"E1"是第一段，是和西人工岛"暗埋段"发生结合的第一节。

从技术角度上讲，中国人在建设港珠澳大桥之前，我们没有经验，全国的工程技术人员也只是做过几条长约几百米的江河沉管隧道，对在外海，还是深海，要深埋的沉管，根本就"一无所知"，是第一次尝试。开始，中国人也很希望与全球的沉管专家合作，哪一国的都行，请人帮我们一起来解决港珠澳大桥所面临的多项特殊难题，但技术垄断，商业趋利，人家要么跟你漫天要价，要么对你实施封锁。当初的"局面"是不是如此残酷？至少大部分媒体都是这样报道的。

没辙,中国人只有自己干,被逼无奈地"自主创新"。

2013 年 5 月 2 日,经过了几个月的生产制作,舾装,浮运,33 节沉管中的"老大哥"E1 就要开始下水了,媒体把这一场"首战"形容为世界上最大的海底沉管隧道即将开工的"首场秀"。然而,E1 在沉管最后一轮沉放后,检测结果显示:"管艏与暗埋段匹配端高程误差达 11 厘米。"这个"11 厘米"是什么意思?这表示沉管与西人工岛的"暗埋段"相接出现了偏差。这个"表现"谁也没有想到。承接沉管着床的海底基槽,由于基础做完后静置了一段时间,里面出现了严重的回淤,加上 E1 作为首节沉放的沉管,不仅要与西侧人工岛对接,其管体要求还有斜度,要使沉管精准放置到位,很多因素的制约根本回避不掉。最大的风险来自基槽内海流流速的未知与突变,作业空间有限,无法进行机械整平,最后只能靠 22 名潜水员轮流下海,用双手一寸一寸地清理淤泥,然后人工铺设作业——

啊?这么艰难?这么粗放?

潜水员进行清淤的时候,现场总指挥林鸣端了个凳子坐在安装船的甲板上,双目凝视海面,久久纹丝不动。在场的每一个人都清楚,从 5 月 2 日上午沉管出坞开始,林总就这么一直盯在指挥现场,和现场的控制与操作人员讨论编队、浮运、转向、系泊、沉放等每一个细节,下达每一个指令。大家没合眼,林总也没有合过一次眼。

对于这场"首秀",有媒体也把它形容为"海底初吻",本来是有把握、可以期待成功的。但是……

难怪晓东总说:"第一次安装就是 96 小时,这个安完以后,其实大家心里面是有压力的。"

"压力是什么,不相信能做成?"我问。

晓东总:"按国际上一般的做法,同类沉管隧道的沉降可以控制在 20 厘米,但港珠澳大桥的沉管除了要求不得大于 20 厘米,差

21

异沉降更不得大于 2 厘米。这些都是指在 120 年的使用过程中，不是只管十年八年，所以太难了。"

"因为难而有压力？那开始这些问题有没有想到？"我问。

晓东总："没想到。过去我们设计、实验都是在办公室或实验场地，现在真的到海上了，到海上走了一圈，终于知道各种不确定的因素太多了，很可怕。还有时间问题，这节沉管我们准备了差不多有一两年的时间，这才是第一个，后面还有 32 个，这么熬人的工程谁受得了？很多问题，一串接一串，哪个环节出了问题都是失败。"

我说："当时有很多设计和施工人员，尤其是设计人员听说都走了？"

晓东总不否认，说："对。"

我问："那你怎么留下来了？"

晓东总："我？"显然刘晓东没有想到我会如此直接地把球就这样踢给了他，"我，我们，是没办法。"

"没办法？"

晓东说的"我们"，我知道其实指的是谁——就是现场总指挥林鸣和他。

我又追问："那就是说如果你有办法，当时你也当逃兵了？"

晓东总说："说老实话，当时能走我也走。确实当时对这个工程，2013 年的时候，真的没底。就是到了后来我们做到第 10 个（沉管）了，心里有点数了，也还是要小心翼翼，走钢丝似的，一些突发的事情，大海什么时候不高兴了就突然给你弄出点'意外'，都让人始料不及。（工艺）你是会了，但能不能把细节控制住，一点错都不犯？几百个环节，所有的细节都在工人的手里……林总是总指挥，我是设计总负责人，我们俩不能走，走了这个台就散了。"

"换句话说别人能当逃兵,你走不了?"我说。

晓东总:"我说的是大实话,高尚的东西可以讲,但是在这个岗位上……"

我看出刘晓东的无奈,更通过他的话嗅到了工程开工之初,凡事的那个"难"!

对于港珠澳大桥的海底隧道,当时第一难的就是33节沉管的"浮运",海上运输。每一节沉管8万吨,气象、海流、海浪、海潮等等因素影响,对浮运拖航的掌控非常之难;第二,沉管"安装"要在规定的时间和最深水下50米的海况条件下完成,还要达到苛刻的安装精度,施工区域属于极为松软且类型多样的土质,每一节深埋的沉管头顶都要承受20米厚的覆土荷载,加上伶仃洋适合沉管浮运与安装的"天气窗口"一个月仅一两次,时间关系也不允许你慢慢干、什么时候干好了什么时候算!

"人类无力抗拒自然"——人们开始品尝这样的一种困境,或者叫作无奈。

为了攻克"浮运"与"安装"的两大难题,工程从设计到施工必须突破三大瓶颈:

第一,海况预报从宏观到微观。原来我们做科研,做泥沙回淤的研究,只限于宏观层面,比如大江、大河或者一片海域,最小的航道回淤也要几十公里长,很少会具体到某个"点";现在,人们要从几十平方公里的宏观预报收缩到沉管基槽8000平方米的一个小小的范围,难度陡然增加多少倍?第二,从长期到短期。以往我们做泥沙回淤是以"世纪""百年"或者"几十年"的时长来设计研究;现在必须缩短到"十天""几天"。第三,泥沙回淤预报的微量化。这也就是说,以往我们做泥沙回淤预报的量级是以"米"来计量的,通常是1—2米,最小也是以50厘米来计算;现在港珠澳大桥的隧道工程,要求的是10厘米、4厘米……

得,正经的话题还没谈,一条55公里长的海上交通通道,桥是露在海面之上的,隧为什么要潜入海底几十米的深处?此外还有工程设计,为什么要确保120年的使用寿命?用什么手段和措施来保证120年?还有岛,两座人工岛,怎么和隧道接驳?怎么就突然间地能够"站立"在茫茫大海,水面上连块礁石都没有?怎么"平地起高楼"?还要让它一劳永逸?等等,等等,我都还没有问。

没办法,刘晓东出发的时间已经到了。

我只好放他走,约好以后有机会再谈,或电话,或微信。

一个门外汉要想了解、理解并准确、通俗地向观众、读者讲述一座跨海大桥的建设,尤其是一些关键的概念和细节,那一天,我真的是有点蒙,浑身是嘴,却不知道怎么能把事情说清楚。

采访被迫中断,刘晓东赶飞机去机场走了,我站在原地,预先就知道会失去一次难得的采访机会,但那又怎么办呢?

电视还要做,文章还要写。

复杂问题简单化——如果我是观众或读者,关于这座大桥,我最想知道的是什么?

对,就从这些个"最"字入手,一步一步往前拱——于是我脑袋清醒了一些,放松了一些。

我知道我该拉一张主要问题的采访清单了。

四、120年怎么承诺?

回到北京,孟凡超总设计师的809办公室,我知道我要请教的问题还没完。

港珠澳大桥远远望去是有弧度的,为什么?

不能把它建成笔直笔直的?这样的设计是自然形成的一种状

态,还是为了美观?

"采访清单"很长,但问题总得一个一个地问。

孟总告诉我:很多因素导致了现在我们的大桥看起来是这么一个弯弯曲曲的样子,这么设计有不得已的地方,首先我们的大桥连接的是粤港澳三地,不可能用一条直线把它串起来,这本身就必然出现曲线了;另外大家都知道珠江口有30多公里宽,它的每一点、每一处的水流方向都是不一样的。我们建大桥,从工程的角度来讲是希望把桥墩的轴线方向和水流的流向大致取平,取平以后的好处就是能尽量减少阻水率。这个大桥在设计的时候,珠江委就给我们提出了一个非常严苛的要求,就是我们几十公里长的桥长,包括桥岛隧组成的这么一个集群工程,总阻水率必须低于10%。

"阻水率"?低于10%,这是指什么?

我很外行地猜了猜:"阻水率"?是不是就是指不能让珠江口冲下来的沙子在伶仃洋被大桥挡着而产生高于10%的淤积?

对。我的问题很天真,但是问对了。

伶仃洋属于弱潮型河口湾,潮型为不规则的半日混合潮。也就是说泥沙携带量很大。水利专家认为"阻水率"过大,或者超过了10%以后,会对大桥以北的珠江和海湾的演变、生态的演变、海床的演变等等产生负面的影响。

"也就是说,有一天这片海域有可能成为一片冲积平原?"

孟总说:"对,如果不顺应自然。当然,我们的大桥建设肯定也要想到美观。把桥修得自然带弯曲,除了好看,还有一个很重要的考虑,就是如果几十公里的大桥都被拉成了一条直线,而且很高,那开车的人很疲劳,又会犯困,很可怕!"

"您是说不利于安全?"

"对,很容易出交通事故。"

总之,关于港珠澳大桥的总体设计理念,孟总后来帮我总结出了"7 个性",这"7 个性"作为设计者的目的和追求依次为:战略性,创新性,功能性,安全性,环保性,文化性,景观性。

为什么"战略性"被摆在了第一位?具体指什么?

这就要回答我的"采访清单"上另一个重要的问题了:港珠澳大桥为什么必须采取桥、岛、隧三种方式的集群组合?是迫不得已?

对!

董政,港珠澳大桥"岛隧工程"专业副总工,他最早告诉我:对于海上的交通工程来说,其实最简易,也最省钱的方式就是架桥。但珠江口、伶仃洋上为什么我们不能光架桥?首先,珠江口上有一条国家级、世界级的战略航道,每天,最繁忙的时候这里要有 4000 多艘轮船——大型货船、过驳船、锚泊船、渔船、砂石船、危险品船、施工船舶等等,广东 90% 的货物航运要途经于此,高速客船多达每天 500 多班次,因此,必须保障绝对畅通;第二,港珠澳大桥的桥位所在海域又很靠近香港机场,每天 1800 多架的航班要从这里起降,所以出于安全考虑,桥也不能修得太高。因此为了避开这两个矛盾,我们就得启动海底隧道,但海底隧道你说建总不能两头没有依靠地就在水下埋沉管吧?这样就逼得你不得不建人工岛,所以"桥、岛、隧"三大块缺一不可,难题和挑战也是不得不面对的——

哦,道理来得这么强硬?!

对,港珠澳大桥的设计使用寿命是 120 年,这 120 年中专家预计将来可能跑在海上的航船会大到 30 万吨(现在是 10 万吨);再有,说到飞机,后来我们在人工岛上采访,看到有飞机不停地从香港机场起降,一会儿一阵轰鸣,一会儿一阵轰鸣,我们的采访也不得不经常地被中断。那起降的频率有多大?据说施工人员统计过:白天,不到两分钟就有一架。因此全长 55 公里的大桥选择6.7

公里走海底隧道真的是"迫不得已"。

120 年的使用寿命,这个前提是"问题之母"。

那么,为什么大桥要按照 120 年的使用寿命来设计?这么做拿什么来保障?浩瀚无际的伶仃洋,充满诗意的美景背后有台风、地震、浪涌、暗流,此外还有高湿、高盐和海水对大桥的侵蚀。如何确保安全?怎么做到确保安全啊?

说老实话,在北京,有一天领导让我负责《港珠澳大桥》这一期节目的采访的时候,我还真有点犹豫,《新闻调查》是被业内尊为中国新闻深度报道的"航空母舰"的,这个栏目成立 21 年来,专门查内幕、追问题是其承担的使命,一个港珠澳大桥,国家工程,有资金、有技术,什么问题还值得探讨?哪知道,采访开始了以后我才知道这里面的问题可大了,困难、艰险一大堆。采访的难度在我的职业生涯中也是排名靠前的。

"120 年是个真正能实现的目标,还是只是个力争更高质量的口号?"

我的问题直奔实质,尽量想听到权威人士的回答。

但权威人士的"权威"说法,出乎我的意料:

港珠澳大桥为什么要确保 120 年,而不是我们中国内地经常喊出的"百年工程""百年大计"?这里其实没有太多的玄机,就是港珠澳大桥是香港首先提出来的,前期的决策者们都同意本着"就高不就低"的原则,那香港、澳门采用的是欧洲标准,是习惯以 120 年为使用寿命计算的,所以港珠澳大桥就用了 120 年。同样的道理,内地的车道标准宽度是 3.75 米,而香港的车道标准宽度是 3.66 米,港珠澳大桥的车道宽度就用 3.75 米,这也没什么非要值得较真儿的。

哦,120 年没有什么玄机?标准很明确,拿来也很轻松。但是接下来的问题呢?比如 120 年使用寿命的风险控制,有什么保证?

什么根据？光看材料,我可是记住了将来的大桥一旦建成,司机开车在隧道里可以开到 100 公里每小时,整条海底隧道可以抗 8 级地震、超 16 级台风,同时还可以防撞、防锚、防火、防水、防爆……我们真能做得到吗？技术、工艺、财力目前都能不能搞定？

对,这才是更本质的问题,而且这个问题我想让专家从他们的嘴里说出,亲口告诉我,而不是道听途说,或上网查资料,那样得出来的"保证"我会觉得心虚。

于是,不管刘晓东忙还是不忙,回到北京后,我开始一遍遍地用微信去打扰他,想让他给我一个最专业、最准确的说法。

其中有一次,我这样请求他,说:晓东总,不好意思又打扰你,但有关大桥如何"抗风险"的设计,观众是最担心的,你们究竟想到了有多少问题会损耗 120 年的使用寿命？也就是"风险",比如台风？地震？海浪冲击？海水腐蚀？意外撞船？甚至泥沙越积越多？

晓东总回答:

影响港珠澳大桥岛隧工程 120 年使用寿命所需解决的问题,包括:

1. 大桥要能够抵抗 120 年内可能出现的自然灾害等意外,如 8 级地震、16 级台风;

2. 大桥应可以应对 120 年海水、大气对大桥结构的侵蚀,并保证其安全性;

3. 大桥可承受 120 年汽车行驶带来的疲劳损伤,并继续保持安全。

我又问:"那你们采取了哪些措施,以保万全？"

晓东总回答:

(我们)设计中采取的措施:

1. 科学地调查评估了 120 年可能出现的自然灾害级别,如地震烈度、台风等级、船撞吨位等,设计师通过详细的设计、计算、分析,设计出了足够强壮且经济合理的大桥结构,保证遇到这些级别的灾害时,大桥足够安全。

2. 大桥结构的一部分设计为可更换、可维护构件,制定大桥120年内的保养制度及标准,对所有构件在120年内进行定期检查、定期维护、定期更换,如对钢结构每20年左右进行油漆再涂装;对不可更换构件,采用能够保证120年性能的措施,如采用高性能混凝土、采用不锈钢钢筋、增加钢筋保护层厚度等措施来应对海水、大气对结构的侵蚀。

(至于)如何做到大桥可以达到120年的使用寿命,抵抗16级台风、8级地震,我们依靠:

1. 创新技术,遵照甚至高于香港及英国采用的成熟的120年的建造标准进行施工质量控制,完成的实体工程质量经香港专业人士评价,(也已经)超出了香港的工程。(比如)为保证120年寿命要求的混凝土保护层厚度,岛隧工程沉管钢筋的尺寸精度要求达到2毫米,比常规工程提高了1倍以上;创新建造出世界最先进的混凝土生产工厂,实行工业化生产,实现所有沉管预制无一道裂缝,避免海水侵入;近50米水下沉管对接误差控制在5厘米左右,保证120年不漏水。

2. 对于岛隧工程,采用加强人工岛挡浪墙,加强人工岛护面块体能力,保证16级大台风下人工岛足够强壮,进入人工岛的海水可控,避免隧道被淹,甚至毁坏;发明了半刚性沉管纵向结构、采用了特殊的GINA橡胶,增大隧道柔性,达到8级地震下沉管结构安全,不漏水。

3. 对于桥梁工程,一方面(我们)采用流线型形状减少台风作用,设计足够强壮的截面抵抗台风作用;同时还发明了"减隔震支座"来加大桥梁柔度,减缓大地震时桥梁受力,保证8级地震下的安全。

一字不动,我几乎原文照搬了。

这是 120 年的承诺,我觉得我连一个字都没有权利碰!

那天晚上,我谢过晓东总,终于美美地睡了采访以来的第一个整觉……

五、终于等到他接受采访

刘晓东忙。林鸣,港珠澳大桥岛隧工程项目部总经理、总工程师,更忙。

他在上马港珠澳大桥"岛隧工程"之前就是中国交通建设股份有限公司的总工程师,中国在港珠澳大桥之前非常成功地建造了"润扬大桥""南京长江大桥 3 桥",两桥都有他的智慧和指挥。"中国交建",过去不打交道不知道,这回一打交道才知道,"牛啊"——"交融天下、建者无疆"——这是目前世界上最大的港口、路桥、疏浚、集装箱起重机、海上石油钻井平台的设计和建设公司,港珠澳大桥 70% 的工程由这家国企承建,其中"岛隧工程"又是整个大桥最难啃的骨头。

就是他,对,在"最终接头"的时候,"众人皆醉我独醒"地坚持要返工重来。后来听说经过几次、十几次的提上来、放下去,提上来、再放下去,一点一点地精调,"最终接头"的安装才达到了他的标准,达到让世界瞩目的精度。

有人背地里为林鸣竖起大拇指,说他是"神人",也有人说他是"魔鬼"。7 年施工,他几乎每到关键和危险的时刻,都会像"钉子"一样几小时、十几个小时、几十个小时地盯在工地。

这样的人我们怎么能不采访呢?要采访,而且时间越早越好。

但是采访预约了好几天,林总总是说:"哎,你们多报道报道别人吧,一线的英雄。"

　　我知道他忙,如此"推",一是忙,二是躲。但"躲"可不行。

　　林鸣属鸡,1957年出生,不是那种嗷嗷大叫的斗鸡,是咬住对手不撒嘴的那种,颇有鳖性。

　　港珠澳大桥"岛隧工程"先有岛后有隧,两座人工岛,最多时几千号人马,设计者、施工者、生产者、管理者、后勤保障,人人对他爱、信、服、恨,"大拇指"和"魔鬼"混杂于一处。这其中人们"爱他",是因为这老头对港珠澳大桥的付出,有一条命搭上一条,有十条会搭上十条;"信他"是经过无数次的惊涛骇浪,他带领团队一次次闯过激流险滩,都是"有惊无险";"服他"那是佩服林总对设计和施工工程有一种神人般的直觉,哪条桩、哪个台阶,不直,歪了,他的眼睛就是"尺子",仿佛这个人天生就是上帝派给港珠澳大桥这个海上工程的;至于最后的"恨他",这位老板爱骂人,施工7年来,除了出差,他几乎每一天都要上岛,进隧道,看着哪儿不合适了开口就骂,骂身边的高管、各工区的大小经理、项目负责人,但是就是不骂工人,什么时候对工人都笑呵呵,满腹柔肠,问寒问暖,从不说硬话。

　　嘿,这个人!

　　2017年11月22日,港珠澳大桥东人工岛,已经建好了的最高平台上,一场还差40天、无论如何都要确保大桥到年底要"具备通车条件"的动员大会就要在这里举行,我们摄制组那几天正在每天盯着林总的时间好让他坐下来接受我的采访,此时听说他要来参加大会,还要在大会上讲话,就赶紧扛起摄像机,先开车22.9公里,再乘坐电瓶车穿过6.7公里的海底隧道,然后到了东岛,想拍个林总同期声的"现行"——

　　到会场,我看到工人师傅们正搬了蓝色的高脚塑料凳整齐地坐下,会场前面有一排简易桌椅,那是给林总和其他与会领导准备的。但一会儿林总沿着一百多个漂亮的高台阶走上来了,他一到会场就让工作人员赶快把简易桌椅都撤掉,为什么? 林总说:"我站着,不坐,不然坐在我对面后排的工人师傅们就看不到我了,所以我不坐。"——就这样,林总和跟着他出席大会的七八位中层领导就在海风中整整站了一个多小时,而且林总是最后一个发言:

"同志们:近七年来,我们怀揣梦想,坚守目标,随着隧道'最终接头'的成功安装,我们的工程取得了决定性胜利!"

林总高高的个子,身穿和工人一样的白色冬装工作服,头戴和工人一样的白色安全帽,他们的头顶,那天是难得的蓝天白云,身边是干净到透亮的蓝色的大海——

"从 5 月开始,我们一天当三天用,100 天干了大半年的工程。通过 3000 位建设者两百个日日夜夜的辛勤劳动,目前,我们一条最美隧道和两座人工岛雏形已经呈现在伶仃洋上!

"现在,'七尺男儿,一诺千金',为了确保年底具备通车条件,我提出 4 点要求……"

……

终于有一天,其余的人都采访得差不多了,林总突然告诉编导,说:"好,今天就给你们一个下午,我来接受长江的采访。"

这个下午我们摄制组一行五人都来到了林总的办公室,架好双机,别好胸麦,这是《新闻调查》的标配。编导站一旁,我是记者,和林总面对面地坐下。

林总的办公室,和一般的工程老板的办公室没什么两样,很大的办公桌、沙发、茶几,唯一让我感觉有些不同的是他的办公室里面竖着一块很大的"白板"。又不是课堂,放这干吗? 而且那"白板"上面并没有能让人写字的地方,都贴满了 4A 大小的纸片,一层摞一层,上面密密麻麻。记事? 备忘? 方案探讨? 分析研究?

看样子什么都有。虽然,现在老板们办公,电脑已经非常普及,但林总还是习惯用这种"又老又笨"的办法,及时提醒自己还有哪些事情没有办完、正在办,需要特别注意些什么。

好,我说,谢谢您终于抽出时间来接受我们的采访。

落座之后我先道谢,其实心里觉得这场采访安排得有点晚了。

上来我就问:"林总,40 天动员大会那一天我听您上来就说:'尊敬的一线工友同志们',而不是通常领导讲话:'尊敬的某某领导'或'某某女士、先生',您平时开会也是这样吗?"

林总笑笑:"平时?平时我们很少开'这样的'大会。"

哦,我反应过来:"港珠澳大桥,大海上的工程,要开大会,没有场地啊?!"

嗨,真是"教条主义",不好意思!

"好,那我就问一个从您这里最想得到证实的事实:听说您在工地经常骂人?而且一点都不给人留情面。是不是确有其事?"

林总点点头,没有回避,说:"是,我是老爱骂人,有时骂得还很难听。最厉害的,我会说:'你,给我从工地上消失!'呵呵,不过骂完了,知道自己不对了,我也会去哄人家,呵呵,会哄人。"

"但您不骂工人,是吗?为什么?"

林总说:"自己情绪低落时,就会到工地上去找工人聊天,交流交流,一说一聊,我的状态就会调整回来,就觉得有这样的一支队伍,我什么坎都能过去,所以我很感激工人。"

林总说话,声不高语不惊,但不少话直抵人心。

"港珠澳大桥'岛隧工程'你们干了 7 年,现在终于要接近尾声了,我那天听您在大会上说'七尺男儿,一诺千金',您这 7 年来,对自己的'承诺'是什么?"我收住笑问,有点严肃,因为这是我笔记本上第一个设计好的正式问题——

"对自己的承诺?"林总一顿,但反应很快,"我对自己的承诺?

33

就是33节沉管,每一节的安装我都要亲自来,我是起重机班班长出身,往大海里安放沉管,然后放进海槽,对准放稳,这是最关键的环节,我都要自己来,这就是我对自己的承诺。"

啊?

我不知道面对中央电视台的采访,林鸣这个"岛隧工程"的最高指挥为什么没有说出7年来他对自己的承诺是"人在阵地在",是"一定要确保港珠澳大桥按国家要求按时建设成功"等等?他对自己的承诺竟是"亲手安放沉管"?这么具体,又这么容易做得到?

但,真的容易吗?

"不容易,国外有沉管沉放时就掉到海里面去的案例,这不是开玩笑。"林总说。我知道他也许就是指厄勒海峡的那一次"意外"。

20年前,林鸣正当壮年,他已经来到珠海,参加高考、读了"工程"之后在珠海建造三座大桥——珠海大桥、淇澳大桥和伶仃洋大桥(项目)。"港珠澳大桥"是他在珠海要参与建设的第四座桥。在他的心里,珠江口、伶仃洋,与他仿佛有着一种天然的亲和、熟悉和缘分。他知道大海的脾性,懂得自己的斤两,像一个老舵手、老渔民。

我对他说:"7年前,当您来到港珠澳大桥的'岛隧项目'总项目部时,您对自己有信心能把这个大桥建好吗?"

林总说:"当然有,不然我就不来了。"

好,自信!

"那对后来遇到了很多的困难,您都想到过,有思想准备吗?"我又问。

这下林总不说话了,至少是没有马上回答我的问题。我知道他心里五味杂陈,那困难、煎熬——欲披星,不见星,想戴月,月不明,多少个不眠不休的日夜啊,霜雨冷风自横行!

港珠澳大桥开工7年,如果算上前期规划设计已有十几年。在这漫长的建设过程中,国家,也包括香港、澳门、珠海三地政府都给予了最好的财力、协调、组织等方面的支持,1100个亿的投资,目前在世界也是投资额最大的,更放开政策让中标单位可以在全球寻找最合适的合作伙伴。但十几年前,外国人看不起中国啊,多少次,为了港珠澳大桥的建设,林鸣面对世界桥梁界的外国企业、外国专家,品尝了足够的自卑、无奈。谁让中国过去穷、落后,这局面非要赶快改变不可!

7年前,林总告诉记者,他曾经带着随行人员多次去与一家外国公司商谈技术合作,谋求建设指导,这家公司开出的咨询费高达1.5亿欧元,相当于当时的人民币15亿元。最后一次商谈,林总交代谈判人员中方的出资底线最多就是:"只能出3亿人民币,你能为我们提供什么样的服务?"对方很委婉但又很决绝地回答:"给你们唱一首祈祷歌吧。"当时的翻译都不明白,都不知道该怎么翻。

这件事、这句话,深深刺痛了林鸣的心。用他的话说:"外国公司的技术保护、技术壁垒与技术歧视,更激发了我自主创新的决心。在港珠澳大桥'岛隧工程'的建设过程中,我们放开手脚,勇于创新,诞生的新技术多达64项,包括深埋沉管、快速成岛、隧道基础、工厂法预制沉管、外海深槽沉管安装等一系列的工程难题,中国人从追在别人的后面跟跑,到并列跑,到最后,没想到我们现在还能很快成为领跑者,为世界海底隧道工程提供了新知识、新技术与新样本! 这些都是被逼的,心被逼得有时要流泪加流血……"

为了建好港珠澳大桥,林鸣心里经常念叨:国家把这重的任务交给了我,这种特大型的工程全世界几乎都没有,如果干砸了,丢的是全体中国人的脸,所以必须战战兢兢、如履薄冰。

每天夜晚,熟悉他的身边工作人员都知道,林总总是睡得很少,清晨还要坚持长跑,这习惯无论在珠海、在国内出差,还是在海外,他都从不放弃,一跑就是 7 年,每一次出发,目标都是 10 公里。

这怎么可能呢?您不累吗?采访中我挺不理解地问他。但林总的回答让我更加如堕五里雾中:"不这样,我这 7 年根本就坚持不下来。"

什么逻辑?

"很多思考都是在晨跑中完善的,跑着跑着,主意就出来了,10 公里的路也就不知不觉地跑出来了。"林鸣说。

这是个怎样的人?胆识过人?毅力过人?体力也过人?

2016 年夏天,《21 世纪经济报道》记者赵忆宁采访了林鸣,林总告诉她:"桥的价值在于承载,人的价值在于担当。"中华民族的伟大复兴,既需要大国工匠向世界输出精湛的中国制造商品,同样更需要大国工程师,将中国复兴的历史像万里长城、京杭大运河一样镌刻在中国的大地上!

说得多好啊,林总作为一项超级工程的工程负责人,文采还如此了得!

可是有一天,我在港珠澳大桥工程的人工岛东岛,看到人们正在完成最后的岛面铺装,工人的身后有一条大横幅,写着:担"责"不推,担"难"不怯,担"险"不畏。当时我真不知道工地上所有的口号几乎都是林总想出来的。这些口号包括"只许成功,不许失败","千人走钢丝","毫米级标准",也包括"劳动者最光荣","每一次都是第一次","不安全,我不干"——当时我心说这些口号怎么都是大白话,一点也不艺术、不高大上啊?

采访中我问林总,林总告诉我,这些口号很多都是他儿子提醒他的。比如"不安全,我不干",儿子说"能把你的想法从自己的心里挪到别人的脑袋里去"这是学问,得实事求是,说实话。

港珠澳大桥"岛隧工程"连续施工7年,没有出现过一起与质量和安全有关的事故,几千人啊,茫茫大海之上,最开始施工的时候海上根本就没有岛,没有陆地上的简易工棚,人们都吃住在船上,一条船差不多要挤下两百人,睡集装箱。这种条件下的生活和工作,"不安全,我不干"就直接发挥了作用。这句话把工人的生命与工作紧紧地拴在了一起,而不是"安全第一""坚决杜绝事故"那样的大口号,那些口号高度是有了,但工人视而不见,会觉得与我无关。

看来,作为港珠澳大桥"岛隧工程"的掌舵人,林鸣在管理上还真有他独特的一套。

"我们这一代工程师赶上了国家的好时候,历史赋予了我们特殊的使命,使命怎么完成?一要靠勇气,二要靠对科学的百分百敬畏。"林总一时间很郑重地说。

敬畏?好,林总你终于说到"科学"了。这是一个天然的"气口",谈话的"气口",我不会放过,于是我觉得我可以重提"最终接头"了。对,还记得吗?"最终接头"。

"那我可不可以问问,"我话接得很快,"当'最终接头'安装的时候,17厘米的偏差出现了,大多数人都反对推倒重来,可为什么就您一个人要坚持、要'精调'、要不留遗憾?在这件事上您没有模糊了'自信'和'任性'的边界吧?"这句话就是在那个时候我突然"脱口而出"的。

林总笑笑,没在意我的咄咄逼人,还是波澜不惊地说:"那一刻,从我的内心来讲,四年多的研究,这么好的一个设计方案,我是有可能把它做回来的。只不过逆向操作(把沉管放入海底再提起)没有做过,这条路是个新路。"

我说:"听说推倒重来风险之大,可能会毁了整条隧道?你们当时在现场的有一位副总工程师高纪兵,他曾经向我解释过:拖开就有可能造成整个沉管、这个顶推系统出现意外,那样就可能再安不回去,而且很可能永远地也接不上了。这个风险您考虑过吗?"

林总说:"对,有这个可能,但是真的就那样放弃了,就这么认了,我觉得特别不甘心。"

林总告诉我:"当时没有一个人支持我,真让我泄气。我那时就问(身边)那个管液压的外国专家,非常好的一个法国人,我问他该不该,不是该不该,而是你能不能做,能不能够配合我,液压要配合,这个很重要。"

我问:"他怎么回答?"

林总说:"他说他们研究了一下,然后就告诉我'液压能行',不过我说,'行,怎么行?你要告诉我如何操作,为什么行'。我是这样才最后下的'精调'的决心。"

哦,是吗?我愿意理解林总,知道他责任在身,分寸必须仔细拿捏。

但"最终接头"到底经历了什么?最后几次"险情"后来我听说差点让林总"功败垂成"。有这事吗?如果有,那我们找机会还得再接着谈!

林总笑笑,没有看透我的心思是不可能的,但他不怕,这条汉子什么都不怕那是名声在外的,这一点我已经十分清楚——

六、创新,为什么中国不能?

不能不承认,港珠澳大桥的招投标模式以及随后的管理模式,随着大桥的创新而创新,因为大桥不创新就寸步难行,创新就踩出了一条条新路。这条路当中一个里程碑式的做法就是"设计施工总承包",发生在"甲方"——港珠澳大桥管理局、"乙方"——中国交建港珠澳大桥岛隧工程总项目联合体之间。

曾经,港珠澳大桥管理局的工程总监张劲文先生自己撰文向外界解释:"我们必须面对一个现实,那就是我国具有世界最强的桥梁建设队伍,但海底隧道建设经验不多,相对薄弱。尤其是港珠澳大桥长达6.7公里的'岛隧工程',对于中国大部分工程师而言,是一个未知的领域。"经过认真研究,"岛隧工程"单独采用国内极为少用的"工程设计施工总承包"模式,它的好处是可以整合全球范围内的最优资源,同时实现"设计施工联动,施工驱动设计"。

事实上,这种全新的模式付诸实施后,港珠澳大桥的"岛隧工程"设计与施工将全球各项最新技术的采用都融为了一个有机的整体。工程在质量、进度、技术创新、资源整合与统筹、简化管理等环节上,均减少了管理界面。这样的效果非常明显。也正是这种模式,最终实现了隧道沉管"最终接头毫米级偏差"等一系列的世界突破,创造了中国外海沉管隧道滴水不漏的建设奇迹。

林鸣说,中国沉管隧道建造水平后来之所以能够一跃迈入"世界一流"的行列,"设计施工总承包"这个模式的确发挥了很大的作用,使设计、施工不再呈现"两张皮",同时也使我们在自己的工程中能够做到更自主、更经济、更灵活。

对于林鸣,"工匠精神就是严谨、科学与高效"。

"不建奇奇怪怪的建筑","只用实用推动美观"!这是他的底线,也是他的实用美学。

这位属于"能工巧匠"级的总指挥,7年来虽然每天总是带领大家在工程上冲锋陷阵并注入了他的全部精神和灵魂,但在员工们看来,他又是一位很能享受工作和乐趣的普通"老头儿"。

已经是第三次上岛采访了，摄制组开车又要驶过22.9公里的钢箱梁大桥，我对总是义务为大家做"车夫"的（摄制组租车，没有司机）录音老师说："让我也来一次'处女开'吧？"录音老师说："好，那大姐你试试，上海大通G10，以前开过吗？您得小心点！"

　　我换到驾驶座，新车咱不怕，30年的老司机了，当年学的还是东风140，两脚离合，好歹也是"科班出身"。

　　但是我想，很想在港珠澳大桥尚未通车前走一趟，一是新奇，拍张照，留下一段特殊的视频；二就是想体验一下茫茫大海之上，车仿佛是悬空着开，那滋味儿究竟是啥。

　　创新！在港珠澳大桥我学会了这两个字。因为你不学也得学，如此巨大的工程，创新无处不在。没有创新，换句话说，就没有大桥。但是理想很鲜活，现实中我让自己也来一次"创新"，车真开起来了，手心里全是汗。

　　为什么？飘啊！

　　大桥离海面有十几米高，海风一阵阵、一股股地吹来，车被涌得扭来扭去，不使劲抓住方向盘就好像会被吹下去，那万一一个不小心冲进大海，小轿车简直就是一粒石子，碧蓝温柔的海水，此刻浪漫的背后正张着血盆大口——让人如何手心不出汗？

　　初冬的珠海，当地人都说这是迎来了一年当中最好的一段日子：不冷，不热，不湿，不潮。可我们北方人还是觉得不舒服，加上11月下旬那些天，寒流来袭，天公不作美，总是阴着脸，想要上桥拍摄，抓一个好天气还真难。

　　23日下午，终于等到太阳出来了，我们拉上了一个人，上桥，对，到桥上去采访。这个人是谁？对，就是张劲文，又高又瘦，港珠澳大桥管理局的工程总监。听头衔，或许又是位老家伙？实际一见面，结结实实的一个"小伙"，42岁，博士后。是他向我解释了"设计施工总承包"，也是他提出"十九大报告说到中国要成为交通强国,交通强国就一定要有引领世界的超级工程,各业务板块都要做到世界一流,整个行业还需要有领军人物!"

好啊,自古英雄出少年,少年强则中国强!

中国人现在可以上天入地——航天器"上九天揽月",潜水器"下五洋捉鳖",从总设计师到总工程师都很年轻,都是朝气勃勃的精壮汉子。

当然也包括"女汉子"。

下午上桥之前,我已经完成了对这位"工程总监"的面对面的采访。这次采访我们专门要谈的话题就是"创新",创新的举动,创新的故事——在这些举动和故事中有一例涉及张总监,涉及大桥建设的主要桥身部件——钢箱梁的生产。

"是你曾经提出港珠澳大桥的钢箱梁应该采用'工厂化'的方式来生产?"

张总监说:"对,非如此不能完成任务!"

"那你提出来了以后,专家开始'不同意',最后又'不得不接受',有这事?"

张总监还是说:"对!"

"那到底是怎么个情况?"

"现在很多人都知道了,港珠澳大桥是咱们国家继三峡工程、青藏铁路、京沪高铁之后又一个'超级工程',超级工程就得有超级的打法。"

"现在大桥建好了,尽管难度最大的海底隧道人们是看不见了,但在人们眼前逶迤舞动的还有大桥的桥梁本身。但你知道这座大桥是怎么建成的吗?不是用过去的老办法,请了千军万马到现场去人工浇筑水泥墩台,然后再一块块地焊接桥身的钢箱梁。事实上,整个港珠澳大桥的建设从来就没有这种'土法上马'的情景,都是海面上只见大型船舶和大型的起吊设备,把工厂里事先打造好了的'预制件'一件件地用大吊车直接'码'到海上去!"

张劲文总监"激情告白",我脑海里也在快速搜索:是啊,难怪好几次问起港珠澳大桥的参战人员大致有多少?得到的回答:从头到尾也就两万人,我当时还挺纳闷。

"工厂化?"

"对,工厂化就是要告别传统的手工、作坊生产。"

"比如港珠澳大桥珠海这一段的桥梁主体工程是22.9公里,用钢量42.5万吨,相当于10座鸟巢或60座埃菲尔铁塔,这个在全球范围内中国是首次弄出了这么大的'动静'。因此如何制造规模、产量都超级大的'钢箱梁'?如何保证其质量?工期还不允许你一点点地'慢工出细活',我们为此曾经很伤脑筋。"

"反正像过去一样的手工加半自动化生产,42.5万吨的钢桥工期难以保证,而且质量还不敢让人'拍胸脯',对吗?"我问。

张劲文说:"对!"

一本叫《中国公路》的专业杂志中,记者王琳琳这样介绍了张劲文的来路:2004年,年仅29岁的张劲文,为了这座"前无古人的超大型跨界跨海大桥",义无反顾地辞去了广东省高速公路有限公司的职务,转而担任港珠澳大桥前期工作协调小组办公室的工程技术组主管。14年来,张劲文参与了港珠澳大桥前期工作的专题统筹、工程技术及计划合同管理,从工程技术组主管到计划合同部部长,再到港珠澳大桥管理局局长助理、港珠澳大桥管理局工程总监,(可以说)这座大桥,已经融入了他的生命。

一个人,把人生最好的一段年华都交给了一个工程,他能不对这工程上心吗?能把想说的话一直憋在心里吗?

在港珠澳大桥钢箱梁的生产之前,一次行业内制造工艺的讨论会上,张劲文突然提出:"我们在工厂能不能像生产汽车零件一样去生产钢箱梁的板单元,生产好了,然后再运到靠近施工海域的拼装厂进行组装,这样,流水线的作业方式,使组成钢箱梁的板单元实现机械化、自动化、信息化,从而达到港珠澳大桥工程质量高、稳定性要求高的标准,同时也可以大大地缩短工期?"

"板单元",大桥钢箱梁生产的基本组件,有点像家具,桌椅板凳大衣柜,你都得先有板材部件,然后才能拼装。

"工厂化生产钢箱梁",这个想法的提出是张总监熬了多少个日夜突然"脑洞大开"的产物,采访中他说到这一刻,还抑制不住激动,用手模仿着美国电影《摩登时代》里卓别林双手在流水线上不停地用扳子快速拧螺丝的滑稽动作,一再强调地提醒我说"对吧?"美国汽车大亨亨利·福特于1903年创立了福特汽车公司,1908年生产出世界上第一辆T型车,而后在1913年,福特公司又开发出了世界上第一条汽车零部件的流水线,这样不仅把汽车生产从手工制造的耗时与昂贵中解放了出来,还因为小汽车不再只是服务于少数富人,可以进入普罗大众的千家万户而使美国在20世纪初就率先变成了"轮子上的国家"。

我使劲点头,意思是知道,知道,我怎么会不知道呢?

1995年我连续两年采访、撰稿、制作了大型电视系列专题片《汽车·中国》,当时为了说明这场汽车制造领域里的革命,我还费了许多工夫去找当年的老电影胶片。可是,工厂化生产、流水线作业,这可不是什么新概念,算得上"创新"?至于让你张大总监如此激动?听说这次讨论会上他还有一场据理力争的"舌战群儒"?

张总监说:"是啊,现在我们国家可以算作排名世界前列的造桥大国了,港珠澳之前我们已有杭州湾大桥、胶州湾大桥,都是享誉世界,但是过去的大桥多是混凝土的,钢桥面的大桥我们做得少,还没有经验,传统的'板单元'人工焊接或半自动化焊接绝对不行,必须用'流水线',但这样的做法在桥梁工业里还是前无古人,所以专家们一时还接受不了。"

"那你后来在讨论会上提出来,专家们大多什么态度?"我问。

张总监:"当时在场的都是参与港珠澳大桥桥梁制造的企业负责人,所有人一致给出了一个答案:'不可能'!有人甚至认为'用流水线生产板单元简直是天方夜谭'!"

天方夜谭?

"那,后来你是怎么说服大家的?"我又问。

张劲文:"我反问了一句——为什么不可能?过去我们的钢箱梁最大的也就 10 到 15 米,你可以用手工焊接,但现在是多少?最大的 153 米,是过去体量的十倍左右,不采取工厂化生产你怎么弄?"

现场一度鸦雀无声。

开拓者要冲破传统习惯,有时迈出尺寸之步却要动用周身之力!

世界上没什么是不可能的,桥是路的延伸,创新是智慧的延展。"成不成咱们先试试?"张劲文说。

就这样,制造企业只好硬着头皮领命回去找相关专家进行科研攻关了。

不过,很快,捷报传来:张劲文的想法可行。

港珠澳大桥参加桥梁建设共分为 CB01 到 CB07 七个标段,其中 CB01、CB02 为大桥钢结构的制造标段,也就是"上部结构";CB03、CB04 对应"下部结构";CB05 负责组合桥梁;CB06 和 CB07 负责桥面铺装。这样,CB01 和 CB02 两个标段就先后在秦皇岛和武汉建立了两个大型的钢箱梁板单元自动化生产基地,从工厂流水线上机械化生产出来的"板单元"质量优良、效率极高,不仅成为港珠澳大桥建设中的一大创新,而且达到了国际领先水平。

"不容易吧?"张总监问。

我说:"真不容易。"这里的"不容易"不仅包括张劲文首先提出"流水线",也包括随后的自动化生产实验,一次次失败,一次次磨难,最后才得偿所愿!

"太阳出来了,一会儿我们就上桥,去看看你的流水线生产出来的钢箱梁?"

张总监说:"好!"

当天下午,我们就在张总监的带领下再次来到了港珠澳大桥未通车的大桥桥面。

"现在你是根本看不到当时我们怎么起吊、安装一块块巨大的钢箱梁的恢宏的场面了,只有大海做证,我们是怎样用最小的人力完成了最现代化的大桥建设。"张总监说。

2016年5月14日,港珠澳大桥三座通航桥之一的江海直达船航道桥,138号钢塔,也就是三座海豚塔之一的钢塔,在中山基地完成了180度的"大翻身"上下吊点安装后,就要在海面上实现90度的竖转,择机进行海上吊装了。

"三座海豚塔?"

"对,每一个重达2600吨,加上500吨吊具,总重3100吨。"

张劲文说完了钢箱梁,现在说的是大桥的桥塔。

他站在桥面上告诉我:"港珠澳大桥除了保留主航道,我们还建了三座普通的'通航桥',可供航船按它们过去的习惯来往穿行,这三座桥都是斜拉桥,桥塔分别用'风帆'和'海豚'来造型,体现着海洋文化和地域文化,到了第三座,桥塔靠近香港了,我们就设计为'中国结',这也就是大家现在从电视上一看港珠澳大桥就一定会看到的那两个巨大的桥塔,高耸,稳健,寓意嘛,体现三地共建,港珠澳同族同种,相互提携、共创辉煌——很容易理解。"

这次就要竖转90度的桥塔就是"海豚",不用说这个桥塔也是通过工厂整体造好挪到桥面上来安装的,单就2600吨的钢塔塔身,要竖转 90 度,这在国内国外都没有先例,是一项技术难度极大的工程。为了迎接一次安装就确保成功的挑战,设计和施工队伍前后经过 8 个月、四次大型专家评审会、两次模型演练,加上对每一个方案、每一个操作流程的细致考虑、一丝不苟地谨慎行事,5 月 14 日,"海豚"桥塔顺利挺立,在伶仃洋上开始了它们临风沐雨、雷打不动的世纪见证之旅。

七、有没有"打扰"到海豚?

张劲文的故事还没有讲完,那天我们在桥面上一听说海豚,采访哪里还能正常进行? 都过来插嘴:"这是海豚塔,那海豚呢? 是不是海豚就在我们脚下的这片海域? 能看到吗?"

欸,真是无巧不成书,我们大家这么一问,张总监想了想马上说,还真是,我们此刻站立的地方,就是中华白海豚经常出没的海域。大家知道后立刻扶住大桥护栏,一个个踮起脚,伸着脖子往大海里看。

"不过巧遇白海豚,哪那么容易?"张总监又说,"这要看运气。我们有次在海里施工,活干完,几只白海豚就一块跃出水面,像是为我们庆功,离着非常近、非常近。但平时,更多的时候,白海豚是不容易被看到的。"

不管怎么说,中华白海豚有可能就在我们的身边出现,这花絮让严肃的采访一下子变得轻松、神秘。

我问:"那开工前,我是说我们还没有在伶仃洋上建这座大桥以前,那时候这片海域有多少白海豚? 以后施工了,有没有打扰到白海豚的生存?"

我又变得严肃。

张总监知道这个问题很敏感,不能随便回答。但他没有犹豫,也没有推辞,就直截了当地告诉我:"没有,真的没有。"一种很自豪也很负责任的样子。这让我想起接到采访任务后我曾上网查阅了很多的资料,都是说正是港珠澳大桥施工不用原始手法,不破坏环境,不许震动,不许使用撞击式的柴油打桩设备,不让在海底大面积地翻动挖沙,所以工程对白海豚的"打扰"已经降到了最小的程度。比如新华社 2016 年 10 月 15 日就有这样一篇文章——《珠江口中华白海豚未因港珠澳大桥项目而"搬家"》,报道说:港珠澳大桥作为连接粤港澳的大型跨海通道,需要从保护区穿过。珠江口中华白海豚国家级自然保护区管理局从 2011 年港珠澳大桥动工开始,连续 6 年开展中华白海豚资源监测工作,累计识别在珠江口水域栖息的中华白海豚 2060 头,并全部录入海豚资源数据库——

海豚"搬家"?

对,"搬家"这种事情并没有。

但种群数量是不是有所减少?我的关心还没有得到完整的答案。

"过去听说是 1200 头。"张总监告诉我。这个数字如果准确,那位于内伶仃岛至牛头岛之间、面积大约 460 平方公里的珠江口中华白海豚国家级自然保护区就没有被人为地破坏。大桥与海豚共生共处的愿望就被建桥人实现了。

"你们知道这 460 平方公里意味着什么?相当于 6 个香港岛。"

"啊,是吗?"

不管怎样,听到这个好消息,我们在桥上一片欢腾!

"照相!大家快来一起照相啊!"

于是单个照、分组照、集体照,靠着照、站着照、跳起来照,5 个

CCTV 的采访记者，平均年龄已经超过 50 岁，但瞬间，大家都把自己变成了顽童，吓得张总监在身旁不住嘴地提醒："小心，大家小心，别让过往的工程车给碰着！"

哈哈，偷得浮生半日闲啊！难得大家返老还童了一回！

疯过之后，第二天，沿着质量、工期和环保的主题，我们又在张劲文总监的带领下从珠海出发，来到了毗邻的中山，实地感受和拍摄了两个与大桥建设相关的工厂。

首先是"长大"，承接港珠澳大桥桥面铺装的广东长大公路工程公司集料厂，这个工厂负责生产集料。"集料"？啥？不懂，听解释，"集料"就是混合在沥青里面的碎石头供大桥的桥面铺装所用，这一说就明白了。但"长大"呢？怎么读？是读 zhǎng 还是读 cháng？又一解释：修长长的路，建大大的桥——是为"长大"。哦，也懂了。

但这用于桥面铺装的碎石有什么讲究，为什么要特别一提？

这里面的"讲究"可大了！

为了配合我们采访，张总监特地安排了工程师朱定过来给我通俗地上课。

"好，大家知道钢桥的路面与混凝土的路面对施工的要求一定是不同的，对吧？钢桥面与沥青黏合的操作更难。那好。港珠澳大桥为了确保 120 年的使用寿命，同时也是出于环保的考虑，我们大量采用了钢桥桥面。这钢桥桥面的铺装一是要克服'防腐除锈''防水施工'的难题，第二就是要抵抗车辆的碾轧和路面的开裂。沥青里面用什么碎石，效果经我们反复实验，可大不一样。"

我睁大了眼睛："啊？"

"不明白了吧？没关系。钢桥面的表面我们要铺装一层厚度在 7 厘米的沥青路面，这沥青里面的石头，"朱定拿起一组个头大小不同、装在小展示瓶里的"碎石样品"继续帮我理解，"简单说，抗压,也就是抗汽车的碾轧,我们要用大石头。"他指着手里粒径一厘米左右、锥体的石头说,"这样的石头效果好,是专门需要在工厂里加工的;而抗裂,也就是抗路面的开裂,我们得用最细的石粒,乃至石粉,这样增加韧性,也就好比打太极,你有什么力,我就接住你什么力……"

哦,我大致明白了,但不相信为了这"太极之功","广东长大"还要专门建造一座全新的工厂?

"不是'工厂化'的生产哪能碎出形状个个统一的锥体?哪里有石粒的均匀和巨大的产量?还用采石场里人工敲打出来的石头?那质量不过关,时间也耗不起。"

说到石头,不要说港珠澳大桥钢桥面铺装沥青里面的碎石需要量巨大,就是岛隧工程都已经建好了,全长6.7公里的沉管表面需要回填,那石料使用的总量是多少?让谁猜也猜不到——2.5个金字塔,相当于3.6万节火车的运输总量。这些石头还不包括基本等长的海底基槽开挖后需要打地基用的,还有之后给沉管"铺褥子"的碎石,前者是2—3米厚,后者是1.3米厚,想一想这得用多少石头?!

国之重器,耗材量巨大,可想而知。

据分析数据:港珠澳大桥拥有全世界最长的桥面铺装规模,70万平方米,其中50万平方米是钢桥面,如果采用人工碎石,6年的时间也不一定能供得上。

大大出乎预料,我和编导事前也没有这样的计划,就是当我和摄像老师一起走进"集料厂",想跟着摄像"拍空镜"的机会一起去看一看、长长知识的时候,我眼前高大的厂房,一口袋、一口袋巨大的集料成品袋,里面装满了各种型号的碎石。整个厂房干净得一尘不染,根本不像常识中的"碎石场"到处暴土扬尘。我愣住了。随后对编导说:"我,我要在这里说一段话,做一段串场,我有话要对观众说!"

编导同意,说好啊,我就在"广东长大"碎石厂的生产车间对着摄像机说了下面的一段话:

"为了确保120年的使用寿命,港珠澳大桥的质量要求可以说覆盖了工程的方方面面。大家看这些碎石,一般的大桥用这种粒径几毫米的就行了,但港珠澳大桥的桥面铺装,7厘米的沥青里,既要用到这样直径在9.5到13.5毫米的大粒石,也要用到直径细到只有0.075毫米的小石头,0.075毫米?什么概念啊?"说着我捏起一小撮最细的"石头"在手心。"那石头,"我继续说,"大家看,这还是石头吗?用手一碾,简直就像面粉一样细。"

在港珠澳大桥的设计和施工理念中,从小到大,每一个环节都体现着建设者的精心与智慧。

比如人人都熟悉的一个说法——"四化"。

这个"四化"不是一句政治口号,是实打实的工程要求:"大型化、工厂化、标准化、装配化"。

一开始,我对这"四化",坦白地讲,怎么记也记不住,后来听到最初提出"四化"要求的孟凡超孟总的当面解释,我开始记住了,再也不会混淆了。

"大型化",何谓大?

"首先,'大型化'体现的是我们港珠澳大桥的工程必须大手笔,不然质量通不过、环保也通不过。"孟总说。

大型,通俗地理解就是"个头",比如钢箱梁,我们大桥用的钢箱梁,小的长85到110米,大的132到153米;再比如海底隧道要用的沉管,标准沉管都是长180米、宽37.95米、高11.4米,这些都是"大块头",都得在工厂里"预制",因此"大型化"必然要求"工厂化","工厂化"又要求"标准化",那"预制"好了的钢箱梁或沉管只能用特种装备运到现场去装配,因此"装配化"也是必然。

这样"大型、工厂、标准、装配——四化一条龙"也就很容易理解了。

哦。

无论如何人们都得承认,港珠澳大桥建设者们为了实现120年的质量要求、环保和工期,想尽了一切办法。

从"长大"出来,同样因为都在中山,我们又被张总监带着去看了看属于中铁南方公司的"山桥"钢箱梁拼装工厂。"不用说这个厂也是专门为港珠澳大桥而建立的?"我问。

张总监果然说:"对。之前我已经告诉过你们钢箱梁的'板单元',我们是走出了传统的作坊,分别在秦皇岛和武汉建立了两个工厂来生产的,那标准化弄出来了的'板单元',都要运到拼装厂里来拼装,也就是这里。过去,我说的是没有实现拼装'工厂化'之前,我们的'板单元'都是要靠人工在露天地里一块块地手工焊接,那规模和工艺也是作坊的,所以要坚决废弃。

"'工厂化'拼装,整齐划一,质量、产量都有保证,还不受天气变化的影响。

"我们中国,其实从历史上讲,就是个桥梁大国,但'大'是不是就等于'强'?当然不是。不过从港珠澳开始,我们要向着'强国'的目标起跑了,而且经过几年的努力,我们现在在很多方面都超过了世界先进的国家——我的意思是,啊,你懂的——'稍不留神就超过了他们(外国)'。"说着,张总监开怀大笑,一反他在接受采访时的那种沉稳、学术,看样子是真高兴了。

怎么会不高兴呢?

"从'大'到'强'不是靠吹牛,是我们中国人自己一点点摸索、创新、咬紧牙关攻下来了一块块高地。一会儿我让人再给你讲讲我们钢箱梁拼装后还有一项世界领先的监测技术——超声波相控阵,这也是我们从以色列进口但自己改进的,专门用于焊缝探伤。"

焊缝探伤？超声波相控阵？好陌生、好专业。

我问什么意思？

他叫来另一位工程师高文博，高工告诉我："钢箱梁的质量最容易出问题的地方就在焊接，而过去我们对于钢箱梁的焊缝都是靠人工来抽检，抽检就不敢说百分百地放心，尤其内部的焊缝其实靠人是很难监测出问题的。现在，我们研发出了一种新技术，就是'超声波相控阵'。用这个对每一条焊缝都要监测，而且只检一边，有问题了立刻就会被发现；没有问题了，基本上就是永久性地可以保证质量。"

是吗？太牛了吧?!

我真不知道为什么一向在我脑袋里粗放、落后，总是担心被世界甩下的"我的国"，突然在很多方面都取得了令人骄傲的成绩，前几年高铁是这样，航天、探海是这样，如今大桥建设也不知不觉地成了世界的"领跑者"——这里面没有掺什么水分吧？

按理说不能啊！

一座跨世纪大桥，而且是桥、岛、隧三种样式的集群组合，如果不能确保质量，大桥会塌、会垮、会漏水，会成为世界的笑柄，这里是来不得半点自欺欺人的。

采访时张总监没有在我身旁，说到"超声波相控阵"，工程师很自豪、很坚定，我想那一刻要是张总监在，能听到我们的对话，说不定又会来一句"稍不留神我们就超过了他们"，然后还是开心地笑，那笑声音不大，但在我看来，却可能惊动四野。

八、人工岛如何"速成"？

其实,7 年大桥建设,轻松对于沉重,总是显得太过短暂。

记得回到北京采访孟凡超先生的时候,我问过港珠澳大桥我们中国到底占了多少个"世界第一",为什么被英国《卫报》纳入"新世界七大奇迹"？孟总一边告诉我"新世界七大奇迹"分别是指北京新机场、沙特王国塔、港珠澳大桥、乌克兰切尔诺贝利核反应堆、麦加 Abraj Kudai 酒店、伦敦 Crossrail 工程、巴黎 FFR 大体育场,一边掰着手指头一个一个地给我数："作为一个单体的跨海通道项目,我们无疑是全世界最长的一个,这是第一；第二,从岛隧工程来讲,沉管隧道的埋深已经达到了 46 米,这个深度,我们也是世界最深的；此外还有人工岛,筑岛技术属于目前世界最先进；如此体量的人工岛建设速度也是世界最快、第一位的……"

孟总说得全不全？

不一定全。港珠澳大桥的"第一"太多了,不同层面、不同参照。如果所有创新都可按"第一"计,那港珠澳大桥仅"岛隧工程"就有 64 项创新,从工程设计到最后完成施工时被改动的比例更高达 90%！

中国人可以创新！我们可以向自己和世界证明这一点。

但,中国人是不是为了创新而创新？我心里一直打鼓。只不过就这个问题我反复问过接受我采访的很多设计师、工程师,甚至工地上普普通通的工人师傅,大家都告诉我:不,咱是被逼的,没有办法。

如果回头望一望,港珠澳大桥"岛隧工程"从 2011 年开工,根据刘晓东总设计师的回忆:我们从那时开始就每年都要解决一个难题——"2011年是快速成岛,核心是寻找深插式大直径钢圆筒的解决方案;2012年是沉管预制以及基床整平及复合地基的新技术;2013年是沉管的半刚性结构;2014年是研究深水深槽施工作业的技术攻关;2015年是沉管水下如何快速安装……"

看,这些"大动作",都是前无古人。

先说岛,人工岛。

岛隧、岛隧,要想建隧先建岛?这个程序是不可以颠倒的。

为什么?

本来人工岛就是为了"拽"住一条5.6公里长的大隧道,趴在海面上像两个"桥头堡",成为桥梁与隧道之间的"转换设施",不然大桥架在海上总不能要进隧道了就一头扎进茫茫大海,所以正确的步骤应该是"先建岛、后建隧",使隧道两端都有岛上一段暗埋好了的"陆地"与之相连,这样岛建好了,不仅成为整条港珠澳大桥的交通枢纽,还要承担日后120年隧道的通风和管护工作。

然而,中国人在伶仃洋上建岛,没有直接的经验可以借鉴,建岛的位置又被指定在珠江口主航道的两端,这两个人工岛,各10万平方米,工程复杂,工期又紧,因此"快速筑岛"这件事对设计者而言一开始还真是摆开了一个天字号的"大难题"!

2012年9月,中央电视台在继推出《舌尖上的中国》专题片后,又推出了5集特别的宏大制作——《超级工程》。如今这个专题片已经播出到了第三季,每季5集,其中《港珠澳大桥》是第一季中的第一集,也就是开篇。那时候大桥工程刚刚建到第三年,人工岛已经上马,建设者们正在调动一切智慧,攻坚克难。如果有谁看过,或许还记得片子里有一位叫梁桁的岛隧工程设计负责人,接受了记者的采访,对着观众说:港珠澳大桥决定筑岛的地方,水下有15到20米厚的淤泥,像水豆腐一样软。如果用老办法筑岛,做法之一就是"抛石斜坡法",第二就是"重力沉箱法",不过这两种结构都不行。为什么？石头和沉箱落进淤泥，加上海水的流动、冲击都站不住，都会滑走。而要把这些"水豆腐"挖走，或用"排水固结"的方式把"水豆腐"压成"豆腐干"，这800万立方米的淤泥势必要被挖走，那工程的量可就海了，具体讲差不多会相当于堆起三座146米高的胡夫金字塔。这样既难又耗费时间，同时对伶仃洋也会带来毁灭性的污染。所以"不能用"！

梁桁说的"水豆腐"和"豆腐干"，这比喻实在太形象了，而且他的名字，"桁"，怎么发音？什么意思？我一个读中文的也不熟悉，结果专门查字典，知道了这个字念héng，意在建筑和工程中能够承受"拉力或压力"的杆架，当时心里便在想：嘿，有这样名字的人，又专门赶上了做中国最厉害的一座大桥，那可是深含了某种天意了！

回到港珠澳大桥东、西两座人工岛，离岸的，深水的，不能在海底抛石沉箱，又不能用大抓斗抓起淤泥把珠江口翻江倒海地弄成一盆浑汤巨水，怎么办？

设计者们开始想办法了。

方案A、方案B、方案N……都不行。

忽然有一天，有人异想天开，或者说顽童心态——大圆筒？用钢来制造大圆筒？先把一块块的钢板焊接成一个筒，然后把筒插入海底围成圈，筒里面的淤泥可以用类似活塞的一个装置从上往下压，让泥沙从筒底被压出，这样一圈的钢圆筒先在海底"扎"出来一个"大篱笆"，然后如果筒与筒之间要防水，我们还可以用曲面钢板（"副格"）把钢圆筒再两两相围——这样，钢圆筒内不就干干净净了吗？人们就可以把石头、沙子往里面抛，如此人工岛的基础不是很快就能筑成？

嗨，这点子！

这点子怎么了？斜了？歪了？不，不，这点子正，不错！

所有设计和施工人员都仔细琢磨着,之后大家都举手表示赞同。

如果"钢圆筒"能解决问题,那真正实行起来可以减少泥沙开挖量至少1000万立方米,节约建设工期至少30个月。但是靠不靠谱?是不是可行?别忘了我们的两个人工岛是在茫茫大海、珠江口最主要也最深的通航海域,钢圆筒要在水下"扎"出两个"大篱笆",深插的问题首先要攻克!

好,没问题!逢山开路、遇水搭桥,过去中国人的老祖宗就是这样干的!

上海,离市区只有30公里路程的长兴岛,这里有全国最大的钢结构制造中心——振华重工。从《超级工程》的画面上看,"振华重工"这个闻名世界、港口机械占全球市场82%以上份额的中国重型装备制造企业,其制造基地简直夸张得有点像动画片——钢圆筒经过很长时间的论证,最后得到专家认可,终于要在"上海振华"投入生产了。开弓没有回头箭,但难题却一个接一个,并没有彻底得到解决。

首先,港珠澳大桥专门用来筑岛的钢圆筒型号巨大。

有多大?高50米,直径22米,重550吨,好家伙!

高相当于一个篮球场,或18层大楼;重简直就是一架A380的空中客车;而且两个人工岛,你知道需要这样的"巨无霸"有多少个?西岛61,东岛59,总共加起来120个。

天哪,如此巨大的订单让制造企业非常兴奋,但怎么做?

就是因为钢圆筒"特别巨大",没有一个卷板和模具能够一次性完成,只好化整为零,先做好72块钢片,学术地讲这叫"板单元",然后再一组组地焊接组装。但是这样做无法满足围圆只有2厘米的安装误差,也就是我理解的没有办法保证这么大的钢圆筒一定能做成像笔筒一样的规范和直溜。怎么办?

用骨架,也就是内胆?对!这样"板单元"在钢筋内胆的控制下被一片片"贴"上去,直和圆的问题就都有了保证,生产也就能够满足设计的要求。

中国人聪明,这聪明过去仿佛只属于老祖宗,但现在,只要肯钻研,今天的中国后生,也行!

钢圆筒的生产难题解决了,余下的就是 8 个月,12960 片"板单元",工人师傅要加班加点把这重达 6 万吨的钢板魔术般地变成 120 个钢圆筒,然后经过海运,把它们运到距离上海 1600 公里以外的伶仃洋。

记得 2017 年 11 月 25 日上午,摄制组在已经建好、正在收拾岛面工程的港珠澳大桥"西人工岛"上采访西岛"岛主"孟凡利,我们身边,工人正在铺设地面方砖,海风大得就在身边呼呼刮着。没办法,采访的约定时间不能更改,孟凡利身为西岛工程部总工程师也难得和哪怕是中央电视台的记者坐下来好好地聊聊天。

那天我从北京带来的感冒刚刚接近尾声,被海风一吹,一阵阵地不住咳嗽。"孟岛主"说:"不好意思,让你们这些记者也体验体验。我们从建岛这些年来,每天就这么跟海风为伴。"他穿着工作服,看着也不厚,不知道是真不冷还是已经习惯了,反正完全不像我此刻被冻得浑身发抖。

建设这两个人工岛,我们要解决很多的难题。首先就是大圆筒。中国有能力造,120 个,每个月生产 25 个,24 艘 9 万吨的大船负责海上运输,这个过程,重量不是难题,只是个头大,8 个圆筒一船,摆在前甲板,如同 8 座直挺挺的山峰,任人怎么摆放都不可能不挡住驾驶室船长的视线。这怎么弄呢?如果不能看到前方的海面,那这艘运输船不就是一艘随时可能与其他船只相撞的海上魔王?驾驶员被逼得不得不从两侧来回查看过往船只,1600 公里的路程啊,这来回 30 艘次海运,简直让人没有一分钟不提心吊胆!

　为了把钢圆筒顺利运输到珠海,制造企业"上海振华"将7万吨到9万吨的远洋运输船改造成了钢圆筒的专门运输船,这也是第一次将远洋运输船运用到大型工程上。运输工具解决了,可是没人敢开啊。林总这边急得团团转,电话一遍遍地催,企业那头老板也发火了:怕什么怕! 大家只要胆大心细,定能成功! 最后干脆就对船长下命令:"谁不开,我撤谁的职!"

　就这样,120个钢圆筒被陆陆续续运到伶仃洋的茫茫大海中的指定水域。

　"孟岛主"说:"120个钢圆筒,每一个都相当于4辆大卡车,就是这玩意使得东、西两个人工岛从2011年5月15日开工到12月7日结束,只用了221天,当年施工、当年成岛,这个速度令世界咋舌,而且这种'大直径深插钢圆筒的快速成岛技术'现在看,不仅是中国的创新,对世界也是一个贡献。"

　"有了钢圆筒,怎么把这些550吨一个的'大家伙'插进海底?"

　"我们用的是'8锤联动液压振动锤',这个'超级大力神'激振力可达3960吨,能够轻易地吊起1600吨的重物,然后振沉,边抽边打,因为在世界上也是首次被使用,因此人送美名:'天下第一锤'。这个大锤让我们有时一天能完成4个大筒的振沉,而且这个技术的开发和产品订单我们是交给了美国人为我们完成的。"

　"美国人? 美国人为我们中国服务?"

　"对,有什么不可以? 中国在强大,我们可以利用全球的资源。"

　尽管振锤要从美国进口,但整套振沉的设备都是由我们中国自己的工程技术人员完成加工、制造、组装。"振沉体系"由吊架、振动锤、同步装置、共振梁、液压夹具和液压设备等组成,在打钢圆筒时,振沉设备必须要做到8锤高频低振幅的联动,并实现液压、电、机械的"三同步",这是关键,也是非常难的。用通俗一点的话来解释:哪怕一台锤不同步,我们的钢圆筒都无法穿透土层、直达岩层。

"试想没有这'8锤联动',550吨重的钢圆筒怎么能让它稳稳地插入水下30多米的深处?这个锤分为8爪,平均用力在钢圆筒的上沿,边振边打,在人工岛快速筑岛技术的突破上可谓居功至伟,但也差点毁了我们的整体计划。""孟岛主"说。

我问:"怎么讲?这是怎么回事?"

"大锤是从美国进口的,负责振沉钢圆筒筒与筒之间的护板——'副格',施工之前肯定要做实验,那一年我们的实验是在天津做,大冬天,实验总是做不下去,一开锤,啪,'副格'的钢板就撕掉,一开锤还是撕。这样整整'撕'了一个星期。你想想,钢板像纸一样地被形容为'撕',这动静有多可怕?"

眼看着工期快到了,现场实验不成功,人工岛没法做,钱可花得让人心疼。

怎么了?

有一天连提出"钢圆筒深插快速筑岛"想法的林总都开始怀疑这项技术老天爷是不是就是不让我们中国人做成?但是在所有人都快要绝望崩溃了的时候,钢圆筒被查出是美国人把事情搞错了,同步齿轮标准都是31,他们把其中的一个弄成了32,这个数字"一数之差",差点要了钢圆筒的命。

谢天谢地,所有人都松了一口气!

最后,美国人把齿轮调换过来了,再试,立马成功。"孟岛主"跟我说:"当时,在现场的三十多条汉子,大家抱头痛哭,你能相信吗?绝望、绝望、还是绝望,当绝望到了最后的一刻,实验突然成功了,谁经得起这样的折腾?!"

"孟岛主"这条河北汉子,说这话时,眼睛瞪着,嘴巴张着,那言语分明是要和上帝争辩什么。

是啊,他没有哭,但我的眼底却潮了。

那一刻,海风依然猛吹,但我忘了冷——

九、"中庸"与"半刚性"

1910年,世界上诞生了第一条跨海沉管隧道——古巴哈瓦那的沉管隧道。

之后一直到2017年,世界桥梁业内谈论最多的还是韩国的釜山港大桥、瑞典的厄勒海峡大桥,以及土耳其连接亚欧两大洲的博斯普鲁斯海峡大桥。但中国的港珠澳大桥基本建成后,综合难度已经超越前几座标志性的跨海工程,世界同行的目光便开始在惊讶中发生了转向——

大桥之难,难在岛隧,岛已有解决的方案了,为之提供服务的"隧"怎么弄?

满打满算,在港珠澳大桥投入建设之前,全球的沉管隧道建设也只有100多年的历史,修建的隧道数量大约在150条左右,中国只在江河小距离,比如说一两公里,做过水下的隧道。海底、深海、伶仃洋?经验和实力"一无所有",都是小学生。

但是总结国外的沉管制作方式,中国人能学习的当然应该"洋为中用",比如在采访港珠澳大桥岛隧工程项目总经理部时,我见到了专业副总工程师董政。他说,过去世界只有刚性和柔性两种沉管的结构体系。

刚性和柔性?

头一次听说,太专业了。

没见文字，我天然地认为"刚"应该是"钢铁"的"钢"，随后"不耻下问"，哦，不是"钢铁"的"钢"，是"刚柔相济"的"刚"。

"那这两种结构都有什么优点？中国人拿来一用不是很现成、很便捷？"我继续天真地问。

董政说："刚性和柔性各有利弊。刚性的结构好比把沉管，也就是隧道的通道，比喻为一个'长条的积木'，它的好处是接头少，漏水概率低，但坏处是如果受到压力，会出现沉降或受力不均匀的'不均匀沉降'，沉管出现开裂和漏水的机会就很大；那柔性呢？柔性的好处是小块积木，用很多段小沉管串联在一起形成一个大沉管，这样的结构比刚性的应对沉降的优势要强，但缺点是接头多，容易漏水。"

"漏水？"

唉，无论如何港珠澳大桥不能"漏水"。现在我已经知道了对于大桥的海底隧道，"漏水"便是犯了大忌，咱怎么着也不能让它出现！

"是啊，为了这个事，我们苦恼了好长的时间。"董政说。

其实早在港珠澳大桥的前期设计阶段，国际知名岛隧咨询公司的专家们就比较过两种结构，认为无论哪种结构对港珠澳大桥的隧道都不合适，都存在一定的问题。

国际工程记录显示，刚、柔两种结构体系的沉管隧道都是"浅埋式"的，沉管回填及覆土厚度约在 2 米，而港珠澳大桥的海底隧道是世界上唯一的"深埋式"，沉管沉放的最深水深要达到 44.5 米。而且，为了预留出未来 30 万吨级船舶通过的航道，港珠澳大桥的沉管隧道还需要再向深，深埋到海床以下 20 多米的"海沟"里。这个"沟"当然是要靠我们自己挖，"沟"的学名叫"基槽"。

刚也不行，柔也不对。

那苦恼的绝不仅仅是董政等一众工程技术人员，林鸣，就连林鸣在接受采访时也跟我说:"我也是一年多的时候都找不到出路,将近一年。"

"走投无路了?"我问。心想:不至于吧?

林总回答:"走投无路了,真的是!"

那怎么办?

林总不是爱跑步吗?港珠澳大桥建设的日日夜夜他每天跑,高兴了、憋闷了都跑。而且熟悉他的人还曾告诉过我,有位意大利的记者在写到他的时候形容:"他还经常会半夜惊醒。"

果然,林总对我说:"那天半夜啊,又是半夜,又惊醒了,我脑子里面突然就蹦出来了一个念头,如果刚和柔都不行,我们能不能搞一个半刚性的概念来解决这个问题?"

"半刚性"? 林总真能"发明",这是"中庸"啊!

可这个"灵光一现"后来还真的"梦想成真"了——刘晓东能证明此事。

"那天早上大概五点多,他(林总)给我发来了一条短信,当时也是灵光一现,去年也没想到怎么做,他说能不能尝试一下半刚性。"晓东总告诉我。

"什么叫'半刚性'?"我又傻了。

晓东总说:"别说你傻,当时我们谁都想不到。因为'半刚性'在高速公路建设里面是有这么样的一个词,一个概念,是指'半刚性'的路基,但这个词、这个概念怎么能用到海底隧道的沉管制造里呢?"

那一阵子,晓东总和其他港珠澳大桥"岛隧工程"的全体设计人员几乎把沉管的"刚性"和"柔性"结构都研究了个透。什么好处、什么坏处。最后,大家一致认为:强强合作、回避缺点,借鉴其他行业的技术成果,这条路为什么不可以走? 走,试试!

中国讲究"中庸"。半刚性,其实就是一个平衡点。它能在刚

62

与柔之间,结合各自的优点,找到一种新的结构,具体做法就是将180米长的大沉管分为8个小节来制作,然后用钢绞线像串糖葫芦一样地把它们都串在一起,再将其拉紧。这样的钢绞线每一个沉管要串60条(孔)。

有媒体后来形容:"半刚性犹如灵感的火花,一点点,却点亮了整个团队的天空。"

毫无疑问,刚柔相济是一种工程哲学。

2012年秋天的一天,林鸣和刘晓东就"半刚性"的问题,专程向清华大学和同济大学的教授进行了请教,得到理论上的支持。为了使这个"半刚性"结构最终能够被证明可行,从2013年开始,岛隧工程总项目部的设计人员又组织了五个平行的模拟实验团队,把国内外对岩石、水土、结构理解得最深刻的科研部门都找出来,分别进行模拟实验。

这些团队,有清华大学、同济大学、中交公规院、中交四航院,此外还有一家几乎参与了日本国内所有沉管隧道建设的日本公司团队。大家分别按照各自的理论,背靠背地进行模拟实验,同时取得各自独立的计算结果。

方案基本在心里扎根了,但刘晓东说,这个"半刚性"后来"我们跟外面争论了一年多",一开始并没有得到所有人的信任。

"为什么呢?不是好不容易找到了一条可行的新思路吗?"我问。

晓东总说:"对呀!"

当初林总打开思路、提出"半刚性",首先是因为我们"不得已"。港珠澳大桥的沉管体量实在是太大了,隧道又需要深埋,世界没有先例,中国也必须找到一种在创新基础上的"中国工法"。同时,他也提出自己的根据是什么,简单说,就是走"刚性",沉管是一个整体,走"柔性",沉管又全部是散的,只有采取"半刚性",

这样就有可能保留一部分的预应力,既让沉管在海底能适应一定压力下的变形,同时又可以对它进行控制。

港珠澳大桥海底隧道没有经验可循,整个隧道在纵横两个方向上的地质并非均匀。地质不均匀,承载力也就不一样。180米沉管 A 和下一个沉管 B 的承载力也不一样。如果两个管节之间有"不均匀沉降"存在的话,用一个技术术语来解释就是"抗剪力"不够,那样,沉管就会出现错位、漏水,或者两个管节之间出现张口,问题"可就大了"!

晓东总继续说:"不管我们考虑得多么细致,刚开始外面的人就是不相信。后来连林鸣都忍不住和采访他的记者说,寻找出路的过程是痛苦和绝望的——设计团队又用了30多天完成了《半刚性沉管结构方案设计与研究报告》,但这之后的过程,充满了批评、异议乃至责备。我们听到的是来自内部'最好不要过度创新'的声音,还有外国权威专家的讥讽,'你们有什么资格创造一个沉管预制的新的结构?'"

"但那一段时间我们已经展开了各项技术攻关,又挨过了一段非常艰难的日子。"后来"专家们终于点头了",再后来,特别是从今天来看,"半刚性"的方案幸亏被通过,因为正是这个"半刚性"、没有被废掉的"半刚性",保证了我们港珠澳大桥6.7公里的隧道不漏水——"一滴也不漏"!

一个"半刚性"推倒了一个旧世界?

对!

很多外国专家都知道并接受:到目前为止,世界上还没有哪一条隧道不漏水,只不过小小的漏水不影响安全、不影响使用,就不计较了。但港珠澳大桥5.6公里的海底沉管在经受住了45米水深的大荷载水密性考验后,数年后,就是不漏水。人们惊讶的眼光中开始有点"羡慕嫉妒恨"了。

这 33 节沉管形状不一,其中 28 节是直线的,还有 5 节是曲线的,位于连接东人工岛的隧道段。为了防止漏水,钢筋混凝土沉管的管壁最厚处中国设计到了 1.5 米。这 1.5 米肯定给本来就体重如山的沉管又重上加了重。而接下来的问题是如此巨大的沉管,如果在海下制造根本不可能,在海边手工制造也是一个笑话。那怎么办?

挪进工厂!

又是工厂?对。这个问题没有二中选一。别忘了港珠澳大桥的建设我们不是有"四化"吗?大型化、工厂化、标准化、装配化。这"四化"其实也是因为海底隧道的沉管生产所必须放弃"作坊"思路、必须走"工厂化"专业预制的道路而来。

总之,为了生产这些巨型沉管,香港、珠海、澳门三地政府同意在珠江口外的珠海桂山牛头岛,专门为港珠澳大桥建造一座世界上最大、面积相当于 10 个足球场般大小的沉管预制厂。这个厂毕其功于一役,只用了 14 个月的时间就赶制了出来——包括两条生产线专门为大桥的海底隧道预制 33 节型号不同的巨型沉管,除此以外,它没有第二项任务,就是一次性!

好家伙,专门为一座大桥建造一个"一次性的工厂"?这么做值吗?我的"第一反应"。

得到回答:"值,为了保质、保量、保工期,整体成本核算下来还是有优势!"

过去,在我的印象中,中国所有的工厂都是一旦烟囱冒烟,"永久性"便是毋庸置疑。怎么也不会想到工厂还有"一次性的""临时的"。但现在看来,这个印象在港珠澳大桥的建设上是要被突破了。非"工厂"做不出目前世界最长、最大跨径、最大埋深,同时也是体量最大的沉管。不如此,海底隧道就无从谈起,120 年的使用寿命也就是镜中花水中月!

还是董政告诉我:如此大规模的"工厂化——预制沉管"并不是我们国家第一次采用,国外有过一次,就是丹麦到瑞典的厄勒海峡用过一次。只不过他们只做了"直线",没有尝试"曲线"。做"直线沉管"和"曲线沉管"技术含量大不一样,后者难度更大,所以我们是世界上第一个既做了"直线"又做成了"曲线"的预制工厂。

任何一个钢筋混凝土的东西,打造它、浇筑它,模板都不可或缺,这似乎是常识,我这个外行也略知一二。

在这方面,德国人因为建造了欧洲最长的海底隧道——欧雷松德大桥而占据权威,但即使是德国人也承认港珠澳大桥的隧道更复杂,需要更精确的设计和建设。这样"模板"的购买就不现实了,价格也远远超出了工程的预算,得,中国人就又得自己干了。

6个月,用钢量3000多吨,又是振华,南通振华,又完成了一套世界上精密度最高的"自动化模板"制造,这个"创新"意味着什么? 对外通俗地解释就是设计师为33节沉管构建了"骨架"。

珠海的夏天,四十几度的高温,多难熬的气候。

工人们要赶工,热得受不了,混凝土也受不了。

"混凝土受不了",这是什么意思?

前面我已经说过,为了耐久、防水,港珠澳大桥的海底隧道,33节沉管包裹着内部钢筋的地方最厚达到了1.5米,设计师和实验人员经过好几年上千次的调配,终于取得了混凝土的最佳配比,创造了世界建桥史上百万吨混凝土浇筑无一裂缝的奇迹。这种"创新"不是看得见的工程,但这些"混凝土"的作用直接关系到120年,很特殊、很娇贵,所以施工也要很讲究。

你听说过要给混凝土"送风""吹空调",甚至"吃冰棍"吗? 牛头岛桂山沉管预制厂就得这样干!

怎么说?

因为混凝土在浇筑的过程中，材料产生反应，它就是一个发热瓶。而港珠澳大桥隧道所用沉管的混凝土浇筑，工艺上要求 30 个小时一次性完成，混凝土的温度还不能超过 25 度。这些"宝贝儿"怕热。因此整个模板区浇筑都要在室内，不仅如此，温度一旦接近 25 度，光空调制冷还不行，还得往里面加冰，这就是给这些"宝贝儿""吹空调""吃冰棍"。之后，一次性浇筑完成了，还有 14 天的养护，这期间，工人们也要不停地给它喷淋，洒雾气。

好家伙，一个沉管制造就有这么多的难题，不"小心伺候着"就会出纰漏，影响使用寿命，而重达 8 万吨，每一个都好像一艘中型航母的沉管生产出来以后，怎么出厂？怎么运出去？

是啊，又一个难题！属不属于"天字号"？

车载？哪有那么大的车？即便有车，怎么从车间里抬上去？

于是我只有再请教。

于是我被告知什么叫"分散顶推"，什么叫"浅坞""深坞"，以及在沉管搬运中它们各自的作用。

简单说，"分散顶推"就是设计人员首先在 180 米长的沉管底部设置了 192 个千斤顶，安排在 4 条轨道上，这 192 条"钢腿"首先负责把预制中的沉管支撑起来，然后，等沉管做好了，要移出制作车间了，还需要另外的 160 个横向千斤顶，使沉管能够像滑雪运动员借助雪杖撑地，利用反向力让自己的身体向前运动一样，一步一步地让这个"大家伙"往前走。走到哪儿？走到正前方的一个"浅坞"，也就是一个蓄水池，在这个"蓄水池"里，生产好了的沉管首先被密封，成为空心的；然后蓄水池蓄水，等到水位达到 15 米了，沉管在"浅坞"里就算再重，也能像船一样地慢慢浮起来。

哈，好神奇！

跟着，从"浅坞"到"深坞"，这是横向运行，靠牵引，也就是说"深坞"是在"浅坞"旁边的另一个"池子"。为什么生产好了的沉管要从"浅坞"被牵引到"深坞"？"深坞"里面的水开始是和"浅坞"一样高的，但此时水位比"深坞"大门外的大海要高，中间落差有十几米。等到沉管被挪到"深坞"，此时"深坞"的水池子才开始往外抽水，让水位与沉管正对着的"深坞"大门外的海平面一样高。在"深坞"完成了二次舾装后，也就是沉管入海前要在沉管身上安装的一系列必备的设施，特别是要在沉管身上安装两艘"指挥安装船"——"津安2号""津安3号"，分别"骑"到沉管的"胸部"和"大腿"，这样一切都做好了，之后大门一开，十几条拖轮在海上已经整装待发，就等总指挥一声令下，沉管开始被小心地一点点引导而去，离开家，巨大的竹排一样浮在海面，靠"拖航编队"把它一直拖到沉管需要安装的现场海域。

天哪！神奇中断不可掉以轻心——万一拖不好，沉管与什么坞门啊、拖船啊轻轻地一碰，那后果……我自己吓自己。

这些事绝对不可以发生！

听完不少人分几次地给我讲解沉管如何"出厂"到"运输"的全过程，吃惊之余，慢慢地我才能用自己的语言组织出上面的一段文字，是跨过细节，被我高度概括了的。

然后我问："这之后的运输就开始叫'浮运'了吧？这一段我从材料上看到过。"

工程师们回答："对。"

但浮运的距离有多长？

"12公里。"

"12公里？"可不短啊！

对，如此长距离的浮运，浩浩荡荡的船队。

每一次完成海上运输差不多都要经历8到13艘大马力的拖轮、10艘海事警戒船护卫。有人负责开船，有人负责观察，有人负责提前"清空"航线，有人负责危险一旦发生时紧急预案的制订和处理。这样,沉管先是要被小心呵护着沿预制厂的支航道启程,然后经过榕树头航道、回旋区浮运线路,慢慢地才能驶往施工海域。毕竟如此之大的"浮运"动作,沉管哪怕挪动一寸,都要拖船集体的力量和配合。

人们要狠狠地研究"浮运"需要的拖力、流速、水深之间的关系,摸索天气规律,掌握航行控制技术。

等这一切都做完了才顾得上去欣赏、拍照,记录下海上"浮运"的那一次次壮观的场面。

十、基础不牢,地动山摇!

到现在我已经知道,港珠澳大桥海底隧道之所以要长,不算人工岛全长 5.6 公里,而且还要深深地被埋入水下四五十米的地方,一是不能浅埋,这样会挡着伶仃洋上的国际黄金航道;二是不能超过 10% 的阻水率,这样会使珠江口形成一道拦沙大坝。但是"深埋"和"浅埋"施工难度不可同日而语,对海底地基的打造要求也完全不同。

地基?对,基础下的基础!

这些年中国人修铁路,特别是高速铁路,逢山开路、遇水搭桥,势不可当。因此人们对能够在地底下像蚯蚓打洞一样的专用设备,比如盾构机,已经越来越熟悉。

使用盾构机?不错,是能够最大结构地入地深挖 45 米,直径还可以做到 15 米,"呼呼呼"快速向前挖掘,那施工速度让人看了真是过瘾,忍不住叫绝。

但港珠澳大桥是海底隧道,盾构机用不上,直径 15 米的隧道也不符合双向 6 车道 38 米的隧宽。那怎么做?怎么把事先已经制造好了的 33 节沉管依次放入海底,不漏水,也不能被海水给冲断、泥沙给压垮?

因为深埋,海水的压力已经巨大,要是再赶上暗流冲击,那沉管会不会被弄得"打了滚儿""翻了身儿"?

"如果把沉管放进一条事先挖好的槽子里,它就不会跑,也不会被水冲断,不会被什么外力破坏——比如地震、突然的沉船甚至万一刚巧有一起沉船事故就发生在隧道的上方?"

我这样想了,但没敢问,怕这样的提问太可笑,太给建设者们出难题。

但采访中我得知,设计师就是这样预防的,就是要把 5664 米长的隧道,33 节沉管放入事先在海底已经挖好、20 米槽深、整平过了的基槽内。这条基槽长长地开挖于海底,最深处可达48.5米。

挖槽可是难题?

不,挖槽不是难题,中国已有这样的大型专用设备。只是伶仃洋千百年沉静的水下,将近 50 米的深度,槽宽要大于 48 米的一条深沟,中国没有,世界没有,工程师们又得首创。

120 个钢圆筒是"深插",现在 33 节管是"深埋"。

港珠澳大桥的建设者们,十几年设计、七年施工,和大海打交道,他们对海水不陌生,对海底世界也越来越熟悉——

为了弄懂什么是"复合地基+组合基床"这个港珠澳大桥建设的又一项中国对世界的贡献,一天下午,摄制组专门请来了"岛隧工程"的副总经理尹海卿为我们做解释,摄像机在身旁架设着,尹总一点也不紧张:

"首先我们要说沉降,"尹总说,"我们这个沉管隧道要求是什么? 要求在 120 年的使用寿命里边,它的沉降不能大于 20 厘米,差异沉降不能大于 2 厘米。沉管的事,沉管安装的事,一出事就是大事。"

啊？尹总不慌，我却心紧。

我问："您指的是由沉管连接在一起组成的隧道，这隧道不是一个平面的基础？"

尹总说："对，5.6公里的隧道不可能是一条直线，不可能是平的，对吧？那么沉管从高到低，从人工岛经海底再到人工岛，是带曲线的。这岛与隧结合的地方就很难搞。"

"好比是脖子的地方？"

尹总："对，就是接驳的地方，两个人工岛与隧道对接的这一段是提前预制好了的沉管和现场浇筑的'暗埋段'的对接，难度很大，所以地基就要特别结实。那你怎么能让又厚又软的淤泥变得结实而有硬度？我们就用了一种叫'挤密砂桩'的技术，就是不挖走淤泥，而是'掺沙子'，通过一根根又大又高的钢管往海底里压沙子，先慢慢挤走海底的淤泥，然后扩径，把一个个'沙柱'变成一块块'沙饼'，这样，慢慢地，地基就牢了，就硬了。"

哦，"神奇"又来了！

问："那人工岛和隧道总共用了多少根'挤密砂桩'？"

"几万根吧。"

"哇，几万根？"

一根钢管从水面打到海底想想都不容易，几十米的水深哪。

当钢管穿透淤泥层，一个砂桩打完了，管子还要拔出来再打下一个。打了颈部，围着两个人工岛还要再各打一圈。总之"挤密砂桩"越多，人们越放心。所以当时工人都吃住在船上，打砂桩也在船上，疲劳、辛苦，海风、海浪，枯燥也是挺难对付的一件事。

当然，这些都是后来我在岛上听工人师傅们说的。

对于沉管隧道的沉降控制，港珠澳大桥"岛隧工程"其实使用的不仅仅是一个"挤密砂桩"，还有"基槽精挖""抛石夯平""基床清淤"以及"碎石整平"等好几项技术。

这些技术都是被需求拉动的。没有需求人就不会去"创新"。

"而人工岛两头的地基有办法搞好了,海底的基槽,这个难题是不是也同步地出现了?"我问。

尹总说:"是,这就是第二种'基础'。5.6公里的隧道,这么一大段,我们的基础决定着整条隧道的使用寿命,能不能满足120年?这条隧道不是桥面甚至桥梁,可以在120年当中不断地检查、维修,甚至更换。这一长条沉管埋到海底就是永久性的存在,你不可能说哪一段几十年后发现有问题了还可以'拿出来',修好了再'放回去'吧?一劳永逸,就是为了这'一劳永逸',我们采用的技术是'复合地基+组合基床'。"

哦,这下"复合地基+组合基床"不得不面对了。

这是两项技术,都是世界首次使用。怎么做的,具体指什么?

尹总告诉我:"首先是我们要开挖基槽。我们先用'抓斗式'挖泥船,用它巨大的抓斗在水下挖出一条48米宽、最大48.5米水深的垄沟。在这个基础上,铺满2米厚的大石块,然后用振动锤把大石块夯平,再平整铺上一层1.3米厚的小碎石。这样,一条5664米长的沉管基床才算完工,需要铺设的碎石方大约是多少?你都想不到,56万方左右!"

嗯,从"基槽"到"基床"——动静好大,但听着,似乎并不困难?

"不困难?你听我往下说——

"开始,我们要求工人开挖的精度是50厘米以内,就是说设计底线是50厘米以内,多挖也不行,少挖也不行。如果不这样,基槽被挖得坑坑洼洼,高高低低,以后基床的刚度就不一样,抗沉降的能力,特别是'差异沉降'能力就不一样。所以后来我们干脆开发出了一种大型的新设备,精挖系统,或者说造出了一条精挖船。"

"又造了一种船?精挖船?"我问。

"对，专门为大桥沉管隧道造的。"

尹总轻描淡写地回答，我也并不惊讶，因为港珠澳大桥，为了它中国诞生的新技术、新装备、新的生产工艺多了去了，对此我已经不觉得稀奇。当然如果说讨论这么众多的"新"，它对提升中国装备制造业的整体水平，那无疑是一个很大的推动。这倒是事先人们没有预料到的。

回到"精挖船"，好。

尹总说："这种精挖船最大的好处就是它的抓斗不再是过去的那种有角度的大挖斗，一斗下去就是 9 米，几十方泥沙，高低差度能有 3 米，根本不能满足我们 50 厘米的要求。这次新造的船，抓斗是平的，挖一点、提一点，再挖一点、再提一点，这样 50 厘米就可以做到。"

有了"精挖船"，我理解，港珠澳大桥的隧道沉管就有了基槽内的深挖和找平的保证，不过这时的基槽对沉管还只是一个"床"，硬板床，还不是褥子。设计者们还要让它软，让 33 节沉管在海底有一种睡"席梦思"的感觉，这样做当然不是为了让沉管真的睡起来只感到舒服，最主要的是减震、抗压。因为将来沉管一旦被埋入 20 多米深的基床，头顶首先要铺上 2 米厚的碎石，算作"被子"，然后还要承受大约 22 米厚、120 年会越积越厚的淤泥，这些荷载沉管都得受，而且都得受得起！

作为一篇报告文学，我想我能用文字把"复合地基 + 组合基床"解释到这一步也许就已经够了，其实对于这两项技术，难以操作的地方还很多。比如说往基槽里面铺碎石、建基床，那石头大小也有讲究，都是精选的，大了不行，会影响整平精度；小了不行，成形后的抗冲刷能力不够。这道工序叫"抛石夯平"，大家别忘了，海下几十米的深处，石头抛下去会漂，怎么能准确识别位置，抛得准，还要放得平，这真的很难，搞不好就"天女散花"了。所以设计人员想到用"抛石管",海面上一个斗,下面连着一根管子漏石头,管子快到基槽里面了,水流变小,距离也短了,然后碎石抛下,就会相对准,所以后来有人形容"抛石管"说,这玩意就像老式打字机的打印针,嗒嗒嗒地来回移动,在深海里"打印"出一条条规规整整的石垄。再加上在这一步上,工程技术人员又开发出了一种"液压振动锤",锤的能量是多少?振动的时间是多少?夯成的石量又是多少?计算机都能控制,这样获得的参数准确,效率也比过去在海面上盲锤提高了整整 10 倍。而经此工艺完成的沉管后来经过实测,沉降均在 5 厘米,差异沉降竟然能够保证在了 1 厘米!

天哪!1 厘米?一根小手指的宽度!

赞,海底深赞!

"基础不牢,地动山摇"!这句话朗朗上口,我在港珠澳大桥的采访中遇到的几乎每一个人,从老板到工人,人人都会说。

还记得沉管 E1 吗?

作为实现西人工岛与隧道转换的第一步,也就是整个港珠澳大桥海底隧道的首节沉管的第一次安装,时间被花去了整整 96 个小时,吓跑了很多当年的设计者和施工管理者。为什么?原因就是地基的部分出了问题,基槽里不断出现淤泥,导致 22 名潜水员只能以人工作业,轮流下海,靠双手一寸一寸地清理淤泥,这也致使沉管无法快速和顺利地入槽"着床"——

"基础不牢,地动山摇",一根大刺、一个大大的惊叹号!

港珠澳大桥建设初期,设计人员曾把海底的淤泥轻巧地比喻为"水豆腐",那时候人们或许没有想到日后这"水豆腐",竟渐渐开始和大桥的建设者们较力,展开了一次次的生死博弈,成了一个极大的难题、极强的对手。

浇筑第一段沉管（朱宇光 摄）

"振华30"巨大的吊臂吊起重达6000吨的最终接头,将其平稳吊离"振驳28"运输船,吊臂开始旋转(港珠澳大桥管理局提供)

在相继完成"脐带缆"连接，姿态调整和对海洋条件、控制系统、基床回淤等情况的再次复核确认后，最终接头缓缓入水（港珠澳大桥管理局提供）

沉管浮运（《珠海特区报》李建束 摄）

沉管对接（《珠海特区报》李建束 摄）

沉放演练（王有祥 摄）

林鸣在现场指挥（港珠澳大桥管理局提供）

"振华 30"，世界最大的起重船（港珠澳大桥管理局提供）

位于珠海牛头岛的桂山沉管预制厂（港珠澳大桥管理局提供）

钢圆筒振沉（港珠澳大桥管理局提供）

西人工岛第一个钢圆筒振沉完毕（港珠澳大桥管理局提供）

第 7 船钢圆筒（沈道峰 摄）

2011 年 9 月 11 日西人工岛最后一个钢圆筒起吊（港珠澳大桥管理局提供）

2017 年 3 月 31 日港珠澳大桥西人工岛主体建筑首层顺利封顶，珠江口〝地标性〞建筑初现雏形（港珠澳大桥管理局提供）

东人工岛施工全景图（港珠澳大桥管理局提供）

东人工岛上（长江 摄）

十一、"浮运"与"安装"——无限风光

如果套用一句话:"每一个文化英雄的心里,都装着一个有趣的灵魂",那么我就要说,两万名港珠澳大桥的建设者,每一位英雄的心里也都有一座丰碑——既属于国家,又属于自己的丰碑。只不过那丰碑不单是光鲜亮丽的,更有着风吹日晒、电闪雷鸣雕琢的痕迹。

岳远征,港珠澳大桥岛隧总项目部二工区第五工区的总工程师。

河北人,白白净净的一位小伙子,才36岁。

他来港珠澳大桥之前所在的单位是"中国交建"一航局二公司。他是学水工的,也就是"港口航道与海洋工程",毕业的院校是大连水产学院。

"大连水产学院?"和他第一次见面,我一听,"这学校怎么听上去很像学养殖和捕捞的呢?"我开起玩笑。

小岳告诉我:"是啊,有点像。但我们这个学校也开'港航'专业。"

"哦。"

玩笑过后,我们说起港珠澳大桥岛隧工程的沉管"浮运"与"安装"。小岳说,要想解释清楚"浮运"与"安装"这两个惊天动地的"大动作",其实"就三件事儿"。

"哪三件事儿?"我问。

小岳说:"第一'运过去';第二'沉下去';第三'对接上'。"

"哦,你总结得那么轻松?但怎么'运、沉、接'呢?"我说。

"您听我说——"小岳并不急。

"每一节沉管从桂山深水坞厚重的大门里被缓缓移到了海面上之后,人们遇到的第一个难题,就是怎么能够在水中把这巨大的沉管控制住,对吧? 8万多吨重的大家伙呢。换句话说,这沉管,在水中受到了多大的力,我们的拖轮就要给它配出多大的力,来拖它。

　　"为了实现'只许成功、不许失败'(失败不起,真的失败不起啊!)的目标,我们做过四次海上的模拟演练,开始模拟'沉管'的是一个'半潜驳'的水上货运大船,没有动力,逆着水流,用拖船来拖它。"

　　"为什么一定要逆着水流?"

　　"因为如果没有经验,顺水来拖就怕失控,怕'沉管'会顺流而下,那样就会连带着我们的拖船,都有可能乱了套。头两次的实验是不成功的。而后,岛隧项目部发现广东省有个广州港拖轮公司,这家公司不仅有十几条拖轮,还有一个技术团队,我们就如获至宝,去寻求合作。

　　"然而,沉管何时启运,还有一难,就是你怎么选定浮运最佳时间窗口? 这个'窗口期',您可能也已经知道了,一个月也就一两次。

　　"当时,我们很希望有外国的专家能来跟我们合作,但是人家外国人说:'你们做不了这件事,这要靠大数据、靠太阳历。'"

　　中国人不服啊,没有"太阳历",我们却有"月亮历"。

　　什么是"月亮历"?

　　老祖宗给我们留下来的"好东西",就是我们通常说的"农历"啊。

　　"我们就用'农历'来对应潮汐、台风和强对流天气等等,最终我们找出了沉管浮运(后来是安装)的最佳'窗口期',这也就是为什么外界人都很奇怪,我们的33节沉管,外加一个'最终接头',

很多都不是在白天进行安装。为什么一定要选在夜晚进行,就是因为要按'农历'所指引的最佳时间来进行操作。"

"哦,原来是这样。"

"对。"

知道了拖船应该在什么时候出发、怎样在海上拖拽,接下来还有一个难点,或者说是最为险峻的一点,那就是沉管必须要在规定的航道里运行。

沉管浮在水面上也涉及航道?我心里想,但没打断小岳。

他接着说:"这个航道宽 240 米,水深是负 14.3 米,而航道以外的水只有九到十米。"

"什么意思?"

"就是我们要特别小心,千万不能让沉管浮运到航道以外的海面。一出去,水深不够啊,就会搁浅。"

"哦,哦,还有这个障碍,你不说,我还真的不知道!"

"对,但不是'障碍',是万万不可越界哦!"小岳纠正。

"那可怎么控制呢?"我又问。

"我们的指挥员,在安装船上,通过'沉管浮运导航软件'——也是我们自己研制出来的,可以在电脑上进行控制。在电脑上,每一次沉管浮运,我们都可以看到三样东西:第一就是航道,很清楚,160 米宽的范围,在电脑上标明为绿色,两边,各有 40 米,是黄色,这样 160+40+40＝240 米,绿黄两色的范围就是航道的范围,只要沉管在这个区域里被牵引着前行就安全,越界了就危险;第二,电脑上还能看到我们的'安装船',船在什么位置,很清楚;第三,还能看到 8 条(有时会更多)拖轮拖着沉管在海上所处的位置,以及它们和周边船只等的坐标关系。"

好,克服了"运出去"的难题——至少是知道了"难题"在哪里。接下来,是不是就要解决"沉下去"的问题了?

要解决"沉下去"的问题,前提条件恐怕还是要先解决如何让"沉管"在海面上稳住的问题。拖轮在水上,即使不动,还有水流,也不可能把8万多吨重的大家伙稳在海面的一个什么固定地点。那靠什么?

我沿着小岳的思路,觉得自己的提问都提高了"推理"的能力。

小岳说:"对,太对了。这个时候我们就不能再完全靠拖轮。要靠锚。我们叫'大抓力锚'。"

"锚?"

"对。"

船在水上行,不论小船、小物体,还是大木排、万吨客轮,等等,想要让它停下来,人们都会很自然地想到"锚",这是常识对不对?

我说:"是,同意。"

小岳说:"那港珠澳大桥的沉管呢,怎么让它在水中'站住'?这就要涉及'系泊'。"

沉管要在水上行,靠的是运力大于它的体量,那同样的道理,稳住它就要靠缆力大过海水迎流面所受到的水流力,这样无论大船,还是沉管,都能够被固定。这个动作就叫"系泊"。

"哦,太专业了。"

"可是接下来,你们用多大的锚?这个锚和沉管又怎么发生关系?全是大家伙、沉家伙啊!"我又问。

"首先,锚是要被沉到海底的,锚能够提供多大的力,也就是'锚抓力',或者叫'抓重比',是推算出来的,这不难。我们的港珠澳大桥选择的'系锚缆',每一根都能提供100吨的系泊力,一头连着锚,另一头连着'锚绞车',这个装备在海面,在安装船上。"

又遇到更技术的环节了,我努力在记、努力地去理解——

"锚绞车"是机械的,靠人按按钮来控制缆的松紧。

"哦。"

每一次沉管安装,我们都有两艘指挥船"津安2""津安3",是联动的。操作手要听指挥船上总指挥的指令。我们的总指挥就是林鸣,永远的;船长叫刘建港,也是永远的。林总一般都站在刘建港的身后,每一次安装,不管多长时间,他俩的关系总是那样。

"系泊"好了,这才是"沉下去"的第一步吧? 我猜想。

小岳说:"对。"那么巨大的沉管如何让它往大海的深处下沉呢? 就是靠水箱。

水箱? 哦,我想起来了,在沉管的肚子里,有6个巨大的水箱。这些水箱负责下潜。

具体说就是,当沉管要下沉的时候,人们就会往水箱里面灌水,水量大约是800到1000吨,这样让沉管自身的重量大于它在水上的浮力。

"好,这好理解。"我说。

"但这个过程可不能失控,"小岳强调,"可不能像大石头一样,扔下去,就任其快速地沉入海底。"

我说:"这我也能理解,知道这个动作要慢,要有一个合理的沉放速度。"

"对。"小岳说。

"不过,总共要下沉多少米呢?"

小岳:"大概40米。"先放下5米,再来5米,看一看。看看沉管平面的高差、水下的位置、前后左右的形态。这样驻停一次,大约需要10到20分钟。

"小心伺候着,认认真真地捧着?"

小岳:"没错。我们在沉管的封门上装有'应力感应器',就是可以随时反映沉管在水下是不是发生了变形,确认它是不是始终是安全的、始终没有漏水或渗水的情况发生。之后,我们才能做下一个动作,叫'绞移',这就是让沉管在下沉的过程中,慢慢地靠近上一节已经固定在海底下的沉管——我们叫它'老管'吧。"

"老管"?我说好,明白,这说法拟人,还挺亲切。

"从什么时候开始让沉管往下沉呢?"我继续。

小岳:"50米,一边放,一边让它往前走,是斜线。"

这就是"绞移"?

"对,这就叫'绞移'。"

绞移到差不多0.5米到1米的位置,沉管就开始实施对接。

对接?终于要进入到关键时刻了。

这就是你所说的"浮运"与"安装"的第三难?

小岳点头,说,就是,这才是目的。

真正的沉管要"着床"了。此时8万吨重的"大家伙"还被安装船紧紧地拎着,还没有完全被放到事前已经挖好海槽、铺好了"石褥子"的"复合基床"上。此时,下一个动作就要出现,这个动作叫"拉合"。

"拉合""绞移""锚缆""系泊",好家伙,这么多术语。说老实话,如果不是因为我走近了港珠澳大桥,要拍大桥、写大桥,这些技术名称恐怕我一辈子都不会遇到,也不需要好好地研究它们。

"这个拉合,"小岳笑笑,"也是技术的,也有点学术性。"

简单讲:在待放沉管——我们叫它"新管"吧——的前端顶部,预先安装了一个装置,叫"拉合千斤顶"。这个"千斤顶"有一对机器手,可以伸出去,而上一节已经安装好的沉管,也就是我们所说的"老管",尾部的顶端也有一个装置,叫"被动拉合单元"。此时,机器手伸出去,就是要够这个"被动拉合单元"。"机器手"一旦够上了,"拉合"动作也就要开始了。

"整个动作在运行的过程中,人可以看得到吗?"我问着,心里多少带上了点紧张。

还好，小岳说："这个动作在运行的过程中，我们是可以看到的。"

摄像镜头，通过电脑屏幕，使"拉合作业"不仅可视，而且可控。也就是说，远一点、近一点、高一点、低一点，指挥者在指挥船上都能够控制。

因此每一次我们在船上听到林总最后发话，"好，现在可以进行拉合作业了"，这个时候，安装就快要大功告成。

操作员不断地报告着新、老沉管的距离和位置："开始搭上，搭上了！"

同时，还有一个"距离传感器"，也是可以随时告诉我们"老管"和"新管"处于一种什么样的状态，在往前划的过程中，很像人们划桨，让船一点一点地靠上去。

啊，举凡惊世骇俗之作，都有诗情画意般的壮美？

不错！港珠澳大桥也是如此！

当然，成功了人们才有心思去赞美；不成功，命悬一线的时候，大家都紧张得要死！

"新管""老管"一旦相扣，沉管安装就算画上了精彩的句号？我这样想，也这样问，但很快发现，"不对，还没到时候"。

还有一个环节、一件事，我忘了：GINA，我把 GINA 给忘了。

GINA 是谁？人，还是设备？

GINA 是一位女演员，外国的，曾经因为成功出演了《巴黎圣母院》而闻名全球。她的名字，同时也是一种橡胶止水带，是港珠澳大桥沉管隧道接头密封防水及安全的重要屏障。

"对，这件事可不能忘！"

关于这种止水带，按世界最佳标准选择的，小岳提起时有点不好意思。我知道为什么。这种止水带，其外形很像鼻头，或者有人说更像乳房,这……"乳房"? 年轻的小伙子有点说不出口。

"没事,"我替他说,"我知道这种止水带的外形很像什么,前面小,后面大,软软的,很容易被挤压,所以密封效果特别好。"

小岳像被救命,连连说:"对,对。就是它,就是它。您看到材料了吧?"

我说:"对,我看到过。这种止水带要沿着沉管管节的端面走上一圈,怎么固定? 就是用螺栓把它牢牢地钉住吗?"

小岳说:"对。GINA 本身厚 37 厘米,'新管'和'老管'对接上之后,它在中间,要被挤压,最后只有 22 厘米,死死地挤住。就是这玩意儿,非常关键,保证着港珠澳大桥海底隧道一滴水也不漏。"

"哦——棒!"GINA 是个功臣,大功臣!

对,好演员。

"她"表现得非常好,的确是一个有着特殊贡献的"好演员"!

十二、"中国工法"让世界睁大了眼睛!

艰难的描述终于完成了。

我记住了一大堆术语和 GINA 好听的名字。

还有一个词,很耀眼,我过去很少听到。这个词就是简单的两个字——"工法"。

一个非常安静的晚上,珠海海边一处农家小院,普通的一顿晚饭,和我一起吃饭的有两位女士,她们外形俏丽、面庞细嫩,如果不经人介绍,我真想不到,也不会相信,她们竟然是港珠澳大桥岛隧工程负责混凝土调试的两位"抗裂"专家——

岛隧总项目部中心实验室的主任屠柳青;

桂山沉管预制厂实验室的主任张宝兰。

"哇,混凝土、水泥? 这难道不是男人的世界?!"

混凝土是坚硬的,结实的,即使开裂,遍体鳞伤,也会迎风而立,于斑驳中凝聚起誓死不渝的坚强! 而女人呢? 本性温润,阴柔,爱干净,天生就不应该和混凝土结缘! 但为什么恰恰是如此年轻的两位女人,挑起了一片世界,完成了为沉管预制百万方混凝土浇筑无一裂缝的世界奇迹?!

"为什么? 为什么是两位女性来搞混凝土的实验?"我吃惊得反复在问"why"。

两个女人说:"为什么不可以是我们女人?"

"哦,是的。女人可以。当然可以。世界不同了,男女都一样!"我说,心里非常敬佩。

但她们也开玩笑:"不,不。实在不行了,男女才一样!"

哈哈,大家都笑弯了腰。

"但凡混凝土的浇筑,不开裂是不可能的!"在当今世界,这差不多是一种行业通识吧。我问两位"女汉子":"那你们是怎么搞起实验的,为什么能够做到'百万方混凝土浇筑无一裂缝'?"

饭桌上,我偷偷拿出纸笔,这场意外的采访开始了。职业病,有时自己都不觉得。

两位主任也就都认真起来,解释说:"细心、耐心,还有被信任。"

"被信任?"

"当时为了解决如何使港珠澳大桥深海隧道沉管的混凝土不开裂的问题,林鸣和刘晓东对我们参战的科研人员都寄予了厚望。没办法啊,我们的沉管设计得再好,如果混凝土开裂的问题不解决,就好像一个人,骨骼是好的,但皮肤总是开裂,外伤不断,也会危及寿命。"

她们的"实验室"可不是白白净净、安安静静,实验人员都穿着白大褂，轻手轻脚，连说话都自然要变得"悄没声"。港珠澳大桥的混凝土实验室，至少是位于桂山沉管预制厂的实验室，到处都是灰蒙蒙，地上都是水。实验人员有小伙，也有姑娘，人人都脚蹬高靿的大水靴，身边不是水泥、沙子就是手推车和搅拌设施。在这里，别说说话"悄没声"了，搅拌机整天响彻天地地轰鸣，一次次实验，一锅锅搅拌，实验的水泥块出来了，人们还要小心地养护，取样分析，然后从已经数不清究竟有多少次的"配比"中找出一个最好的"方子"，像老中医诊病，望闻问切，一次次把脉、一次次矫正着药方。

"数据都是用汗水'泡'出来的。"两个女人说。

我万分同情地拼命点头。

已经不想再多回忆了。

没有节假日，没有白天和夜晚的分别。家也不顾，丈夫、老人，孩子上学也辅导不了，唉，那几年的日子……

"好不容易'熬'过来了。不过现在回过头，幸亏当初领导给了我们这份信任，让我们付出，出力长力，我们也因此得到了锻炼。"完工之后，两个女人获得了提升的机会，新的岗位正在等待着她们。

好了，菜上来了，大家肚子也都已经咕咕叫了。快先吃，好好吃吧，别怕长胖，也别只是一个劲地吃素菜。唉，女人，到底还是女人。

两位"抗裂"专家的贡献为港珠澳大桥 120 年的寿命提供了保障，也为中国、为世界提供了一种"工法"——混凝土浇筑可以"不开裂"的"中国工法"。

那么回到学术上，"工法"和"工艺"到底有什么不同？谁包含谁？

上百度查一查，"工艺"好理解，就是指"劳动者利用各类生产工具对各种原材料、半成品进行加工或处理,最终使之成为成品的方法与过程"。通俗地讲就是一件产品究竟是怎么造出来的,步骤跟着步骤,从第一步到最后一步,那就是"工艺"了。但"工法"呢? 和"工艺"是什么关系? 在港珠澳大桥的工程上,它意味着什么? 又为什么人们老是要提到它?

如果非要较真,我看到有关解释,说"工法"一词最早是来自日本:日本《国语大辞典》中将"工法"释为工艺方法和工程方法。在中国,"工法"是指以工程为对象、工艺为核心,运用系统工程的原理,把先进的技术和科学管理结合起来,经过工程实践形成的综合配套的施工方法。它必须具有先进、适用、保证工程质量与安全、环保、提高施工效率、降低工程成本等特点。

哦,明白了。

"工法"大于"工艺",但必须与"先进的技术和科学管理结合起来",具有"创新"的实质内涵。

近几年,差不多有十年了吧? 中国的高速公路、高速铁路快速发展。21 世纪以来中国新建桥梁也不断向大跨、重载、新材方向发展,高铁桥梁、大跨度公路桥梁、跨海大桥等不断刷新着世界纪录。有统计:近五年来,世界排名前十的跨海长桥中,中国已占 6座;世界排名前十的斜拉桥,中国已占 7 座;世界排名前十的悬索桥,中国也已经占据了 6 座。目前,我们国家公路桥梁总数已经接近 80 万座,铁路桥梁总数已超过 20 万座——中国的确已经发展成为名副其实的"桥梁大国"。

但是,港珠澳大桥特别,很特别。它的建桥难度与过往的一百万座大桥都不可同日而语!

对于这座"桥",中国创新的"工法"有多少?

随便回头看一看:

由于采取了 120 个钢圆筒的"大直径深插式快速成岛技术",

仅仅用了 221 天,港珠澳大桥的两座人工岛拔地而起、跃海而出,实现了"当年施工当年成岛",此"工法"令世界侧目。

港珠澳大桥珠海桥梁主体工程 22.9 公里,用钢量 42.5 万吨,相当于 10 座鸟巢或 60 座埃菲尔铁塔,"超级钢箱梁"全部采用工厂法预制,现场安装,此"工法"提高了质量、节省了工期,还同步实现了环保的最大化,也令世界咋舌。

港珠澳大桥的沉管制造,不仅实现了工厂化,创造出"半刚性"的结构原理,同时还实现了 8 万吨大型混凝土构件平稳移动 200 多米;岛隧工程首创了"三点支撑、多点连续顶推"的新工法,从而使整条 6.7 公里的海底隧道做到不漏水、一滴也不漏。

再有:

沉管深埋的"复合地基+组合基床";

沉管上百万吨混凝土浇筑无一裂缝;

"浮运"与"安装"新控制系统的开发;

"最终接头"可伸缩性止水顶推小梁的使用;

大桥"承台与桥墩"巨大组合体的提前预制;

大桥在海中桥墩固定安装的"干法环境施工"……

以及:

为了安装全长 6.7 公里的巨型沉管的海底隧道,中国大型国企"振华重工"还提供了新装备——"津平 1 号""津安 2 号""津安 3 号",3 艘万吨组外海施工船全球首创。其中,"津平 1"可以将 5.5 公里的深海基础平整至厘米级水平;"津安 2"与"津安 3"两艘"姐妹船"可以将 8 万吨之巨的沉管在海水中的下沉速度控制在每秒小于 1 厘米,并联手完成了 33 节 180 米长的海底沉管隧道的精准安放。

……

"天下第一推""天下第一梁""天下第一锤""天下第一翻"

"天下第一胶"等等,太多太多的"天下第一",不仅使中国在外海、深海桥梁建设中获得了无数的原理创新,同时也为世界贡献了可供效仿的"中国工法"。

为了确保港珠澳大桥岛隧工程"最终接头"的成功安装,"振华重工"又自主建造出了世界上最大的一艘起重船——"振华30"。这艘船由30万吨的油轮改装而成,船身长297.55米,宽约58米,船底到主甲板的"行深"约28.8米,排水量约15.8万吨,主甲板面积更是相当于2.5个标准的足球场大。如此巨大的超级起重船,世界闻所未闻。

面对大桥沉管隧道的"最终接头"这个只有6000多吨重的关键部件,"振华30"起重船因其拥有世界第一的单臂架1.2万吨的吊重能力、7000吨360度全回转的吊重能力,身处大海从容镇定,任凭风浪起,我自岿然不动,把"最终接头"牢牢抓住,举重若轻地在辽阔的伶仃洋上将它想放到哪儿就放到哪儿——

多牛啊!

2012年10月27日,港珠澳大桥牛头岛桂山沉管预制厂完成了首个管节长距离的顶推施工;2016年4月27日,又完成了首个曲线段E32沉管整体长距离的顶推;2017年1月1日,再完成了港珠澳大桥最后一节沉管E30的长距离顶推施工。从此"天下第一推"扬名四海。

负责"钢箱梁"采购与制造的中国"中铁山桥""武船重工""振华重工"和"中铁宝桥"分别完成了18万吨、16万吨、4万吨、4万吨的钢梁加工任务,"天下第一梁"带领四大"钢铁侠"扬名天下。

120个钢圆筒,开始振沉的时候并不顺利,工程师们打打沉沉,有一次竟出现了"大圆筒"陷入海泥打也打不下去、拔也拔不出来的尴尬境地。后来,经过反复实验,120个钢圆筒统统很听话地被插入海底,迅速为两座人工岛圈出来了一个"手掌形"的大致轮廓,人们可以异常兴奋地往"轮廓"里吹沙挤水的时候,神奇的"天下第一锤"名声也不胫而走。

还有"天下第一翻"。五座巨大的钢桥塔——"风帆"与"海豚",在伶仃洋的见证下用浮吊完成了站立、转身、落座、挺身,两座钢与混凝土相结合的"中国结"也在海上完成了翘首远望、风雨无阻这些高难度的动作,"天下第一翻"名声大振。

全世界都知道港珠澳大桥跨度大、地势复杂、工况特殊,"中国南车"旗下的株洲时代新材料科技股份有限公司,自主研制出了长1.77米、宽1.77米的全球最大尺寸的高阻尼橡胶隔震支座。这支座承载力大致3000吨,用到港珠澳大桥的身上,为大桥120年抵抗16级台风、8级地震以及巨轮的撞击起到了"定海神针"的作用,被誉为"天下第一胶"。

我连续两次到珠海采访,听到的"天下"和"第一"太多了。

这些"天下"和"第一"是需求拉动、被迫创新,但它们的诞生又不仅使港珠澳大桥"扬名立万",使中国"扬我国威",而且使世界、使所有后续的桥梁建设项目都能从中受益。

不过,有一个问题,我当然不能视而不见。那就是,很多"工法"专利属于中国,但用的是国外的材料或基础技术,这怎么说?

比如GINA?

我又要说到GINA了。

GINA在港珠澳大桥的岛隧工程中是立了大功,但小岳告诉我,这个产品不是咱们中国人自己的,"她"来自荷兰。只不过,港珠澳大桥沉管长度、壁厚、深埋、负荷特别是120年的使用寿命,都是世界首件的工程,不要说荷兰人,就是任何一个国家也还不曾有过这样的"大项目"。

"最开始,我们是想请日本人帮我们来着,"小岳告诉我,"但是,日本人得知我们的港珠澳大桥要确保120年的使用寿命,他们就退缩了,说'不敢,我们不敢做'。最后我们得到了荷兰专家的帮助,反复做了'加速老化实验',GINA才最终和港珠澳大桥结缘。"

所以,我们说到"中国工法",那是在中国实验并形成的"技术大法",并不是百分之百地都是"中国原创",这里面有外国专家的合作,也有对世界先进技术的借鉴与融合。

人类文明本来就是这样传承与进步的。"中国工法"为自己解决了难题,又让世界睁大了眼睛,我们有理由为此骄傲,世界也为我们高兴,不是挺好吗?

当然是。

小岳,岳远征,你说得太好了!别看你只有36岁,那般年轻!

十三、磨人的"E15"安装

做好了预制,备好了基床,33节沉管就要开始一节节地被送到水下安装了。

此前,其实很少有人知道,林鸣代表他的团队,特别是主要负责人在第一根沉管安装之前就曾向上级提交过一份"神秘的"文件,这份文件不是保证书,不是军令状,而是一份免除刑事责任的书面报告。

天哪,事情真有那么可怕?还涉及"免除刑事责任"?还要争取得到"豁免权"?

不是,能来港珠澳大桥参加建设的设计和施工人员,一个个都是敢于担责的铮铮铁汉,但,沉管安装,困难、凶险,又关乎整个大桥的性命,尽管做了反复的实验和推演,但"兹事体大",一旦失败,这压力,确实不是哪一个个体的人能够承担的!

只是这份"报告"没人批,也没有机会去发挥法律效力。港珠澳大桥的"岛隧工程"建设剩下的就只有"对失败零容忍",把做好每一个动作都当成必要的阶梯。

每一个都是"第一个"。每一次都是"第一次"。

2014年11月15日18点,E15沉管按计划起航。伶仃洋上又出现了十几条牵引驳船、护航船、海事船浩浩荡荡、场面宏大的浮运场景。此时相比E1,第十五节沉管的安装人们虽然已经大大地取得了经验,各种配套设备也已经"鸟枪换炮",但是,16日清晨6点整,人们在进行沉放前的潜水检查时突然发现沉管基床又出现了异常回淤。

淤泥?又是淤泥?"老对手"还真的又来了?

港珠澳大桥岛隧工程V工区测量副经理刘兆权向现场总指挥林鸣报告:基槽内"有平均4到5厘米的回淤"。

4到5厘米意味着什么?有大碍吗?

测量管理中心主任张秀振后来接受我的采访告诉我:"就是不能满足安装条件了。"

那么大的一个庞然大物,不是说每一节沉管都像一艘中型航母吗?难道就怕几厘米的烂淤泥?这件事局外人怎么听都有点滑稽。

但,就是怕!沉管安装的基床表面泥沙淤积标准按设计容重为1.26克/立方厘米,回淤物的淤积厚度不得大于4厘米。

"那为什么不早一点发现这个问题?"我问。

张主任说:"没有,它是突发的,24小时之内,就在我们安装之前要进行三次多波束扫测,看看基床上有没有异物和问题,最后一次扫测的时候发现的。"

没什么可说的,这一突发情况打乱了原有的计划,本来珠江口的海面就是台风高发区,一个月符合沉管安装的时间窗口大约只有2到3个,现在现场又出现了突发的情况,继续安装和决定撤回都要面临很大的风险,其次还有资金成本和时间成本。总指挥林鸣赶紧召开会议,紧急磋商,这个会一直开了6个小时。

有人认为:现在沉放的不确定因素,应该比我们往回拖的不确定因素更大。

有人催促:到底撤不撤,这个方案要早点定出来,因为还涉及海事部门封航保护!

但最后,各路指挥一致认为:基础不牢,地动山摇。E15如果继续安装对沉管基础来说意味着极大的不确定性,所以现场决策组决定终止沉放,立即启动沉管回拖应急预案。

恶劣的浮运条件,考验着岛隧建设者们的信心和勇气。

决定做出后,12艘大马力拖轮迅速被召回现场,施工人员顶着一米多高的大浪,完成了返航前的各项准备工作。11月17日18时,E15沉管艰难地踏上了回家之路。此时,海上的阵风超过了6级,整个返航过程遭遇了沉管浮运安装以来最为恶劣的海况。

王强,还是那位港珠澳大桥岛隧工程总项目部的专业副总工程师,他在接受我的采访时回忆起这一段经历,很沉重地说:"E15从坞内拖出来第一次,回淤了,没法安了,拖回去,把基床重新搞了一遍,淤泥挖掉,重新再铺了一遍石头。"

但什么原因呢?我是说"突然回淤"?

E15第一次被拖回以后,交通运输部立刻协调指导,国内很多研究部门均在第一时间派出了资深专家紧急驰援,25位常年研究珠江口泥沙、潮汐和气象方面的顶级专家更成立了技术攻关的"国家队",先后召开专题会36次,开展了9大类300余项问题与风险的排查,结果通过卫星遥感测量、多波束扫描和水体含沙量的测量,发现:隧道基槽以北17—18公里范围内有70至80条采沙船正在作业,这些船都是持有政府批准的合法文件,也就是说人家采沙是正常的业务,只是采沙不停,海水被搅得泥沙翻卷,影响了港珠澳大桥的施工建设。

广东省政府及多部门立刻做出协调,让采沙船暂时停止作业。

接到命令后,要不怎么说国家一盘棋办事总是有效率呢,7家采沙企业近200艘船舶均在不到两天的时间内全部撤离现场,为E15沉管重新安装创造了条件。这样2015年2月24日大年初六,E15沉管在第一次安装停止了三个月后再次起航。

然而,唉,然而。然而或许就又有麻烦。

对,24日上午10时40分,浮运途中,基础测控报告的多波束监测数据显示,基床床面又出现大面积的异常堆积物,少顷,潜水员也从前方传来汇报:E15基床表面确实发现新的淤泥质覆盖物,基床遭遇严重淤积,总方量大约为2000立方米,这个数据经过分析后判定为基槽边坡新近发生回淤物的"雪崩"!

此消息就是说,E15可能又遇到了安装阻碍。

总指挥林鸣让整个船队的前行速度立刻降了下来。而后人们听到了一个最不想听到的声音:大面积回淤厚度50到60厘米,人手摸着,有的地方一个胳膊插下去还插不到底。已经不具备沉管安装条件。

难不成E15第二次安装又要返航?

采访中王强继续回忆说:第二次往回拖的时候大家情绪最受挫,你想想,又搞了一次,大家付出了这么多的辛苦,春节也没回成家,现在又安不成了……

我问:"当时人们什么表现?"

王强说他看到有人在哭。

"谁?"

"是我们的领导。"

"我们的领导"是谁？王强没说，我也没再问，但是后来知道了，领导不是一位，有基层的，也有顶层的，心被捏了一下，此为后话。

没办法，一切为了安全。基础不牢，地动山摇啊！这次出现的淤泥同样不是人力可以预测，又是突然大面积出现在基床的斜坡，学术定义为"雪崩式坍塌"。你想想潜水员一只胳膊伸进去都还触不到底，这样的"基础"能把沉管放平吗？

现场决策组协商决定：E15只有再次停止安装，已经走了三分之二路程的沉管又不得不再次返航回坞。

两次返航，谁心里最纠结难过？林鸣，至少是林鸣。

人与大自然，我们有时显得非常渺小、无力。

好在当时担任港珠澳大桥管理局总工程师的苏权科先生力挺林总和全体一线人员："我非常同意林总的说法，非常理解大家的心情，但我们要振作起来，还是要振作起来。"

历经四个月，E15沉管两次安装的失败提醒了所有参与海底隧道沉管安装的工程师们，在这片海域，要完成33节沉管的沉放，需要慎之又慎，睁大一双双眼睛。同时，这两次失败也都为港珠澳大桥的工程建设提出了很多新要求，其中就包括对珠江口水流泥沙的研究，相关单位及专家集合到一起，联合攻关，之后很快创新了观测方法，利用高精度数据分析，建立了一套全新的泥沙回淤预报系统；以及对碎石基床纳淤机理进行研究，从而发明了减淤屏、截淤坝等多种减少海底回淤的措施，研制了全球首个可以在海底碎石基床清淤的设备，以随时应对意外回淤的再次发生。

吃一堑长一智，港珠澳大桥三十年动议、十几年勘测、七年建设，人们不知摔了多少跟头，吃了多少苦头。所以外界突然很惊讶中国的建桥能力怎么会从比较落后，一下子就跑到了位列世界的前头？这结果不是一天就"不蒸馒头争口气"争出来的，媒体的宣传可以"报喜不报忧",但全体"过来人",他们每个人心里都攒满了一肚子的甜酸苦辣——

就说控制海底的淤泥吧,"岛隧工程"设计总负责人刘晓东接受采访时说:"我们之前就知道珠江口会有回淤,你横着水流方向挖了个大槽,水里面是有沙子沉下来的,原来为了研究这个,我们在2008年就做了个实验,挖了一个小槽子,在里面观测了一年左右。当时是一年大概1米左右的回淤量,一个月大概10厘米,当时就以这个信息为依据,但实际上,我们对海洋的问题、对水的问题、对大自然的问题是逐步认识的,特别是水、土、风、流,不确定的东西太多了,很多东西是你发现了有问题,有一定认识,但你不能认识透,要有个认识的过程去完善。所以一般设计单位图画完了就走了,我们的设计人员却是一直跟着,施工中发现新问题,就随时调整,怎么做再商量。"

2月25日上午10点,E15沉管再次回坞系泊。

后经专家们研究发现,早期采沙船带来的回淤物也在海底预挖好了的沉管基槽边坡上有所淤积,积累了一定的厚度,犹如积雪在屋顶,达到了一定的量以后就出现了整体的滑落。

问题暴露了总比隐藏起来好。要知道港珠澳大桥是120年的使用寿命,所有隐患必须在建造的过程中一一被发现、被处理。

2015年3月25日凌晨4点30分,E15管节在建设团队进行了多项技术攻坚,用最短的时间处置了沉管基槽边坡的回淤物后,开始了第三次浮运安装。整个沉放过程,现场决策组对回淤和边坡进行了严密监测。终于,人们听到久违了的来自总指挥林鸣的声音:"开始!"这声音既熟悉又陌生,因为前14回,施工人员从安放第一节沉管E1开始,林总就在指挥船上"发号施令"。

"好,第三次下放! 好的,第三次下放,下放5米……"

3月26日清晨5点58分,E15沉管在海底精确就位,安装结果令人满意又绝对让人放心,这一次人们眼里的热泪,满满的,都是来之不易的喜悦了。

十四、"魔鬼"藏在细节里!

中国的沉管浮运与安装克服了一连串世界级的工程困难与挑战,也成功开发出了沉管浮运、安装、对接窗口预报保障、泥沙回淤预警预报、大径流、深水深槽、基槽回淤等一系列的应用系统,形成了具有自主知识产权的外海沉管安装核心技术体系。

牛皮不是吹的,火车不是推的。一个个大的科研系统都是靠一点点的攻关,正所谓不积跬步无以至千里。

2017 年 11 月 19 日,我记得这是我第一次上岛,两个人工岛,西岛和东岛。

这两个岛,如果从珠海出发,西岛在前,东岛在后,中间要穿过 5.6 公里当时还没有完全装修好的隧道。面积分别是 9.8 万和 10 万平方米,形状设计为蚝贝。

"蚝贝"?

现如今,港珠澳大桥已经名声在外,网上,关于大桥的报道越来越多,图片也多到你根本看不过来。但是没有来过现场,我怎么看港珠澳大桥的两个人工岛,特别是从珠海鸟瞰过去,大桥和西岛的关系,怎么都像一条黄貂鱼,学名刺鳐。这种鱼不仅身体像一把大蒲扇,一边游一边呼扇着,身后还甩出一条鞭子一样又细又长的大尾巴,这种鱼经常可以在水族馆里看到。

其实,来到港珠澳大桥,我很想保持一定距离看一看这两个岛的全貌,但上岛的第一天,总经理、总工程师林鸣来得早,在我们到来之前就早早地等在那里了,并且一见到摄制组马上就拉着我们开始看他岛上的减光罩、墙面、地面、台阶和隧道里光鲜亮丽的白色搪瓷钢板。

林总说:"你们看,这是隧道的减光罩,国内首屈一指,我们把它设计得不仅面积更大,而且做成了'渐变式',更人性,这样就可以最大限度地减少司机在驶出隧道时对光线的不适感。我们把箱体做成了45度倾角,自西向东逐渐增高,从而实现了光线渐变的效果。

"再有,钢板,咱们中国人能把这活儿干到这么细、这么漂亮,你就知道我们的工程会有怎样的质量;还有,这是清水混凝土,是岛上最值得我们骄傲的创新,它不同于普通的混凝土,'清水'的表面平整光滑、色泽均匀,无碰损、无污染,施工时一次浇筑成形,大理石一样,也不用做任何的外皮装饰。在过去,我们国家是很少用的,因为受制于落后的工艺。但这次我们下决心用,而且引入了德国 PERI 公司的最新工艺,当然这样的选择不仅仅是想让人工岛变得美丽,而是因为港珠澳大桥人工岛处于大海的中央,高风压、高盐雾、高湿度,任何外装饰都容易脱落,所以为了120年,我们就选择了它,这样就没有了后顾之忧……"

那时候,我第一次与林总相见。出发前粗览过一遍材料,知道在港珠澳大桥主体工程的关键部位——岛隧项目中,林总带领他的团队解决了7年施工以来很多天字号的大难题,但一见面他怎么一件都不说,倒拉着我们不停地介绍起岛上的这一系列"细节"?

都是些花边啊,我偷闲和摄制组的编导、摄录老师小声议论着。

大家也觉得:是啊,什么是大,什么是小啊?!

但随后的20天,直至今天我坐下来写这篇东西,才明白林总的用心、他的风格,以及他的"用心"和"风格"给"岛隧工程"带来了什么——

采访第一天我在东岛，两个工人正在小心翼翼地铺装岛面的路缘石，这活儿说学术了叫"铺装路缘石"，说通俗了就是"砌马路牙子"。那两个工人都姓张，都是山东人，他们用两根绳子拦住一块长、宽、高大约 80cm×30cm×40cm 大小的条石，很沉，一根粗木杠子从两根绳子中间穿过，他们合力用手拎起来放到路旁已经开好了的沟槽，拿水平尺来量量，和前面已经铺好了的条石比比是不是平，不平了两个人就会把条石再抬出来，然后拧动沟槽底部的一片螺母，用这个做高低矫正。那条石我看着很沉，他们反反复复抬起放下、抬起来又放下地折腾了好几回，忍不住问：多沉啊！这石头不就是马路牙子吗？为什么要弄得这么平？张师傅们抬起头，说不平不行啊，两块石头中间的缝隙按设计要求只能是 1 毫米，说着指给我看每一块石头的接缝都插着一截打包用的那种绿色的包装带，很醒目。那包装带一厘米宽，片厚正好是 1 毫米，所以就用这个卡在两块条石之间，用手拔不出来了才算合格。

我用手拽了拽，前面他们已经铺好的确实拉不出。

我问："这是谁的主意？"我们指的是那一小截用作尺子的绿色的包装带，张师傅们笑笑，都不好意思说"是我们"，但事实上后来我知道就是他俩。

工人们乐呵呵地严格执行着设计者的要求，把人工岛上的"马路牙子"都铺设得笔管条直，而且没有怨言。这正应了林总后来跟我说的一句话："有人查车，专门用白手套去摸车底下，车都搞得一尘不染，安全就不会出大问题。往往，我看着他们把小活儿干得都这么好，大活儿交给他们才放心。"

港珠澳大桥不是一个设计师、一个工程师的工程，每一个项目都是众多的人合力做起来，都是"千人走钢丝"，谁对自己手里的那一件事情没有尽到百分之百的责任，结果就都会发生"连坐"，就都会影响甚至毁了整体工程。

　　在众多的岛隧工程设计人员队伍中,有一位女性,设计师冯颖慧,她负责港珠澳大桥"岛隧工程"人工岛路面以上的建筑设计,开始我和编导都认为片长不允许,"岛隧工程"的筑岛、预制、深埋、沉放几件大事都还没有足够的篇幅在我们的电视专题片里说尽,哪里顾得上人工岛上的路面建筑?因此就没安排采访。直到结束采访,我们就要离开珠海的最后的一个晚上,我和这位"女才子"才见了面,在共进晚餐的那一点点时间,我们聊了聊,这一聊我可后悔了,后悔没有面对面对她进行一次正式的采访。

　　冯总说:"听说你们今天跟林总出海到隧道上面去看了看?"

　　我说:"是啊。你们的西岛今天刚刚撤掉大型设备,脱去了外衣,很漂亮。"

　　"您看到'眼睛'了吗?"

　　"眼睛?"

　　"对,港珠澳大桥两个人工岛,从功能上讲,是衔接茫茫大海中桥梁和海底隧道的枢纽,像两个城市,但岛上建筑并不只显示美观,它首先担负着隧道的送风和通气,这两个岛各有一对大'眼睛',其实就是通气孔——我们把它们设计得西岛妩媚,东岛阳刚,这阴阳对望、含情脉脉的大眼睛代表着内地与港澳的一种情谊与和谐。"

　　是吗?我望着她,心想这些细节,我还真的没注意到。

　　"那岛上的文化呢?'柱廊'和'骑楼',是不是也是体现南洋风格的文化符号,港珠澳三地都熟悉,你们也运用到了建筑之中?"我问。

　　冯总说:"对!这也是林总想出来的。有一次出差他说到这里,随手就用手边的一个纸巾盒子把形状画了下来。"

　　那么,从人工岛的功能上讲,将来西岛用于养护、服务及办公;

东岛则兼顾景观、商业和旅游。

"两个岛的地面上各有一个金体的大字'中'和'华',现在还看不到,等工人们把地砖都铺完了,人们从空中就可以看得很清楚。"

"是吗?"

"是!"

"而且如果您在东岛爬上那100多个用清水混凝土做出来、很像大理石一样的大台阶,登高望远,从各种高度眺望'海中的车流',那奇景,我相信,未来一定是吸引摄影爱好者的一个好地方……"

啊?我又疏忽了。东岛、西岛,这一次采访我去了很多次,但冯总说的这些细节我都不知道,不清楚。

把这些事做得如此之细,仅仅是林总提出来的要把港珠澳大桥的"岛隧工程"建成一座艺术品?

不,做出"中国名片"这意思肯定是有的,但也不全是。细节是和细心相通的。

"岛上的建筑是你们看得到的,岛下的、海里的,你们看不到,但我们也都是一脉相承地认真细做。"这才叫"千人走钢索""毫米级标准",这才能确保大桥的质量,才敢拍胸脯地说120年的使用寿命,我们哪个环节都没问题。

林总常讲"魔鬼藏在细节里",这句话他是警告团队,警告他人,同时也是在警告自己。

"每一次在工程动手之前,我脑袋里都要像放电影一样地把所有的细节都过一遍。"

这是林总的习惯,但这习惯有没有在什么时候被打破?比如"最终接头",人在特别着急的时候有时会"顾不了那么多"。

现在,我可以交代一下本文开头我说到的"最终接头",那并没有说完的故事了——

当林总作为"岛隧工程"的掌舵人，最终决定要推倒重来——"精调"，全体人员基于对他的信任，也都人人签了字，决定跟他一起再走一遍钢丝。

然而，在"精调"的过程中，人们险些犯下一个致命的错误，这个错误是什么？真是要犯下，历史就得改写，英雄也将不再是英雄。

采访时我问怎么回事，林总说："就是准备脱出的时候，顶推小梁液压系统的锁死机扣要松开，还要回收小梁，技术人员说'接头'内外压力不平衡。前后也就是几秒钟。我马上停下来。要是他们晚告诉我几秒钟，我都会完蛋！"

林总会说"完蛋"，事态可见严重。

事实是当时决定"精调"了，步骤首先就是要把已经像楔子一样嵌在 E29 和 E30 之间的"最终接头"拔出来，但"接头"重新脱开，先决条件就是结合腔里面的水压和外面的大海的水压保持平衡，不然顶推系统，也就是"最终接头"最核心的装置（两侧各 27 台千斤顶、顶推小梁及临时止水带），便很有可能损坏。当时的刘晓东、高纪兵等各个岗位上的工作人员每个人都把自己的责任严守着，不推诿、不唯上、不马虎，所以在紧要关头，才能帮助林总控制了局面。反之，沉管安装一共用了 4 年的时间，如果"最终接头"出了问题，那整条隧道就很可能被淹掉。

包围在"最终接头"外面的水压，也就是大海的水深压力当时是 29 米，因此，"最终接头"结合腔内的水压也必须是 29 米。为了提高水压，林总先是下令打开设计时就有的灌水阀，海水按说应该很快就会注入"最终接头"里面，但那天的情况没有跟着人们的常识走，相反，结合腔里的水压总是上不来。

按理，往结合腔里注水的监测是由两个数据说话的，一个是通过结合腔内安装的水压监测计;二是对封门受力进行应力监测,这两个数据相互检验,也就是说结合腔里的水压与封门受到的应力测试值什么时候都应该一致。

那天,坐在电脑前负责监测的工作人员一个是刘晓东,一个是高纪兵,前者是"岛隧工程"的设计总负责人,后者是项目总部副总工程师、总工办主任,如此"高规格"的人员配置就是为了确保万无一失。

当时按照时间来判断,结合腔内的水压的确是应该与外面的水压一致了,但仪表数字就是显示16米,林总质疑:有没有可能是监测数据显示不足?于是他咨询了现场的专家,专家们也倾向有这种可能,但"封门受力的应力监测"呢?人们仿佛忘了。

林总的一句"断开",这命令就要脱口而出,但高纪兵提醒刘晓东,刘晓东大喊了一声"等一等",让他再看一眼"封门应力",这一喊阻止了林总的命令,之后林总马上跑上楼(监测在指挥船的二楼),果然发现两个监测值都证明"最终接头"结合腔里的水压是不够的,因此命令没有发出。

好家伙!一身冷汗!就差那么几秒钟!

这要是一旦发出了,后果……

这就是为什么林总事后对我说:"刘晓东他们可立了大功。"那千钧一发的时刻,林鸣做主,但每一个工作人员都把自己当成了主人!

港珠澳大桥"岛隧工程"之所以成功,那是"千人走钢丝",谁都没有"掉链子",只不过说到紧张,每一次大家"玩的都是心跳",也是现实。

什么叫"魔鬼藏在细节里"?实实在在的经验和教训,让每一个人信服,每一个人都得俯首帖耳!

十五、欲戴王冠，必承其重！

在《超级工程——港珠澳大桥》的电视专题片里，我看到过这样的一个细节，很感动：

设计人员从大海里捞上来一块 1987 年前预先被放到水下的水泥坨坨——钢筋混凝土的试件。体积如小板凳，为的就是实验珠江口这片海域如何高盐、低氧以及海水的腐蚀力，因为海水中的氯离子，一旦突破混凝土的表面，钢筋就会因生锈而膨胀，使得包在外面的混凝土开裂和剥落——这是对大桥 120 年使用寿命的严重威胁。

中国科学家以这块 20 多年前就有心埋入海中的"试件"为依据之一，专门为港珠澳大桥研制出来的一种新型混凝土，其抗氯功能比过去提高了好几倍。

镜头里，那块用于实验用的"钢筋水泥坨坨"，被一位年轻的技术人员捧在手里，他告诉我为什么我们的设计、港珠澳大桥的桥梁设计，在水中的防腐性和耐久性，可以抵抗 120 年海水的浸淫与冲击，数据是用时间"泡"出来的。

当然，除了这件 20 多年前的试件，其实 30 年前，中国湛江，湛江港港口里的几个井盖之下，一座专门用于实验用的"暴露实验站"就已经建成，那里面更埋着对港珠澳大桥混凝土耐久性设计同样重要的 2000 件"试件"，已经积累了上万组的实验数据。因为珠海、湛江两地的地理位置、气候、水文、水质以及腐蚀环境都极为相似，因此这些"试件"长期积累起来的自身数据就可以为港珠澳混凝土的"长寿命计算"提供准确的参数。

科学与务实，通往成功。

精神变物质,鼓舞干劲!

为了积攒港珠澳大桥这样一条世界上最复杂的海上通道的建设经验,其实仅在中国南部的海域,中国人就先后修建了"汕头海湾大桥"(1991年)、虎门大桥(1993年),以及厦门海沧大桥(1996年)。这些桥梁的建设均为港珠澳大桥储备了人才。而就在港珠澳大桥设计建设的同时,据维基百科统计:全球长度超过3000米的大桥已经建有938座,其中中国689座,占了总数的73%,这当中就包括全长36公里的"杭州湾跨海大桥"(宁波到上海)、41公里的青岛海湾大桥(我国最长,世界第二)。至于内陆江河,诸如"重庆千厮门大桥""矮寨特大悬索桥""武汉二七长江大桥""江阴大桥""上海卢浦大桥"等,就更多,拉一张单子一口气都看不完。

过去,在古代,中国曾经走在世界桥梁建筑的前列,著名的"潮州广济桥""河北赵州桥""泉州洛阳桥"和"北京卢沟桥",都被视为楷模,闻名于世。但是慢慢地,我们从桥梁"强国"变成了"大国",今天中国又把"强"与"大"来了一次置换,我们的肩头使命重大,任务艰巨。

还记得张劲文,港珠澳大桥管理局的那位工程总监吗?"大"和"强"的关系就是我最早从他那里听到的。他那"一不留神,国外又被我们超过了"的调侃,什么时候想起什么时候都让人觉得给力。

2017年11月的一天下午,一位叫林巍的港珠澳大桥岛隧工程师被一直负责安排我们采访的李正林老师领了进来,让他坐到我的对面。我一看,很年轻啊,也姓林?样貌怎么和一个人有点像?哦,林总。你是林鸣——林总的儿子?

林巍含笑点头,高大的个子,脸上有一层羞怯。但我知道他不仅在8年前就被父亲拽来投入了港珠澳大桥的前期建设,而且8

年来一直与父亲并肩战斗,很多想法和说法都是他给父亲出的主意,比如"你得想办法把你心里想的挪到别人的脑袋里去"。青出于蓝胜于蓝,真是打仗亲兄弟、上阵父子兵啊!

不过,几句话交谈下来,我觉得林巍并不善表达,更是一点都不懂得渲染。

我要问的问题非常关键,这样的人能回答吗?一度,我有些迟疑。但采访已经安排了,能不能回答先问了再说。

我问林巍,我说:对于沉管,从安全和成败的角度来讲,"浮运"和"安装"我已经清楚了,另一个问题是"水密性",就是关于港珠澳大桥海底隧道的"不漏水""一滴也不漏",这得益于"半刚性"结构更加合理、百万吨混凝土浇筑无一裂缝,还有 GINA 止水带的作用,等等,这些我都已经相当熟悉了。但如果不是在"一般的情况下",而是遇到了颠覆性的挑战,"不漏水"还能做得到吗?一旦遇到意外还有没有什么补救的措施?

别看林巍年轻,头脑其实非常清醒。

几个关键:第一,沉管要符合我们的安装精度;第二,GINA 止水带在施工中要尽量让它们对准、挤压;第三,还有一点外面的人很少说起,那就是 33 个管节,每个管节和管节之间的接头都是一个薄弱点,对这一点我们一直在攻关,最后找到了一个办法,叫"记忆支座",这是一个特别的装置。

"记忆支座"?什么意思?起什么作用?我觉得林巍要带我去小小地探秘了,赶紧问。

林巍解释,"记忆支座"这个装置是放在沉管和沉管接合的部位,因为考虑到很长的一段时间,120 年呢,当沉管上面有很多的淤泥或者说正好碰到有一艘沉船沉压在了沉管上,那沉管的管身可能没事,接合部却可能会发生变形,导致结构断裂,这时"记忆支座"就发挥作用了,它自身到了一定的时候会先被压缩,然后通过自身的压缩,释放能量,来保护沉管整体结构的不被破坏。

"啊?那不是有点'自我牺牲'吗?"我说。

林巍点头回答:"是的。"

"港珠澳大桥的海底隧道是靠深埋的沉管,33节,串成一条6.7公里长的'大动脉'。一般来讲,两节沉管在受力时会一同沉降,但如果受力超过600吨了,就可能出现断裂。这就是'意外'和'挑战'。我们就是考虑到这一点,才搞出'记忆支座'。有了这个'支座',发挥它特有的'记忆'功能,在大桥120年的使用时间里,万一沉管陷入了超过允许的受力范围,'记忆支座'就会用轻微的错位来调整,主动'让',而不是硬'抗'着,这样深埋的所有技术难题才算是真正得以解决。我们团队研究出'记忆支座'有多大的力、如何'位移',花了一年多的时间,换回来的是彻彻底底的'让人安心'。"

说到这,林巍很学术,不夸张,一点也不渲染。

我忽然想起"没有金刚钻,就别揽瓷器活"这句民间已经流传了千百年的老话。真的是。

曾经,有媒体这样总结港珠澳大桥海底隧道的建设者,说他们经常会面临不得不克服的困难,一如高考,没有退路,就只有冲进考场去"死磕"。这话还真逗,真生动。事实上,自2011年开始,林鸣团队就相继研究完成了沉管工厂法的预制技术,集成开发了钢筋流水线生产、大型自动化液压模板、混凝土控裂、管节顶推等成套技术,并于2012年创新采用了复合基床+复合地基的基础设计方案,构建了沉管基础施工监控的管理体系,研制了深水抛石整平船、双体式沉管安装船、定深精挖船、清淤船、沉管精调系统、拉合系统、沉管沉放水下测控系统等十几项国内首创、世界领先的技术和大型专用设备,使岛隧工程的建设如虎添翼。

从2013年5月2日首节沉管安装(E1),到2017年3月7日最后一节沉管(E33)成功对接,四年,历时整整1400个日夜,建设者逐梦伶仃,在超长工期中始终秉承"每一次都是第一次""每一个都是第一个"的质量理念,圆满完成了全部33节沉管的安装对接,已建隧道滴水不漏,引领中国沉管隧道建设快速迈进世界领先行列,让实现一桥连三地、天堑变坦途的世纪梦想近在咫尺。

港珠澳大桥的建设者们赶上了国家强大,三地联手,有经济实力,有制度优势,必要时国家还可以一声号令"举全国之力"地支持工程建设的"大好时代",可以建功立业、大展宏图。但说句老实话,"人定胜天"的说法已经成为一种"笑谈",大桥建设,从无到有,还要确保120年的使用寿命,实力是硬道理,"金刚钻"也就是能够保证工程克服各种各样难题的技术、装备、设备、工艺,就显得至关重要。

粗粗数一数,仅仅是我采访听来的"钢箱梁生产流水线""集料生产线""人工岛快速筑岛的钢圆筒生产工艺""半刚性沉管预制""海底大抓斗""平底抓斗""碎石整平船""大抓力锚缆""沉管指挥控制船"等,仅专门建造的工厂、专门研制的设备,还不算太多太多新发明的器械和工具,港珠澳大桥的建设工程就能拉出一张"新设备的清单",更已经通过创新,练出了一支可以走上世界领奖台的队伍,带动了中国制造业、装备制造业大阶梯地升级改造……

说到"工具",对,港珠澳大桥参与设计的所有工作人员大家都爱说一句话,就是"什么设计都好办,只要工具箱里有实现这些设计的工具"。

"工具"?

他们说的"工具"其实就是各种设施、设备,也包括工艺和手段。

中共十九大召开前后,习近平总书记曾多次在不同的场合表示:我们要做一个经济强国,就一定要把装备制造业搞上去。中国要实现由一个制造业大国向装备制造业强国的迈进,这"华丽转身"要靠责任与心血,学习与开拓。我想这些话港珠澳大桥的建设者们一定是有极大的认同感的。他们每一个人都愿意为大桥贡献出全部的智慧和汗水,但"浑身是铁能打几颗钉"? 真正成就大桥取得最后成功的还是"硬件",是国家的实力。

十六、失败? 不过是女人的分娩!

似乎,少有新闻对港珠澳大桥建设过程尤其是设计阶段的失败加以报道,这对历史不公,也是对几十家设计单位几百名参加实验的工作人员的忽视。

失败是成功之母。有时没有失败,就没有通往成功的天梯。

事实上,港珠澳大桥的"创新"包括理念、机制、设计,也包括材料、装备、工法与工艺。在漫长的摸索、实验的过程中,太多太多的人品尝了失败,那失败犹如泰山压顶,课题重、时间紧,打垮你、压倒你,和你一点都没商量。

"失败"像女人分娩,十月怀胎尚且不易,反孕,呕吐,脚肿,气憋,到最后宫缩来了,六七斤的一个肉宝宝要从母亲狭窄的产道娩出,这新生命的冲闯据说是为随后的一生积攒能力,但母亲为此付出的痛苦儿女却无法得知。那一次次阵痛,一次次使劲,最后拼到仿佛再也不能添加哪怕一两一钱的力气,已经走到绝望尽头的时候,"哗啦"一下,意外地,孩子落地、呱呱坠地,跟着,喜悦让你瞬间忘却曾经把你折磨得死去活来的疼痛,连想都不会再去想这新生命的到来是怎样地搅着羊水、血水冲破了你的肉体的闸门。

这个例子,我想用来形容港珠澳大桥的设计和实验人员的经历也许有几分贴近。

"参数"不准,整个计算都将前功尽弃。

所有设计和实验人员对于这句话都心知肚明。

因此为了拿到最准确的数据,很多实验都要反复地进行上百次、上千次——

2015年2月8日,福建漳州,招商局重庆交通科研设计院有限公司的实验人员正在实验港珠澳大桥海底隧道的火灾扑救,此次的目的是要找到"火灾场景下水喷淋装置的开启和隧道内人员逃生疏散速度的最佳匹配时间"。实验所用的是一辆中型巴士,使用的燃烧体比中巴火灾规模更大。

一套《国家科技支撑计划项目——港珠澳大桥跨海集群工程建设关键技术研究与示范》的专题片总揽了五项大的课题介绍:涉及"外海厚软基大回淤超长沉管隧道设计与施工""桥隧转换人工岛设计与施工""海上装配化桥梁""工程混凝土结构120年使用寿命"以及"建设管理、防灾减灾及节能环保"等关键技术。就是这套学术味极浓的片子,我在当中看到了这次实验。首席专家蒋树屏解释:当灾害发生的时候,我们怎么来控制烟?怎么控制火灾的势头?需要很多的数据。研究人员通过隧道内安装的491个温度传感器、10路摄像机和15路烟雾流速仪,要快速采集火灾中隧道内的温度、烟雾流速、烟雾厚度等第一手的数据。刚做了第一遍,仪器的三分之一就坏掉了,停下来再换一遍。我们把不同火灾工况下的实验规模从最初的20兆瓦一直提高到了50兆瓦,这样的实验也很危险,一做就是两年多,一个数据、一个数据,都来之不易。

这是火,再看水。

我们说港珠澳大桥,那么长的海底隧道,120年的使用寿命,世界没有哪一条隧道不漏,我们就不漏,凭什么中国人就敢在世界同行面前夸下这个海口？同济大学的教授白云解释：我们的港珠澳大桥第一次利用"红外温差成像"原理，通过模拟实验，研发了一套沉管隧道接头渗漏水的"智能监测"装备。因为大家知道，水的温度和隧道的环境温度是不一样的，我们通过捕捉温度的差别，在"红外成像"以后再把它"数字化"，通过对数字化的辨别，就可以知道有没有漏水。

所以，因为没有水，我们才敢说"我们不漏"！

6.7公里的沉管隧道身处环太平洋的地震带，设计人员要研究外海厚软基大回淤的复杂海底环境，首先就得获取30到40米水深的海底淤泥与淤泥性黏土的真实样本。为此承担此项科研的长安大学工作人员从现场取回了1.5吨的"土样"。但是，这些"原土"从大海里捞上来就变成了"一盘散沙"，因此"原状土样"的准确数据很难获取——课题组组长徐国平回想起当年的"头疼事"时就说："这个难题困扰了我们将近一年，研究几乎陷入了困境。最后，要不是我们研发了直径2厘米的小型探头，把实验室的CPTU结果与实地的结果进行了对比，建立了它们的关联性，那准确的参数，有效的计算公式就有可能计算不出来。"

一位设计师曾经这样告诉他的朋友：算不过去的时候，"我经常失眠，每天心里都感觉堵得慌"。

个别更极端的"急性子"："事情做不好，大家一起去跳海！"

而我的一位朋友听我从珠海回来忍不住唠叨建设者们所承担的各种困难和煎熬，用北京话说："这些人的牙花子得多硬啊，要是不硬，早咬碎了！"

2010年7月，港珠澳大桥管理局正式挂牌成立，成了这个"巨大工程项目"的法人，开始对通过招标拿到工程的设计、施工单位进行"合同管理"。这个"合同管理"我理解最主要的内容就是管控乙方对甲方的施工质量和工期进度。

但为了让 6.7 公里长的海底隧道有一条舒舒服服的"平褥子"，承接"岛隧工程"的"乙方"，也就是"中国交建"开发研制了很多的大型装备，其中就包括由上海振华和中交一航局研发出来的那条"碎石整平船"，这艘世界上最先进的碎石铺设整平船被命名为"津平1号"，需要对付23.8万平方米的地基面积，由于施工在外海，水下标高的控制难度非常大，设计人员最开始很想借鉴外国的经验，当时韩国在修釜山隧道的时候曾用过这种设备，科研人员就出国赴韩考察。但我们的人到了韩国，"人家根本就没让上船"，只远远地看了看，拍了张照片。无奈，知识产权保护，加上"商业秘密"，中国人又被狠狠地刺激了一下。

退缩吗？退到哪儿路都还得自己走！

好在"艰苦奋斗""自力更生"是中国人的老传统了，再难的课题，只要坚持往前走，总有出头的那一天。

根据长安大学和东南大学的研究成果，徐国平和他的团队研发出了国内首款具有独立知识产权的沉管隧道分析软件，解决了地基的沉降精度和沉管小节段连接处"剪力键"、止水带的性能等关键问题。

"那时候刚好我们长安大学有一个很大型的沉降台，"参加实验的谢永利教授回忆说，"我们就用到了科研里面。但模型的制作过程出现了意外。"第一次沉管浇筑后，用谢教授的话说是"以失败而告终"。这个宽8米、高2.6米、重量80吨的实验模型失败的原因是什么？"失败"意味着什么？原因可以想办法找，但上百万的资金和几个月的研究时间，全部白费，这让人没法接受！

巨大的压力，解决不了沉管对因负荷而必须面对的"沉降和不均匀沉降"的问题，珠海桂山的沉管预制工厂就不能开工。

急吗？真是急死人！

哭吗？"莫斯科不相信眼泪"！

谢教授带领团队紧咬牙关,总结失败教训,对浇筑方案反复进行调整,用2300多吨的沙袋堆载,模拟海洋环境下回淤的荷载量,终于通过数字模拟建立起了荷载与剪力键之间的受力关系,总结提出了节段接头构造选型的基本原则,并且根据这个原则对节段接头的构造方案进行了优化。

实验到底成功了。

那一段难熬的日子,课题组组长徐国平对参战的工作人员心怀极大的感激,在专题片里他说:"我真不知道我们的谢教授……实验中他的父亲刚刚去世,他也不能离开工作岗位。有一次我们要讨论他的模型实验方案了,我人到西安后,看到他胳膊上戴着黑纱出现在我的面前,那一刻我心里很酸,真的很酸……"

除了水、火、泥沙,还有光、电、通风等等很多很多的问题,600项专利,数千条标准,都是"第一次吃螃蟹",你怎么去吃?

港珠澳大桥管理局的苏权科总工经常说,因为港珠澳大桥建设的目标是要出一个"绿色的"环保工程,所以"节能"意识就要非常明确。那怎么样把海底沉管隧道的通风和照明技术来一个"节能"的新突破,这对港珠澳大桥来说是一次特殊的挑战。

承接此项攻关的是招商局重庆交科院,科学家们提出能不能用自然光代替人工光,或者是把二者加以结合?

水下几十米的地方,黑漆漆的海底隧道,用自然光?这个想法提得也忒大胆了吧,想一想,至少在外行人看来有点别出心裁。

但是通过攻关,首席专家韩直带领他的团队按照1∶5的比例搭建了实验模型,用采光器采集到了自然光,再通过光纤引入隧道,最后接入专门研制开发的光纤尾灯。这实验一做就是四年,30种工况下的上百次实验结果,最终不仅实现了照明,验证了"隧道自然光光纤照明系统"确实可行,还以此项"照明控制"申请到了国家授权的发明专利。

机会永远会留给那些有准备的大脑。

这话再一次在港珠澳大桥建设者的实践中得到了证明。尽管最后自然光没有用在港珠澳大桥的隧道照明上，但此项科研"借船出海"，至少完成了一次大胆的创新。而且，"有准备"并不是在那里干等，而是冲破禁锢，勇于创新，不怕失败，百折不挠——

除了照明用电，港珠澳大桥海底隧道的通风也是一只"电老虎"。由于设置规模大，用电量大，系统能耗竟可以占到隧道运营总能耗的80%。

如何在这个问题上有所突破？

交通部公路科学研究所负责"吃掉"这个课题，工程师杨秀军首先提道：目前国内外隧道的通风，大多根据环境监测数据，人为地开启风机的台数或选择位置。这种"被动"的控制不仅会造成通风换气滞后，同时能耗也高。因此可不可以根据隧道内的交通量、交通组成、行驶速度来自动选择我们风机的开启位置和开启台数？这样的话我们就能实现隧道通风的"按需开启""按需分配"，从而极大地达到节能减排的目的？

好，又一个"忒大胆儿"！

但，牛顿发现万有引力，不就是有一天坐在树下，由树上掉下来的苹果而偶然打开了脑洞？

世上任何事情都是首先要"敢想办法"，然后才有可能"想出办法"。

纵观港珠澳大桥的工程，所有设计和施工"不分家"是一种路数，因为设计要变，根据施工的结果要不停地变，因此想分家也无法分！

不忘初心，方得始终。

港珠澳大桥的建设者们"初心"是什么？"使命"又是什么？

120年，一座巨大的"泰山"，每一天都在人们头上。大的难题如钢箱梁、大桥桥墩、人工岛、海底隧道等等,人们使出了吃奶的劲来一个个攻克;小的难题,表面上看起来很容易,比如海豚的保护,实际上也难,也要以数据说话,以理服人——

中华白海豚自然保护区海域面积超过 460 平方公里,相当于 6 个香港岛。研究团队用了 8 年的时间,拍摄记录到了 2000 头左右的白海豚个体行为特征,其中光拍的照片就有几十万张,为每一头白海豚都建立了身份识别档案。

这个档案是真实的吗?具体的吗?如果是真实、具体的,科研人员怎么做?茫茫大海,海豚是游在水里的,怎么跟踪?又怎么去一一地统计?

中山大学拥有目前世界规模最大的中华白海豚基因库,研究人员也被称为一帮"爱追海豚的人"——"想要知道其中的秘密"?好,"海豚人"能为你解开这个谜!

大家知道,中华白海豚不是既能发出哨叫声,也就是我们人耳能够听到的低频通讯信号声,还能发出高频回声定位信号吗?我们就想到了一个获取哨叫声的好办法。就是设计了一个阵列,在水下 500 到 600 米的距离就安放一个"水听器",人在 200 米到 300 米开外的地方连续录音、进行观察。这样,我们第一次在自然水体中长序列地记录到了中华白海豚的哨叫声,在国内外首次绘制出了一个很系统的中华白海豚的行为谱。尽管这项科研目前还停留在实验阶段,现实中人们对白海豚的数量统计还是靠"背鳍识别",就是等候着每一只海豚跃出水面,——为它们拍照存档,这个方法听起来有点笨,工作人员的工作量也非常大,但 8 年下来科研人员就是靠这个方法"刷脸"刷到了 2300 头白海豚的实际存在,因此,这个数不是"神仙数",不是估算,是实实在在的现实。

什么也别说了。一个字:牛!

十七、从"小鲜肉"到"老腊肉"

曾经,我在港珠澳大桥人工岛的工地上不是看到了很多的标语吗?

对,那标语有洋的,有土的,但精准、实用。

不过其中有这样两幅,猛地一看让人费解:要做"有故事的人""有气质的人"。

"故事"和"气质"与文人有关,与披肝沥胆与敌人厮杀的勇士有关,但和工人……普普通通出力挣钱的工人……? 直到有一天我想起我们《焦点访谈》有一位观众熟悉的节目主持人临近退休了,在最后一次开年会的时候他上台讲话说了这样的一句话:"人生两样东西最重要:一是经历,二是尊严。"哦,我忽然明白这话与港珠澳大桥的建设者们心有灵犀,"经历"通着"故事","气质"连着"尊严"——

莫日雄,我在港珠澳大桥东人工岛上采访到的第一位一线领班的工区副经理,对他的采访,因为是所有采访中的第一个,编导事前又告诉了我他的大致故事,所以提问可以精心设计:

"小莫,"我上来是这样"拉起家常"的,"你能跟我说说,从什么时候开始,人们就不再叫你'小莫''小莫'的了,而是喊你'莫总'?"

莫日雄:"哈哈,2015 年以前我都是'小莫',慢慢地后来就成'莫总'了。"

"那时候,你刚上岛的时候是个什么样子? 现在什么样?"我问。

莫日雄:"(又是哈哈大笑)开始我是'小鲜肉',现在? 现在变成'老腊肉'了。"

他这样说,我也忍俊不禁。

其实小莫2011年来到港珠澳大桥"岛隧工程"的时候才从学校毕业两年,所学专业就是港航——港口航道。

"那倒是专业对口啊?"我说。

莫日雄:"对,只是到了岛隧,这里要干的有'人工岛''码头''道路''房建''桥梁',还有'隧道',很多东西我都没涉及过,就得慢慢学,压力特别大。比如最开始我是一个质检员,负责带着人往泥里打砂桩。"

小莫说的"砂桩"就是"挤密砂桩",这我知道,费了不少精力才弄懂其原理和操作。

"这件事情对你来说很难吗?"我问。

莫日雄:"很难,我那时带人打的砂桩是人工岛与隧道的接合部,也就是岛上'现浇暗埋段'的地基硬化。在海底,什么也看不见,而且水下地质变化很大,有时候你的钢管打不下去,打不到那么深;有时候打下去了,可是你往里面灌沙的过程如果拔得太快,那么这个桩也会断掉,就是说这个沙不连续,中间进气了,就废了。"

按我的采访计划,跟小莫聊天,施工的技术问题不是主要的,我想知道的是他怎么从一个技术员变成了一个管理者,面对来自五湖四海的建筑工人,他这个"小鲜肉"怎么变得成熟"老辣"?

"工人们好管吗?当年你那么年轻?"我快速转移话题。小莫也懂。

莫日雄:"哦,开始的时候很多事还真把我卡住了。比如工人做清水混凝土的制件,过去我们的要求是按厘米的标准验收,正负1厘米;但港珠澳大桥的岛隧工程,现在是毫米,那厘米跟毫米之间是很大的级差,从开始的3毫米、2毫米、1毫米,到后来接缝不

115

能大于 0.5 毫米,这对工人来说简直是不敢想的一件事!"

"20 倍之差?"

莫日雄:"对,20 倍!"

"工人接受不了?"

"对,不仅接受不了,根本不理解,认为没必要! 有一阵子坚决不愿意执行!

"按林总的要求,我们后来做的人工岛,就是一个艺术品、工艺品。要按艺术品的要求去做好每一件事,在这个要求面前,以前的一些不良习惯、施工习惯、操作习惯等等,统统地都要改掉!"

我问:"那当时你心里有质疑吗? 觉得这样要求是不是太过苛刻?"

莫日雄:"我当时心里也确实有此质疑,觉得做不到。就像老烟民,他抽了二十几年的烟了,你让他突然不抽,这基本上是办不到的一件事情,所以在这个过程中工人的反对情绪也蛮高。"

怎么办?"小鲜肉"怎么对付这些到处走南闯北接工程的"彪悍大哥"或大叔?

"没办法啊,就得耐心说服,跟他们整天混在一起,告诉大家港珠澳大桥是 120 年的世纪工程,毫米级标准,谁都必须突破自己,然后养成好习惯、高标准,过一段时间你自己手艺也提升了,也是一种难得的收获。"

"之后呢?"

"之后工人就慢慢地习惯了,而且后来做惯了 0.5(毫米),看到自己的手艺还真今非昔比了,他们也尝到了甜头,说,嘿,将来咱从港珠澳大桥的工程中撤出来,再到哪里去接活,咱都是老师傅,都很牛。因此也都很高兴!"

跟着大工程,自己也成长! ——这一点,我在港珠澳大桥几乎听到所有人都这样说。

余烈,港珠澳大桥管理局的一位副局长,这位大才子,专业是公路桥梁工程,但却诗人情怀、文笔极畅,一篇3604个字的《港珠澳大桥记》写得洋洋洒洒,让人忍不住联想《滕王阁序》《岳阳楼记》——天开海岳,五岭巍巍,天堑阻隔,港澳失离……

他在写《大桥记》的时候还曾这样动情地描述:"去燕雀之小志,追鸿鹄之高翔——大桥飞渡、隧道潜行。时逢盛世,造就英豪!

"港珠澳大桥自筹划之初,四千精英,闻鸡起舞,百十团队,破壁凿光。曰创新,久久为功,日琢夜磨;曰拼搏,兢兢业业,如履薄冰。七年所历,孜孜以求,其中曲折,步步惊心。幸赖精英团队,运筹帷幄。精工传世,铸此辉煌。

"壮乎哉,大桥!"

小莫刚来工地时个性很腼腆,几乎不会跟人红脸,但后来成为领导,他说自己都改变了很多。管理上张得开嘴、下得去手、想得出办法。比如说到抽烟,咱就拿"抽烟"做例子:

港珠澳大桥"岛隧工程"一开始,两个人工岛上要求工人师傅们不能在工地上随便抽烟,但这个要求太严厉,工人和管理者都认为"不现实";以后就退一步改成抽烟可以,但不许随地乱扔烟头,这个约束,说出口容易,执行起来也很难——你想想,建筑工人,基本都是男性,整天干活,泥里水里,累了烦了抽根烟,缓缓神儿,然后再接着干,这种现象再普遍不过。那抽完了烟,烟头儿随手一扔几乎是人人都会这样做的惯例,现在不许扔烟头了,就是知道好,习惯的势力也是很难纠正的啊。

后来小莫想出这样的一个"办法":发给每个人一个能装烟头的小盒子,让工人就揣在工作服的口袋里。干什么?抽完烟烟头别乱扔,都把烟头放进小盒子。攒够了换东西!比如攒5个烟头换一个苹果,攒10个烟头换一瓶可乐,等等。这个方法刚提出来时惹得很多人都大笑:这,这也太幼儿园了吧——

孩子,听话,老师给奖品,发小红花、插小红旗……哈哈!

但不这样做又怎么调动工人养成良好习惯的积极性呢?

没其他好措施就先坚持一段吧。

结果,嘿,你还别说,这个法子坚持了一段时间,还真管用。

后来很多人,已经不是在意那一个苹果、一瓶可乐了,是自己养成了好习惯,开始都有点"小骄傲""小自豪"了——

"有故事""有气质"就是这样养成的?

对。

现在,至少在我采访时的几次上岛,两个人工岛,小莫不说我还不注意,他一说,我就格外地留意观察,工地上真的很难找到烟头,也没有见过哪一位工人抽烟打歇,抽完了就把烟屁股随手一扔那样的"潇洒"举动。

神奇吧?一个人的习惯养成易,改掉难;一个人的习惯扳过来易,一众人的习惯扳过来难。但港珠澳大桥的"岛隧工程"就这样靠管理帮助工人养成了很多良好的习惯。

地上没有烟头,工程现场到处秩序井然,难怪港珠澳大桥岛隧工程开工 7 年来,没有发生过一起安全生产和质量责任事故,这和工人手头干净、利落是不是有关? 我问小莫,莫经理点点头,说:"是的,还真是。要不几千号人怎么一个号令——'千人走钢丝'我们就走起来了? 军队讲究纪律,令行禁止,打起仗来才能常胜不败;工程讲规矩,一丝一毫,定了标准就能执行,质量才有保证!"

愿得此身长报国,何须生入玉门关。

我又想起《港珠澳大桥记》:"超级工程,国之大业,不朽之盛事,奋进之鸿篇,英雄之伟绩!"

这英雄不是一仗打下来的,是千磨万砺,久久为功!

十八、那一刻，我的声音都打战了！

从 2013 年 5 月 2 日至 2017 年 3 月 7 日，将近 4 年的时间内，港珠澳大桥海底隧道的 33 节沉管均被依次沉放到了海底基槽，"最终接头"出现在 E29 与 E30 管节之间，决定着整条隧道的贯通。

2016 年 7 月，《21 世纪经济报道》记者赵忆宁发表了一篇题为《大国工程师与超级样板工程》的通讯，对林总进行了这样的描述：作为中国交建的总工程师，他具有对项目建设总体控制、质量、进度、工程造价控制和技术管理的丰富经验，港珠澳大桥的建设充分显示他还具有指挥世界超级大工程的能力。他也是一个对组合手段或者功能着迷的人，正是依靠其非凡简洁性的觉察，以及把洞见转化为新技术的能力，他带领团队击败一个个难题，正在向"超级工程"的终点走去！

我是在这篇文章发表一年多后到珠海采访林鸣的，很多次说到"最后接头"，这是林总带领他的团队 7 年攻关、7 年探险最深的一次，也是对他带出的团队综合素质的一次组合式大考。所以我多次问，从各个不同的角度想"讲好这个故事"。最后一次，我追问："说到底那当时您决定要进行'精调'时，心里到底有没有把握？"

林总说："有！"这次的回答非常果决。

"多大？六成？"我又问。

林总说："不，八成，起码有八成！"

哦，原来是这样啊，我说林总再怎么自信也不能拿"国之大业，不朽之盛事"当赌注，追求完美与尊重科学，原来林总心里是有谱的。

"'超级工程要靠超级的努力',这里的'超级'既包括胆量、科学,也包括无私与承担,之后才敢迈开大步去创新、追求。对吧?"我问林总。

林总说:"当然。当时做出这个'推倒重来'重大决定的也不只是我一个人,我们开紧急会议,参加会议的人有设计师、工程师、工程监理、设备提供商,还有业主,也就是港珠澳大桥管理局。岛隧工程的监理当时就表态,'最终接头'出现了十几厘米的'错边',这肯定是一个'质量缺陷',但是,'最终接头'的安装在中国没有先例,也没有相应的'国家标准'可以拿来参考,业主和总设计师如果允许这样的'偏差'存在并给予放行,他也同意,只不过根据验评标准,在信誉评价打分时要扣分,因为'缺陷'等于'不合格'项,将来肯定是5.6公里沉管安装的一个败笔。

"'败笔',你懂吧?我和大家怎么能让它过去?!"

港珠澳大桥岛隧工程聘请的外国专家汉斯·德维特在全程观看了"最终接头"的安装之后,于2017年5月5日发来贺信。他的话翻译成中文是这样的:"非常荣幸见证了沉管隧道最终接头的成功安装,这一重大节点预示着港珠澳大桥海底隧道即将胜利贯通,也预示着港珠澳大桥主体工程全线即将胜利贯通。向所有付出辛勤劳动、精准完成了这一世界级安装难题的工程建设者们致以崇高的敬意!最终接头方案带来沉管隧道最终接头设计和施工创新、高效的理念,是对沉管隧道技术的重大贡献,将来中国和世界隧道行业都会从这个项目当中受益。"

激流险滩现在都走过了,所有人的脸上都挂着感慨。林总说:"你老问我'最终接头'我是怎么度过的,不错,在港珠澳大桥的岛隧工程建设中,我是总指挥,不能不跟你们反复地聊这件事,但另外的一个人,也不能不介绍。"

我说:"谁?是不是宁进进?"

林总点点头,说:"对,就是宁进进。"

当时所有人都通过"人孔井"下到海底查看了对接的误差,然后又都从"接头"里面爬上了海面,唯独宁进进,主动要求留下,在海底一待就是 7 个小时,而且从头至尾都是一个人。

于是宁进进走进了我们的摄像机镜头,高高大大的一个山东小伙儿,中国交建港珠澳大桥岛隧工程项目总部 V 工区的总工程师。"最后接头"决定"精调"时他是临时组建的青年突击队队长。

我问:"为什么就你一个人留在了海底,当时为什么不多留点人?"

宁进进:"因为这个事情还是稍微有点风险的,我作为一个党员,一个带班领导……"

"那你们为什么不多留一个人,遇到什么事也好有个商量?"我还在质疑他一个人留在海底的正确性。

宁进进说:"留多一个人也不一定方便,毕竟决定'精调'以后最大的险情都已经过去了。"

"最大的险情"?天哪,这"最终接头"我已经采访了很多人,说过了好几遍,怎么还有一个"最大的险情"?是什么?快告诉我。

事实上,宁进进所说的"最大险情"是指在"最终接头"的接合腔里开始加压灌水,水灌到 16 米,在内外水压出现问题之前,还有一段可怕的"插曲",就是监测人员在指挥船上突然发现水位直线往下落,一股水柱,高压水龙头一样,差不多一下子蹿起来有五六米高。为什么?一定有什么地方漏水了。经过紧急排查,果然,一扇为了"精调"重新安装的封门出了故障,焊接处突然崩掉了一个缺口,水从那里"见缝就钻"。幸亏此时沉管隧道中还有值班的工人,这个人就冒着生命危险勇敢地往前冲,用雨衣、棉衣去堵水。

然而，水柱压力非常大，仅依靠人力根本控制不住，林总便下令"暂停灌水"，同时把已经注入"最终接头"结合腔里面的水，400多立方米，赶快往外排。水没有了，工人才赶快把这个封门修好。说老实话，整个港珠澳大桥的隧道建设，33节沉管啊，人们还从来没有见过"海水倒灌"的场面。"惊心动魄"之后，很多人不得不服，说如果当时指挥的不是林鸣，换成其他任何人，都会让"精调"立刻停止下来，因为太危险了。林总临危不惧，他就有这个本领。当然这"本领"也是基于经验的判断，如果没有自信他也不敢这样选择，因为这个选择是注定"只许成功，不能失败"的。多悬，多"刺激"啊！

正是这次"险情"让人们很清醒地意识到：水火无情，一扇封门，对于大海，薄得就像一张纸；而海水一旦有机会冲破封门或什么缝隙涌入隧道，那隧道可就万劫不复，人想跑？根本是不可能的。

宁进进就在"见证"了这一场"险情"之后决定留下来。

"那你不害怕吗？"我问。

现在事情结束了，"最终接头""精调"成功了，"孤胆英雄"怎样向中央电视台的记者表示"不怕"其实都可以。但宁进进没有这样，他在我面前"实话实说"：

"要说不害怕，那是假的。"

"精调"在继续。宁进进一个人在海底不停地这看看，那看看，把水下的情况随时通过高频对讲机传到海面，传到指挥安装船上。

最后加水加到快灌顶的时候了，宁进进身边突然发出了一声巨大、很闷的声响，"啪"的一声，这声音如果在陆地可能没什么，在海底，如果人多也没什么，但一个人，一个人的海底世界，那声音就被无形地放大了好几倍。

"这回是更害怕了?"

宁进进:"更害怕了——心都提到了嗓子眼儿。所以当时我给林总汇报的时候,声音是发颤的。"

我问:"那你当时怎么跟林总说的?"

宁进进:"我说,报告林总,人孔井有一声,巨响,声音,声音很大……然后整个高频对讲机里就像全部静默了一样,没有了任何回答。这段时间,大概持续了十几秒。"

"十几秒的时间没人理你?"

"对,什么声音也没有,也没人说话。"

事实上,指挥船在接到宁进进报告的同时也听到了下面的巨响,林鸣立刻下令停止加压。之后检测显示:一处钢板被水压得变形了,那"巨响"就是从钢板发出来的。只不过众人都忙着处理险情,一时没顾得上和宁进进联络。

天哦,这十几秒……茫茫大海、无声的海底,对宁进进,那真是"度秒如年"——

等事情都搞清楚了,海面才通知宁进进,说:别害怕,刚才只是钢板变形,不会影响整体结构的。

然后有人又说:"等出来以后,林总说给你压惊。"

"我这时也听到林总在高频里笑,而且还补充,说:'我还说了请他喝酒呢。'然后林总就直接跟我讲,'等你回来我请你喝酒,给你接风、压惊!'"

2017 年 5 月 4 日,晚上 8 点 43 分,经过近 40 个小时的连续施工,"最终接头""精调"到底完成了任务。贯通测量后的数据显示:东西向偏差 0.8 毫米,南北向偏差 2.6 毫米。这个结果,比精调之前的误差降低了 60 多倍。

6120 吨的"大家伙",风中走线、海底穿针,最后的误差只有 0.8 毫米、2.6 毫米? 说老实话,我听到这个结果,眼睛一下子都潮了、嗓子一下子都胀了——这也太惊人，太了不起了！

宁进进接受完采访说了声："谢谢，其实也没什么太多可说的了，我工地上还有事，那不好意思就先走了……"

望着宁进进急匆匆离去的背影，我站在他身后，脑袋暂时出现了一段空白，一点也找不到"临危不惧""视死如归"等等可以用来形容英雄的词汇以及这些词汇和宁进进有什么关系，但是心里，已经举起右手，在向这位英雄、向所有参加港珠澳大桥建设的英雄们，致敬了——

十九、没有谁能和台风"赛跑"！

在港珠澳大桥的建设工地，我经常想，为什么有些人好就好到"那么好"？

"好人"有时候会扎堆？集中出现在一个领域、一支队伍、一个群体？

企业文化吗？趋同影响吗？

使命？责任？

几乎所有人，在不同的岗位，肩负大桥不同部位的建设，采访到最后，我都会问同样的一个问题：你敢拍胸脯说120年"在我这里"没问题吗？这是个"必答题""分数线"。但一圈询问下来，没有一个人回避，也没有一个人犹豫，给我的回答都是"敢""我敢"，并且告诉我为什么他这样说，依据是什么。

牛啊！众口一词，没有委婉、没有余地，也不关乎谦虚。

大家知道，港珠澳大桥之所以不得不建成一个桥、岛、隧三部分组成的海上陆路通道，不能挡着伶仃洋的主航道是第一；第二，不能对香港赤腊角国际机场构成安全威胁；第三，还有10%的阻水率也不能冲破。除此以外，大桥还依千百年的行船习惯设计了三条普通的通航孔桥，这些桥，桥塔是怎么造出来的？高大威猛，不可一世。又是怎么安装的？

关于这一点，张劲文总监曾经站在桥面上跟我说起"当初的壮观场面可惜今天已经看不见了"，的确，看不见了。当时，大桥东侧临近香港机场航线，不允许有头顶超过88米的建筑和设施，而靠近澳门机场航线的九洲桥附近，吊车作业也不能超过最高122米，这个限制是底线，谁也不能碰。那怎么办？如果请来大吊车开到海面上如长颈鹿一般地把桥塔在海面焊接，然后吊起、安装，再吊起、再安装，这样连续7年的不间断作业，航道和机场都得停摆，此方案显然不行。那怎么办？

中国人被逼得又得创新了——

工厂化，直接在陆地上预制，然后通过斜拉桥底部的连接轴、依靠钢缆牵引，把大部分桥塔从水平状态生生拽到90度垂直，这样桥塔就有可能在原地一下子竖转——"站起来"。

天哪，头脑风暴——小朋友搭积木，又开始"异想天开"了？！

但，科学，有时的突破就在你已经习惯了的种种"熟视无睹"当中。

对于创新，港珠澳大桥并不是干脆排斥他方的经验，山高人为峰，人类对科学命题的研究只要能够借鉴当然要节省时间，"拿来主义"。但如果拿不到或那些问题根本就是前无古人，就没有办法，只有开疆拓土、披荆斩棘。

"原地竖塔"的方案被专家通过了。

只是每一次"吊装"都要非常小心。钢缆不能断，海风的阻力要提前预判，每一个角度都要稳，要有条不紊，那场面在我的想象中，如果是电视专题片，配上激越的音乐，一定还会重现无比的壮阔与庄严，只不过这壮阔与庄严的背后隐含了多少工程设计与施工人员的心智与汗水,我也能想象得到。

赶时间,抢窗口。

开始,初到港珠澳大桥,我经常听到各路指挥,无论是建桥的,还是建岛隧的,都在说这句话。

"抢窗口"?什么意思?

港珠澳大桥为什么这么一个国家级的世纪工程一定要在"时间"上大做文章?为什么不能从容一点、稳当一点,一切都在手拿把掐的运筹帷幄之中进行?

后来我把这个问题正式提给了大桥管理局的工程总监张劲文,张总监告诉我:不是说非要7年完成任务不可,工期给出的时间是算计好了的。因为伶仃洋这片海域,每年刮6级大风的时候就有200多天,很多工程比如沉管浮运、安装,大桥桥体、桥墩、桥塔的起吊、安装等等,一定要选择相对"风平浪静"的日子才能施工,因此,从这个意义上说,7年完工,我就是给你17年,每年"抢时间"的事情也躲不开,"窗口期"是一样的。

哦,原来如此。原来人们经常要说的"抢窗口",这是顺应大自然的起居和脾性。

2012年台风"维森特"本来没有预报袭击珠海,当时西人工岛上有700多名工人正在施工,忽然海事预报说风向改了,"维森特"正在向珠江口的伶仃洋正面袭来。那"顶么算"(粤语:怎么办)?救援船只只能来得及把500多人接走,转移到安全的地方,但岛上还有103人呢?

人与风?

人在大的天气动作,比如台风、地震、火山、海啸等等面前,显得不仅仅是渺小,而且任何抗争与挣扎都没有用,只有老老实实地小心躲避。

没办法,103个建岛工人在管理者的组织下立刻躲进岛上的临时建筑,那时,2012年,岛上的临建,条件都很简陋,但质量还有保障。人们就想尽一切办法加固、抗风,剩下的就只有躲进小屋祈祷,把命运交给了老天爷。

事后,人们躲过了这一劫,知道运气不会是常有的,但做什么事情都要认真,严抓质量,不然如果那一次是躲进了"豆腐渣"工程,103人毫发无损?哼,说不定早就飞进大海喂了鱼虾。

一连十多天的采访,摄制组还从来没有机会利用大桥为背景去安排一位什么人接受一下我的采访。这一天,天公作美,我建议编导把余立志叫到港珠澳大桥珠海的起点,我和他就站在海边凭栏好好地聊一聊。编导说好啊,当然可以,便通知余立志按时来到了指定的位置。

余立志,什么人?

港珠澳大桥CB04合同段项目经理。他的这个标段与CB03标一起,专门负责深水区的桥梁安装。

整个港珠澳大桥的主体桥梁所需桥墩190座,在东莞、中山合力打造、集中预制。

从2012到2015年,港珠澳大桥CB03标段,仅仅一个标段就完成了34万根环氧钢筋的绑扎、68座埋置式墩台的预制安装、408根钢管复合桩的插打、85跨钢箱梁的海上吊装……这成绩听起来很给力、很传奇,但具体实施遇到的困难却很恐怖、很吓人,比如外海的恶劣施工环境,海流、浪涌……当68座桥墩稳稳地站立在天海之间,等待着钢箱梁大军铺设到来的时候,台风一次比一次猛烈地横扫伶仃洋,风,好比"回淤",数年间一样成为港珠澳大桥建设者们强劲的敌人,令人不可小觑。

事实上2010年以来,余立志率领的CB04团队已经收集了大量的海事气象资料:对西太平洋上每年都会形成的台风数量、最早的时间、破坏的强弱、主要的影响区域等都做了深入的研究,并据此分析和预测出 2016 年最早影响伶仃洋海域的台风很可能就发生在 7 月上旬。当时他们投入海上施工生产的组织和技术人员就有 630 人，支撑项目的材料、设备、燃油及后勤保障等人员还有 260 人，这支队伍每个人都清楚个体的人在大自然的"发威"面前是怎样的无助，尤其是在海面吊装 22.9 公里主体桥梁上的第二座斜拉桥——海豚塔的时候，海上尚未合龙的部分还有 900 多米，这个"豁口"如果遇到台风一定会扭曲变形，那将注定影响大桥 120 年的使用寿命，这是一定要想尽一切办法避免的。因此他们计划在 6 月底前实现钢桥梁铺设的全线合龙。但合龙前的施工繁重又庞杂，突发事件频频发生。余立志带领自己的团队 3 个月干完 9 个月的活，确保了工期在规定的时间内提前一天做完。而工程刚刚圆满结束后不久，7 月 3 号，台风"尼伯特"便如期而至，巨龙扫尾，所向披靡，当时所有人都庆幸：幸亏我们把工程提前"抢"出来了，不然台风如果正面袭击珠海，那后果真是——不堪设想！

这件"抢时间窗口"的"传奇"发生后，CB04 合同段获得了交通部颁发的全国"2016 年感动交通年度人物"的称号。之前领导要求余立志参加大会并上台去讲一讲，余立志脱下工装、跑去理发，想把自己收拾一下，但没想到刚刚坐下，理发师拿起剪子还没剪呢，手一抓，一块块的头发就往下掉，抓一块掉一块，抓一块又掉一块，没多久，余立志满头黑发很快便落得个一根不剩，让谁都不相信一个青年小伙一下子竟然成了"秃子"。

余立志的头发"掉光了"——这件事连大桥局的领导都个个知晓，都来关心，但谁都没有办法去帮助他啊！

其实不仅这一次，在奋战港珠澳大桥的日日夜夜，每一次吊装都是"如临深渊、如履薄冰"。余立志说。

"只不过最后那三个月，责任太大了，做得好，是应该；做不好，天翻地覆，覆水难收。所以当时真是又累又急……"

我采访余立志的时候,我俩面对面站在海边,我说这次不去工地了,咱就不戴安全帽了吧?于是我们都没戴。这样安排是我有意让自己有机会把余立志的头发认真地看一看。

秃子?不对啊!

余立志满头乌丝,浓浓密密的。

"假发?"我心里猜。

余立志立刻明白了我的"误会":"哦,哦,您是在问我现在的头发啊?"

我说:"对,这不是……"

余立志很幸运地说:"这已经是又长出来的了!"

"为了我的头发,我太太带着我看了好几次医生,非常上心地给我调理,喝了很多中药。所以我的头发两个月前又突然长了出来。前几天我们港珠澳大桥管理局的朱局长见到我时也很吃惊,也问是不是'假发'。我给他说:'这是真的啊,真的是自己的头发!'"

余立志的太太讲:"你们的港珠澳大桥为国家建造了一个'超级工程',我在家里也为你完成了一个'超级工程'。现在,你的头发长出来了,什么都可以说,但是当初没长出来时,医生都摇头,都说不可能,说不定余立志这辈子就是一个……"

哈哈!

余立志在海边哈哈大笑,我也随着他的笑声感到了采访以来从来没有过的轻松。

啊,"轻松",余立志感慨着。"轻松"这两个字对港珠澳大桥的建设者们曾经是多么可望而不可即,有时明明可以睡一个整觉,但就是睡不着,满脑袋都是工程,都是细节。

"千人走钢丝",每一步都要像第一步,决定开走了,你还没有机会回头!

这话谁说的？我想起来了，是林鸣。

"战场以胜负论英雄，工程以成败论英雄！"这句话也是林鸣说的。

港珠澳大桥整体建设，没有哪个部分可以不投入全部的力量——"只能成功，不许失败"，是一条底线，必须遵守，不遵守就是死，就是"无颜见江东父老"！

林鸣在采访时曾经跟我说起他这 7 年来对自己的承诺是 33 节沉管在安装的时候他都要在现场亲自指挥，但第 7 节沉管（E7）精准入水了之后，他病倒了，鼻子出血，出血量惊人——我们人体总共才 5000 多毫升的血液，他从鼻子里就先后流出去了 2000 毫升。2/5 啊！但"七尺男儿，一诺千金"，E8 安装前他跟医生说一定要出院，这样大病初愈，他又出现在了伶仃洋的海面上——

在港珠澳大桥的采访报道中，我除了余立志、宁进进、莫日雄，其实还采访了很多的人，很多人在接受了我的采访或计划对他们进行采访之后没有出现在电视里，比如：设计大师卢永昌，大桥管理局技术负责人苏权科，沉管安装船船长刘建港，起重机班班长徐兆温，海上安全指挥黄维民，"海底绣花"能手陈林，沉管"守卫者"宿发强，工程师梁桁，以及项目经理徐永钢、赵达斌、张鸣功、宋奎、杨红、杨磊、杨锐、文德安、孙建波、庄水来，此外还有东岛"岛主"刘海青，等等。

曾经，在岛隧工程总项目部，我看到了办公室里堆着很多书，随手拿起来翻了翻，哇——《岛隧心录》，花城出版社正式出版的，从 2012 年到 2017 年连续 6 本，每一本都记述了几十上百位人物，他们在不同的岗位为港珠澳大桥做出了贡献。这 6 本书俨然是一个数百人之众的"群英榜"，这榜中的每一个英雄的"故事"，写出来都可以独立成篇。

2017 年 8 月 22 日夜至 23 日下午 4 时，第 13 号强台风"天鸽"

正面袭击了珠海（又是风！），登陆中心风力达到14级（45米/秒）。当时港珠澳大桥管理局的副局长余烈曾写下日记这样描述：天鸽来时"天地变色，风雨呼啸，狂摧狠扫，飞沙走石"。当天，珠海市政府官方微博就已经发布消息：截止到那天下午5时，全市农作物受灾面积达到3万亩，造成2人死亡，倒塌房屋275间，直接经济总损失高达55亿元人民币——

但港珠澳大桥呢？

从2009年开工以来，大桥还从来没有经历过如此之大的台风袭击。

余局向所有担心的朋友都发出报告："人人平安！我们的大桥也经受住了建成以来老天爷最严峻的一次考验。"

"当许多人'羡慕嫉妒恨'我们有机会参与超级工程建设，取得了不少技术成果和建设业绩的时候，此刻我心中却十分平静。"次日，余局更向所有港珠澳大桥的建设者们发出了一篇致辞，文尾，他发自内心地替大家说——

"坦率地讲，我们的确是幸运而幸福的一群工程师，一群参与了伟大工程的建设者，但如果当你经历了7年岛上、船上、桥上艰苦繁累的施工作业，经历了33次紧张煎熬的防台应急响应过程，等等，你也许就不再羡慕或觉得那么幸福了。工作的另一面远非你的想象，是带给你比光荣、成就、平安、顺利更多的困难挫折与枯燥艰辛。是的，不是现实支撑了你的梦想，而是梦想支撑了你的现实。

"主动妥协的人不配幸运。

"人哪有什么天生如此，只是我们一直坚持。一路跑下去，天自己亮了。"

二十、最终他也没有接受采访

天亮了,2017 年 11 月 30 日,珠海的天空又一次见到了这个季节以来很难见到的蓝天白云。

我们约了林鸣到海上接受最后的一次采访。

为什么要到海上?

大桥建起来了,年底要具备通车条件了,我们还没有来得及到海上去近距离地做一次实地拍摄。摄像老师不想将来在我们的片子里总是用别人的视频镜头,坚持要自己去拍,我也很想让林总在大海、在大桥两侧、在两个人工岛之间的海底隧道上"抚今追昔"地生发些感慨。

于是,我们出发了。

坐在港珠澳大桥"岛隧工程"的小型快艇上,大约半小时,我们就来到了港珠澳大桥的"中国结"桥塔下,船穿过去,又穿回来,林总让船长把船开稳,好让摄像老师尽情地拍,连续过把瘾吧。然后,我们把船泊在了珠江口外伶仃洋的主航道上。

采访开始,我说:"林总,这里就是珠江口外的伶仃洋了吧?过去没建桥的时候什么样? 您来过吗?"

林鸣永远是那一身白色工作服、白色安全帽,只不过这一刻他的心情大好。

林总说:"来过! 那时候什么都没有,一片大海,就是茫茫的一片大海。"

"那您现在看,我们差不多就到了沉管隧道的头顶上了吧?"我又问。

林总说:"对呀,此刻我们脚下就是隧道。而且你看,今天的天气特别好,海水特别蓝。我们的人工岛也是今天刚巧才撤走了大型的施工设备,好像脱去了保护服,所以你们看,多漂亮、多气派!"

林总果然感慨万千并且非常享受:"人有了智慧,这智慧还能被实现,你想想,你会发现,原来人生的智慧是那么美妙。"

我理解林总说的"智慧"是什么:"钢圆筒""半刚性""记忆支座""复合地基+组合基床"……人类把自己的想法通过自己的双手变成了一个个看得见、摸得着、用得上的海上建筑,这"美妙"便如诗人、作家能够把自己的思想和情感物化成文字。只是"智慧"通往"美妙"的过程要付出代价,付出超乎寻常的艰辛。

突然,林总大叫了一声:"嘿,海豚,快来看,白海豚!"

我们开始还没反应过来。他又叫:"对,就是海豚,中华白海豚!"

"你们太幸运了,很多人参加工程,六七年了也没有这么近地看到过白海豚,你们第一次出海就看到啦,好幸运,真是好福气!"

是吗?在哪儿?我们这才停止了工作,马上扭头望向大海。

开始,顺着林总手指的方向,1点钟方向、3点钟方向,我看到了有几只海豚跃出水面,但一瞬就又没入了海中。然后从左舷又出来了——"快看,10点钟方向!""11点钟方向!"白海豚三五成群地确实不断地出现在我们的船边,好长好长的时间。

"连海豚都向我们喝彩,欢呼雀跃呢!"

林总高兴得一反常态,把自己变成了"孩子"!

我猜想施工7年来,他也难得有几次像今天这样尽情地欢笑。安全帽下,尽管满头白发已经遮盖不住,干完这个工程,他很有可能就要告老还乡,按时间退休了。但他老吗?不老啊,这样的人难道不会永远年轻吗?!

我理解此时林鸣这位港珠澳大桥"岛隧工程"的总经理、总工程师,内心是什么滋味,但是看到这个功臣,不知道为什么,我脑子岔出去了,忽然想起了另一位有功之臣——港珠澳大桥管理局的一把手——局长朱永灵,这个朱永灵"朱局",他作为整个大桥建设的三军总司令,此刻在干什么?十几年了,除了有一次他作为法人代表不得不代表国家向外界做一些说明,他接受了香港《紫荆》杂志的访问,其他时间他都是躲在幕后。如今的港珠澳大桥已经被世界誉为全球桥梁建设的"珠穆朗玛峰"了,但这次珠海之行,我们曾多次要求他接受采访,无论如何都不能不接受采访!但是到现在,我们的采访已经接近尾声,他也没有答应,没有意愿接受。

2017 年 10 月 25 日,中共十九大刚刚选举出新一届政治局常委,总书记、国家主席习近平带着"新班子"同中外记者见面,他说我们不需要更多的溢美之词,我们一贯欢迎客观的介绍和有益的建议,正所谓"不要人夸颜色好,只留清气满乾坤"。

"清气",什么是"清气"?

人世天地间,污气、浊气是没人要的,香气有时也不是人人都愿意接受。但,只有"清气",朴实、无华、自然、宜人,最不事张扬。

2015 年 12 月香港土木工程署前署长刘正光先生来到了港珠澳大桥的"岛隧工程"。这位刘署长,不仅是获得了英国桥梁硕士的"第一位华人",而且因为主持建造过香港的青马大桥、汲水门大桥和汀九大桥而荣获了我国桥梁工程界的最高荣誉"茅以升奖"并在国际桥梁界享有盛誉。就是他,过去在很多场合都对中国内地的工程"颇有微词"。2015 年有一天他说"要来隧道看一看",头一天还专门给林总打电话询问"需不需要穿雨衣、穿雨靴?"林总回答"不需要啊"。第二天刘正光虽然没有穿雨衣,但还是穿了一双雨靴。然而,他从西人工岛进入隧道,坐电瓶车一直来到了 E24 节沉管,出乎意料:24 节沉管、192 个接头,没有一处漏水。啊?真的"滴水不漏"?雨靴白穿了?

刘署长承认："这下我们香港的工程界也要向你们学习了。"而林总后来在接受我的采访时回忆起这一段情景,对我说:要想从这位老先生的嘴里说出一句"好听的话",那可真是不容易——

2010年12月13日,连接韩国釜山广域市和巨济岛的跨海大桥——"巨济跨海大桥"竣工,这座作为当时世界上最长(3.7公里)、最深(水底48米),同时也因为使用了"沉管隧道施工方式"的大桥,引发了世人关注。不过,这座大桥在进行"海底隧道"的建设时,韩国聘请了欧洲两家公司负责了所有的工程,6年中,除了日常留驻人员,每到沉管安放,56人组成的施工团队就会从荷兰飞来,包括气象、海浪保障等等都是"外国人"。因此,当美国国家地理拍摄了一部名为《伟大工程巡礼:韩国釜山巨济大桥》的纪录片,歌颂这个"伟大的工程"时,庆功的画面里到处都是荷兰工程师的身影,仿佛大桥的主人不是韩国人,至少庆功的主角是荷兰。

中国的港珠澳大桥是中国人自己完成的。三军统领应该高调出来面对媒体、面对世界。

但是朱局不,朱局长这么多年来就是不出面见记者,总是推出几个副手们去见。

说到理由,最有说服力的就是他这个局长是由香港、澳门、广东三地政府委任的,所以没有三地政府的行政授权,而且是要"同时授权"啊,他都无权面对媒体,不能单独面对媒体。

如此"婉拒",秒杀了所有的媒体,让记者连"讨价还价"的余地都没有。

这人,到底是怎么想的?

从十几年前开始,那时候港珠澳大桥管理局还只是一个组织"前期工作"的"小组办公室",那时候朱永灵就是主任,后来"办公室"变成了"管理局",他也是一直做局长,一天也没有离开过大桥的建设项目——全部工程，哪一个时间节点，包括工程节点、问题节点、险情节点，他都在指挥，都没有放下担子，都在与全体员工分担着喜悦、忧愁、心跳、风险、成功，更肩负着没有任何一个人能够在法律上负得起的重要责任。

但是，朱局为什么就是不接受访问呢？不接受采访，可多少年来他却一直有一个习惯——坚持写日记，施工日记、建设日记，这一写据说就一天也没有落过。

这人，又到底是怎样的一个人呢？

2018年1月1日，港珠澳大桥管理局综合事务部在自己的官微上贴出了这样的一条消息《八年铸龙港珠澳 一夕点亮伶仃洋——港珠澳大桥主体全线亮灯》，文中如此回顾：

2017年12月31日，晚18时38分，伶仃洋上暮色微合，海风劲爽，东人工岛上洋溢着喜气洋洋的节日气氛。随着港珠澳大桥管理局朱永灵局长一声宣布，建设者代表共同点亮全线灯光，绚丽的烟花竞相绽放，港珠澳大桥以璀璨的新面貌迎接2018的到来！

新时代，新气象，新作为。

2018年港珠澳大桥将从建设转入营运，120年设计使用寿命的大桥又将站在新的起点，朝着"为用户提供优质服务、运营世界级品牌、创造社会和经济价值"的营运目标昂首出发，为粤港澳大湾区的建设启动融合发展的新引擎……

古今中外啊，没有哪场战役三军统帅不打出自己的旗号以威武示人的。但朱局任你怎样要求，CCTV？CCTV的王牌栏目《新闻调查》？谁都不能例外，最终，他也没有接受我的采访——

遗憾吗？是。如果这"遗憾"只是对我个人，我将收藏进对朱局长永远的敬重，也就罢了，但是我们做节目、写文章却绕不开这个"核心人物"啊，于是我先求张劲文，张总监说"就是啊！"之后推荐了余烈，余副局长后来帮我左翻右找，因为14年前他和朱永灵

都是"港珠澳大桥前期工作协调小组办公室"的 13 名"元老"之一,手头材料多,有一天至少帮我找到了朱局长的一篇简历:

朱永灵,1963 年出生,1988 年研究生毕业于上海同济大学道路与交通工程系道路工程专业。长期奋战在交通系统。历任广东省公路局副局长,香港新粤有限公司董事总经理,广东省高速公路有限公司董事长、总经理。2004 年 3 月被粤港澳三地政府聘为港珠澳大桥前期工作协调小组办公室主任,从此开始带领办公室展开了六年艰苦卓绝的前期工作,并逐项突破了港珠澳大桥的桥位选址、口岸查验模式、投融资方案等重大问题。2010 年 5 月起受聘担任港珠澳大桥管理局局长。

这篇"简历"我一看,并不是人事档案里保存的那种,是 2010 年 9 月 8 日港珠澳大桥管理局召开了第一次员工大会,朱永灵局长在大会上的讲话,后被人整理成文刊发在了《港珠澳大桥》的《创刊号》上。

费尽周折,最后我们只能在一份内部刊物上望到局长大人的身影。

我开始研究他的讲话,历年,每一年到年终,朱局长至少都会在全局的总结表彰大会上有一次公开的讲话。

不过,这些《讲话》不研究不知道,研读了好几遍下来,朱局开始"向我走来",慢慢地,越来越近。以至到最后,我不再高山仰止地去"望着"他了,而是知道他长什么样、说什么话。他说的话都很平凡、很实在,又都很有"烟火"的味道。

比如,我看到朱局有一次跟大家讲了一回《我的一点人生感悟》,他说了这样几点:

"首先,我的人生感悟第一是做一个有理想、信念的人。理想是什么? 是与奋斗目标相联系的有实现可能性的想象;信念是什么? 信念是对某种思维方式或行为方式长期坚持并以之作为行动准则的东西。"

看，这局长并不是"不说话"就没思想，他有自己的认识，也有自己的"语言"。

"我的理想是什么？我的理想就是要对交通行业的技术进步和管理水平的提升有所贡献；信念是讲真话，做实事。人千万不要顺境时得意忘形，逆境时萎靡不振。看清人生，但不要看透人生；享受人生，但不要糟蹋人生。"

是啊，这些都是"大实话"！

朱局长接着说："我们港珠澳大桥管理局虽然是由粤港澳三方政府共同举办的，但提拔干部、加薪晋级……如果你想要在仕途上发展，我们是典型的弱势群体，因此早期来办公室的同事，我是逐个地与他们见面，说明办公室的性质和风险，并请大家进行充分的评估后再做出决定，（谁要是）特别想走仕途，就不要入此门了……"

面对这样的局长，你是不是只有"无语"？

……

海面上，白海豚还在欢呼雀跃，三五成群地跃出水面。

其实我和摄像、录音老师都发现中华白海豚身体有白色的，也有灰色的，甚至粉色的。

这是为什么？

林总鹤发童颜，高兴劲还没有减退——就告诉我："灰色的是小的；粉色的是中年的；白海豚只有到了老年，身体才能变白，变得很白，很白——漂亮死了！"

是吗？这可真不知道。

世上，我不知道的事情，我们不知道的事情，有时就在身边，或许还真是不少呢……

岳远征在工作现场（港珠澳大桥管理局提供）

岛隧工程建设者（港珠澳大桥岛隧工程提供）

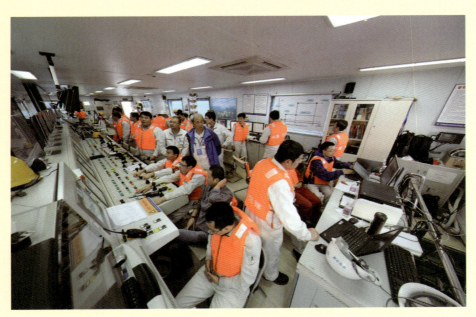

岛隧工程建设者（港珠澳大桥岛隧工程提供）

紧张的分析现场（港珠澳大桥岛隧工程提供）

建设中的海底隧道（长江 摄）

隧道"减光罩"安装（钱仕程 摄）

通车前的隧道，照明、通风都很人性化（港珠澳大桥管理局提供）

步步高（王超英 摄）

涂装夫妻，他们大学是同桌，工作是同事，下班是夫妻（港珠澳大桥管理局提供）

六朵金花（王超英 摄）

打磨夫妻，他们来自安徽阜阳农村，夫妻从事打磨工作，靠勤劳的双手，改变了家庭的贫困，他们的笑容就是最好的见证（王超英 摄）

工人在桥梁工程建设中（王树枝 摄）

绑钢筋（王超英 摄）

大桥建设者和她的女儿（王超英 摄）

清砂八姐妹（王超英 摄）

给钢梁"美容"（李松森 摄）

下　篇

在港珠澳大桥的建设上，包括它的设计、施工、装备、工法、工艺等等，我们中国取得了惊世骇俗的进步与成长，相继完成了跟在世界桥梁强国背后的"追跑"与"并跑"，还在某些方面成了国际上的"领跑者"。这一切都是"真的"，但也都是"有过程"的。是大桥的设计者、建设者们付出了巨大、长期、超乎我们想象而且是艰苦卓绝的努力，才成就了今天。没有他们如履薄冰、如临深渊，没有他们步步惊心、脚脚涉险，甚至于，如果没有一次次令人绝望的挫败，港珠澳大桥的金牌含金量就难言十足，成千上万的建设英雄就会遥远而模糊！

于是，我又二次出发，来到珠海，又踏上大桥。在出版社的支持下，我准备做补充采访。

这一次，我不再是中央电视台王牌栏目的记者，是个人，自费。

关于港珠澳大桥的前世因缘，我知道这里有太多、太多的故事，过去没有时间仔细打听，这一次，一定要补上；

关于港珠澳大桥的外援与自力，我知道我们是站在了世界的肩头，不是完全的"白手起家"，不承认这一点，中国人就不够意思，这一次，也一定要补上；

还有每一次历险中的细节，那些建设者在设计与施工的过程中自身的努力与天意的配合；

千难万险中有没有真正让人迈不过去的坎儿？这些"坎儿"究竟在哪儿？人们最终是怎样用胆量、智慧与伤痕踩平了脚下的凸凹与荆棘？

无措、无语、绝望，甚至委屈、眼泪、难堪，他们都有过吗？

有，我相信有，但他们会跟我说吗？

不知道。

要出发了。我能否走进大桥人真正的内心？

说老实话，出发前，我心里也没底……

一、也许是到了他开口的时候

许多种"没底"，其中"最没底"的就是朱永灵局长能不能够接受我的采访。

对，朱局，就是那位十几年从不跟媒体见面、从不愿意接受记者采访的港珠澳大桥管理局的局长朱永灵。

要知道，关于港珠澳大桥的前世今生，其实最有发言权的人，就是他。他不仅是大桥勘探设计、选线布点、资金融通、三地协同等等最早的"办事者"，而且从大桥上马到主体工程贯通，这个"办事者"一天也没有离开过。

完全没有想到，有一天我接到通知，是港珠澳大桥管理局来的通知，说朱局长破天荒，竟然答应可以和长江这个记者"好好地聊一聊"。

嚯，好家伙，还真被说服了？

为了这个"好好聊聊"，我先后把大桥局几位副手都一一拜托了。他们是：港珠澳大桥管理局技术总监张劲文、副局长余烈、局长助理以及计划合同部部长高星林,还有一位原《桥梁》杂志的主编白巧鲜大姐。为了跟踪报道港珠澳大桥,这位大姐已经蹲守在基地好几年了。这些人都愿意让朱局能够出来和我见上一见,和我见,就等于和"记者"见,这是带有突破性的事情。他们愿意让朱局见见媒体,和媒体的朋友说说这十几年来为大桥的前期筹备、后期建设而一勺一勺吃进肚子里面的甜酸苦辣、荣辱是非。如果说过去,为了稳妥起见,大桥没贯通、工程没验收,局长您低调一点是可以的,但现在大桥(主体工程)已经贯通,交工验收也已经完成,三军统帅就没必要再偃隐帅旗、避功后退五里之远了吧?!

2018 年 3 月 20 日。刚一听说朱局长可以跟我"好好聊聊",我第一时间就订了票,从北京出发,恨不能一眨眼就到珠海,出现在大桥管理局局长的办公室里。

为什么心急如焚?

怕朱局长变卦自然是其一;其二,随着大桥逐步转入通车、运营和养护阶段,建设者已经开始纷纷撤退,转移到其他的战场了。如果人都走光了,我还上哪儿去听故事?这也是一个很重要的原因。

所以赶早不赶晚,利用假期,南航 3727,中午 12 时 45 分北京起飞,空中飞行距离 2300 公里,到了珠海就抓紧采访。

可是越急,飞机越晚点——嘿!

事先,接到负责安排我采访的大桥管理局综合事务部的唐丽娟小姐的微信,说我到了珠海的当天晚上,朱局就要和我一起吃饭,大家一边吃一边聊。饭局就定在管理局自己的食堂。我说这样好、这样好,不要出去,就在自己的地盘,说话方便,朱局长也许会更放松。

满心的喜悦,满天的祝福!

所有事情都在向着好的方向发展,飞机也在努力向南赶着时间。

见了面，我想，我该如何说明我的来意呢？说轻了，我会把自己混同于一般的媒体记者；说重了，那些设计施工中一块块难啃的骨头、一次次跌倒和艰难的爬起，会不会碰触到朱局内心最受伤害的地方，倒让他不想道与外人？

也许是因为我拍过大桥、写过大桥，也许是因为港珠澳大桥三地相连的其中一端就在珠海，这一次来珠海，我感觉与哪一次都不同——天蓝，海蓝，车少，路宽。从机场进城的路上我高度兴奋，小山包一个接一个地从眼前飞过，都郁郁葱葱的，都透着自然与亲切。

其实飞机刚落地，唐丽娟就已经在一遍遍地问了："落地了没有？""晚点了吧？""取行李了没？""哦，哦，坐上车了哈？""还有多久能到大桥局？"等等。看来这次采访，大桥管理局是格外加以重视了。小唐一遍遍的关心，让我猜想，朱局此刻说不定已经坐到桌前，在等着我了。

为了请求朱永灵局长接受采访，出发前我是给他报了采访题目，也就是采访提纲的。那提纲极其笼统，好像和天地一样宽得没有边际，全是关于这十几年来"您最难忘的、最艰辛的、最睡不着觉的……"，最后还补了一句：只要朱局愿意谈，"谈什么都好，谈什么都行"！

从 2004 年朱永灵接受任命组建港珠澳大桥前期工作领导小组办公室开始，到 2017 年年底大桥主体工程具备了通车条件，前后掐指一算，时间已经过去了 14 年。朱局"沉默是金"，在我眼里已经快把自己炼成了一个"金人"。今晚和朱局一起吃饭，我知道我对他的采访尽管是"非正式的"，但也就算开始，就算把采访这件事情展开了。可饭桌上的他会不会开口呢？如果开口，他会首先跟我谈什么？

为了这场采访，表面上我是给朱局笼统地出了一个虚题，实际上我内心翻来覆去地准备，腹稿打了好几回。而且这一次，我不是CCTV的记者了，没有了身边的编导、摄像和录音师，也没有人会在采访之后帮助我再提供采访实录的文字样本。那现场怎么录下他的声音？怎么把他的声音发到电脑，再把音频转换成文字？出发前我专门让孩子为我培训，学会了使用手机录音，另外，为了保险起见，还跟女儿借了一个录音笔，也是提前熟悉了好半天，直到学会，生怕出错。

机会难得，认真对待，至少不能打无准备之仗吧。

大桥局的安排也是有准备的，仔细、周到。我还在机场的时候，小唐就先发来了一个微信，说明第一天我下了飞机要做什么，第二天上午计划采访谁，下午安排采访谁……同时还把时间、地点都制成了表。这种认真和严谨让我想到20世纪90年代，我去日本采访汽车公司做电视专题，在日本丰田、大发等公司第一次得到的这种"见识"，那时候"日本人很会算计"，记者的行程包括跑路、吃饭、茶歇，每个时段都规定得密密实实，时间的最小框量是15分钟。

20年后，这情景在港珠澳大桥又见到了？似曾相识，陌生又熟悉！

好，我脾气急，做事也是喜欢紧凑而有条不紊。

但是小唐的单子上注明了，跟朱局长的见面好像就只有这一顿晚餐哦，这哪里够？这就是采访？"非正式"的？浅尝辄止？

那可不行。我要争取。见了面先有个好印象。

几乎是一溜小跑，我放下行李就赶到饭堂，局长果然已经在饭桌前坐下来，正和陪同们聊天，在等了。

"真不好意思，飞机晚点，来晚了。"我赶紧上前握手，解释。

朱局也不慌，更没有把时间、晚点啊什么的当一回事，说："没关系,没关系。我听他们说你这个记者很特别、很厉害,所以是要和你见上一见的。"说着就把我拉到他左手边的位置上坐下。两个人丝毫也不陌生,像简化了很多寒暄的过程,老朋友久别重逢似的。

局长心情不错! 我当即为自己高兴。

事后,陪同我一起采访的白巧鲜大姐回忆说,局长那天的心情确实不错。我问,"您怎么看出来的"? 白大姐说,那天她提早就到了食堂,看见朱局快步走着来到食堂的小餐厅,是一边走一边在嘴里哼着歌的。"哇,"白大姐说,"这种情况多少年了,我可是从来都没有见过。"可见局长这次的"破天荒"不仅是真心,也是挺高兴的。

是吗? 谢谢。谢谢!

我落座。"先喝点汤。"朱局长说。

我说:"珠海的汤好,到了广东就一定要喝汤。"但是汤是什么滋味,我的注意力根本不在碗上。

局长让座后一开始有点"滔滔不绝",完全没有我曾经担心的礼貌客套。之后他老人家就变得"啥也不说",或者我问一句,答半句,一点点地"挤牙膏"。

哈哈,好!

朱局一开场就直奔主题,说他的经历,说他 14 年前为什么来到港珠澳大桥,当初的欣喜、抱负,后来的艰难、蹉跎,也不管我饿不饿。

我坐了一天的飞机了,加上飞机晚点,肚子里此时确实已经开始咕咕叫。最初还有点不好意思,局长讲话嘛,一起坐下来"共进晚餐"的五六个人,大家都只有听着的道理,谁也不动筷子。后来,我实在有点忍不住了,就说,"你们大家怎么不吃? 我可是有点饿了,不好意思,服务员先给我来一碗米饭吧"。

朱局这才意识到,说:"哦哦,对了,饿了就赶快吃,多吃点,多吃点!"

他说话有点湖南乡音,个子不高,也非浓眉大眼、玉树临风,但人很实在,这感觉从我和他见面的第一分钟就直接烙进了我的判断。不知道是不是朱局的平和让我很快就没有了如见大人物时的那种小心和谨慎,也不知道是不是因为我饿了就开口"要饭"倒让朱局觉得我这个记者一点也"不装",总之我们在饭桌上的交谈很自然、很随意,"老友相逢"了嘛,那种感觉越来越分明。

谁说朱局一向不愿意接受记者的采访?

此时此刻还没等我问,他就已经"拉开了话匣子"!

开始局长讲到当初为什么要"毛遂自荐",怎么会来到大桥局做了这个艰难的"一把手",他不吃,就很认真地回答着饭桌上每一个人递过来的问话,很认真地一一回答。悔得我只恨自己怎么没带上录音笔!临时说等等,拿出手机来录音吧,也觉得太煞有介事,会扫兴,所以无奈,只有一边赶快吃饭,填饱肚子,一边拼命地往脑袋里记着朱局说的每一个故事,每一个时间节点。

毛遂自荐?

艰难跋涉?

看来有故事了,我再次感到庆幸——就是说嘛,划时代的一座大桥,1200多个亿的大投资,哪里会那么容易得来?

好在朱局愿意谈,不着急,故事可以慢慢听,慢慢消化。书里有了这些鲜活的、说不定还是独家的故事,英雄就会变得"有血有肉"。

我差不多可以认定,这一次补充采访会不虚此行了……

二、"毛遂自荐"却身陷艰难

把时间拉回到2004年。

那一年,"港珠澳大桥前期工作协调小组办公室"正式成立,13名组员全部到位,人送雅号"十三太保"。

那一年,朱永灵从广东省高速公路公司董事长的职位上下来,甘愿放弃大好前程及"大好钱程",主动请缨到"协调小组",做了一个当时并不被外界看好的大桥项目的"小组办公室主任"。外界普遍认为朱总离开有着七千名员工、市值五六百亿的大公司,是高风亮节、"慧眼识桥",具有大将风度,但事实上朱局跟我说:"那时哪有那么'伟大'啊,就是个机缘巧合,更提不上什么高瞻远瞩。"

饭桌上朱局长自己这样回忆:

"我的确是毛遂自荐的,而且当时这个小组的办公室主任,组织上已经内定了人选,就是后来一直和我搭档的港珠澳大桥管理局总工程师苏权科。我是顶了人家的位置。后来,我把这件事告诉了苏总,还在电话里问人家,'已然如此了,你是否还愿意跟着我干?'"

苏总说"愿意",而且一干也是14年。

朱局这个人,第一个故事讲给我听就不按常理出牌。

我边吃边问:"那您干吗要这样做呢?"

朱局说:"我看好这个项目啊,觉得这件事对香港、广东、澳门三地都好。当时根本没想到以后它会发展到今天这样的举世震惊。事实上港珠澳大桥之前有个'伶仃洋大桥',开始的时候也是吵得很热闹的,后来却没有上马。"

也就是说，港珠澳大桥在初期酝酿的时候，并没有人打包票说这个大桥一定能建成、一定会火、一定会建得"举世无双"、一定会成为"世界奇迹"。

"对。"

"那您没有想过这个桥可能干不成，以及如果干不成，您怎么办？"

"那没想过，当时的想法很简单：对粤港澳三地都好嘛，为什么干不成？"

朱永灵31岁已经坐到了广东省公路管理局副局长的位置上，可谓仕途宽广，而说起他"少年成材"，更是因为15岁就考上了同济大学（道路与交通工程系—道路工程专业）而一生都被周围人艳羡。想想可不是嘛，18岁，别人在这个年龄才刚刚进入大学的校门，他已经快毕业了——这样的一个人，剑走偏锋、特立独行，是有本钱的。

"但当时，您怎么觉得自己就是'港珠澳大桥前期工作协调小组'办公室主任的合适人选？"我又问。

朱局说："我最合适啊。"理由如下：

31岁，朱永灵不是已经成为广东省公路管理局的副局长了吗？本来这个平台带给他的一定是事业有成、蒸蒸日上。可是有一天，省交通厅的领导突然把他叫到了办公室，说打算让他带人去香港办一个公司。"办公司？"朱永灵当时就蒙了，心想自己大学毕业一路都是在搞业务，有学历、有经验。对于专业内的事，他觉得自己怎么都会干好，但是突然让他去香港办公司，做买卖、赚钱，白手起家，还是人地两生，这怎么可能？！

面对挑战，朱永灵没有退缩，也没有路可退。他问领导："那你能给我多少钱？"领导回答："一个亿。"

一个亿？当时20世纪90年代末，一个亿猛地一看已经不是一个小数了。但香港的社会，朱局算了算，搞个办公地点，几千万就不见了，其他的人吃马喂，一个亿很快就会被花完，那以后呢？公司怎么"创业"？怎么盈利？所以，他想了想，与其跟交通厅的领导要更多的开办费，还不如要些项目，有了项目就能融资，能融资或许有一天就能干成大事。于是朱局接下了香港公司董事总经理的职务，并很快完成了公司组建，更用最短的时间为虎门大桥等好几个项目融资，从此一发而不可收，公司资产由原来的一个亿，几年之间，变戏法似的翻成了几十个亿。

"我正幻想着把香港公司做成上市公司，有一天领导又突然把我调回，说广东省高速公路有限公司需要你去坐镇，你还得从香港再调回来。"

啊？听到这，我手里举着的筷子也停住了。

从 2004 年到 2014 年，我曾被中央电视台派往香港做驻站记者，十年的香港生活，对香港社会有了不少的了解，尤其是对那个社会的"法制"和"规矩"很受用。但是上级的决定，朱局没有办法拒绝。领导说，那工资待遇呢，我们知道你在香港一年的收入有62 万，而且是港币（当时的港币还比人民币大），也就是更值钱，要不你人回内地工作，工资还是保留在香港的公司发吧？朱永灵说，那怎么可能，如果我人在内地管事，还要搞改革，自己的薪水却在香港拿，不与内地的员工同甘共苦，那还有谁会信服？于是从高就低，重回广州，搞起整改，大刀阔斧，尤其很技术地避开了上级、朋友的"说情""打电话""递条子"。因为改革也伤了一些下属，朱局就对他们说："你们如果适应不了我的动作，一是可以告状，把我告倒；二是可以调走，出去找更适合自己的地方；当然第三，如果这两条路你们都没有选，那就熬着。我在这个岗位上只做三年，三年以后我一定走人，你们愿意怎样都行……"

故事讲到这，我好像有点明白了。"2004 年，您毛遂自荐到港珠澳大桥前期工作协调小组办公室工作,是因为到了自己承诺的'只干三年'的时间节点了,换句话说,也是正在寻找新的工作岗位吧?"

朱局笑得很坦诚,说:"是啊!"尽管领导当时并没有反对朱永灵只做三年的承诺,但三年之后也并没有把他调走的意思,他心想,"那不成啊,咱做人要有信誉!"

哈哈!

"对,事情就是这样。2003年8月4日'港珠澳大桥前期工作协调小组'正式成立,其下设的办公室开始不在珠海,而是在广州,就设在广东省交通厅的9楼——我觉得自己懂业务,搞过境内的公司,也做过香港的公司,对融资、招投标以及国际商务等等还算熟悉,就看中了这个机会。"

"您不是说当时绝对没有想到这个大桥后来竟能建成一个划时代、大显中国国威的超级工程吗,只是觉得对粤港澳三地是个好事,应该能有前途,就来了?"我再次确认。

"对,"朱局承认,"我当时就是想找一个地方先猫起来。"

哈哈,"猫"起来?

实在,朱永灵这个人,也太实在了!

这段历史没什么人知道,他不接受采访,不说,外界根本就不会知道。而他,明明知道我这次和他见面是为了写书,不往自己脸上贴金也就罢了,也别把自己说得那么"矮小"啊。尽管饭桌上的话属于"非正式"的采访,但记者有几个不是嗅觉灵敏的?

说到这,我的肚子已经差不多填饱了,朱局才放缓了说话的节奏,拿起一个包子,很从容、很满足地吃起来。

"那之后,您想到'协调小组办公室'的工作其实并不很好干了吗?"我抽出空来,提了第一个比较正式的问题。

朱局吃着包子,一时无语。

我继续问:"俗话说,万事开头难,2004 年最开始的时候,你们在干什么?也遇到了和大桥开始施工后所遇到的那么多的难题吗?"

朱局听我这么说,把头摇了摇。那一摇,我就知道我这个问题提得很无知。

不过,无知就无知吧,毕竟对于港珠澳大桥的前世因缘我不是很了解。我的问题只是一块抛出去的砖,甚至连砖也不是,就是想引得朱局说话,给我讲他的故事,讲什么都行。幼稚在此刻或许也变成了一种技巧?

"首先的艰难是:港珠澳大桥跨珠海、香港、澳门三地,各种难题一大堆,不开始着手做你根本想不到。"朱局说。

我在本书的"上篇"里已经讲到了,1983 年,香港著名商人胡应湘先生是最早向港英政府提出来要在香港与珠海之间建一座海上陆路通道的,那时叫"伶仃洋大桥"。但从 1983 年到 2003 年,他的建议都没有得到香港政府的重视。老人家一路坚持,30 多年自掏腰包做着各种与大桥相关的前期考察与科研工作。到了 2003 年,中央终于接受了香港特区政府的正式建议,批准进行可行性研究,"港珠澳大桥前期工作协调小组"才很快成立。关山重重,如何着手?

从 2004 年到 2008 年,"港珠澳大桥前期工作协调小组"还是由香港方面做召集人,也就是由香港方面牵头。朱局长——哦,那时候还是"港珠澳大桥前期办"的主任——朱主任上任不久就开始一趟趟地跑香港,当时办公室要"协调"的几件大事,第一是选线、选落脚点;第二是大桥通航的净空尺度;第三就是融资;此外还有珠江口、伶仃洋的环境评估,中华白海豚的保护,三地通关、设立口岸,究竟是"一地三检"还是"三地三检",等等,哪件事也不是"办公室"自己通过调研就能说了算,都得通过论证向有关方面递交报告。

三地建桥,三地政府都要负责审批、签字,有时候一个合同搞下来要好几个月。所有大事小情,只要涉及三地,因为制度不同,政治、经济、法律、文化甚至办事风格、行为习惯都不一样,前期的协调工作劳累、繁杂,前途漫漫,看不到清醒的目标。

"前期勘察、可行性报告、工程指南等等,无非就是累,但还有什么比累更折磨人的?"我想问,但没问,因为我知道这个问题朱局会谈。采访之前我已经看到了"有关资料",知道港珠澳大桥开始希望采取的融资方式是社会集资,比如 BOT(即英文"建设""运营""移交"的首字母缩写),但后来不成,原因是三地商家一开始都没有对港珠澳大桥的前景给出乐观的期待,融资的过程非常艰难。

朱局常常带着他的手下人一个一个地去拜访"大老板",晓以大义,前景展望,磨破嘴皮。他自己过去就是"老板",经常是几千万、上亿地调动资金的人,一旦低下头来去四处求人,那内心的滋味可想而知!

再有,三地政府对共同兴建、共管、共享粤港澳的海上通道,本是各自怀了期许的。在大桥可行性研究之前,香港政府就委托欧美等顾问公司对大桥的桥位、落脚的地点生成了自己的一套设想;广东省希望既然是第一条粤港澳大桥,是不是可以考虑把深圳也拉进来?那就不是一桥飞架三地,而是四地(这就是前人经常念叨的"双 Y 方案");澳门的心思是"别把我甩下";珠海一直以来最迫切地希望与香港建成一条海上通道,早在梁广大做书记和市长的时候就曾经出巨资考察并与香港有关方面进行过反复商议,希望尽快把大桥建起来!

什么意思?三地,或者说四地,都想建大桥,那不是好事吗?我起初不大明白。

朱局说:"好事也有利益问题啊,也要磨合。"

前期工作推进得十分缓慢。

三地政府之间、区域之间、产业之间的利益诉求各异,从落脚点的选择、通道线位的确定,到口岸查验模式的明确、锚地的协调、融资方案的出炉,乃至项目范围的分割和管理架构的选定,都要经过反复论证、反复协商。

一句话:"磨"的过程,具体的协调人是很难做的。

香港方面很担心朱永灵是"内地的干部",做什么、说什么,天然地都会偏重广东和珠海;而内地方面,看到朱永灵整天往香港跑,并没有"自己人"的样子,也担心这个"办公室主任"是不是只为香港说话,"胳膊肘往外拐"?

嘿,那段日子,真是让人又受苦、受累,还很受委屈。

朱局的立场,不管哪一方的利益有多么重要,他是粤港澳三地聘用的港珠澳大桥前期办的主任,一切事情考量的原则都要从大桥本身的利好出发,既不向着 A,也不向着 B 或 C。然而,港珠澳大桥毕竟诞生在"一国两制三地"的局面下,项目的合作、管理和建设方式都前所未有,没有任何经验可寻,都得经办人员"摸着石头过河"。

面对社会制度、价值观、官员的思维方式各具差异的三方合作,为了推动项目的顺利进行,朱永灵为管理局工作确定了三项原则,这"三项原则"第一就是:客观科学、求真务实;第二是:兼容并蓄、敢于突破;第三:忍辱负重、甘愿奉献。之后又搞了个"三方机制",这就是在管理局成立之初,粤港澳三地签署的《港珠澳大桥建设、运营、维护和管理三地政府协议》以及《港珠澳大桥管理局章程》。这两个文件集纳了三方的法律、法规和管理要求,成为管理局处理与三地政府关系的最基本的法律文件。

办公室内外,几乎所有人都知道朱永灵经常说:所有事情,在我这里只有"显规则"而没有"潜规则"。

从港珠澳大桥前期工作,到大桥设计、施工、建设完工,"三方机制"奇迹般地运行了 14 年,到现在还在发挥作用。这是一个值得借鉴的"传家宝",对后来处理三地事务都有着范本的作用。此是后话。

朱局指出,大桥管理局对三地政府要完全透明,要最大化地取得三地政府的信任,这是大桥管理局做好一切工作的基础。办公室不能做到很好地沟通,三地官员就难以互相理解。香港和澳门常年强调按制度和规则行事,内地社会则更注重原则性和灵活性的"变通",如果没有理解,三方连经常"坐到一块"都没有基础。

朱局希望把"理解"当作"信任"的基础,可是,他自己能不能够得到应有的信任呢?

别的不说,就说"任命"。朱永灵这个大桥前期协调工作小组办公室主任是一年一聘的,三地的聘用文件一年一签。什么意思?不信任?吃不准?反正心眼儿小的人会猜测,自己是可以被人家随时"炒鱿鱼"的。

只不过朱永灵不在乎。

时间长了,三地相关责任人都看出来"朱永灵这个人确实是一心为公,没有半点私心",人们曾经落在他身上的一些"微妙"的眼光才慢慢变得平和。

最困难的时候,也就是 2006 年到 2008 年。那一段日子,因为融资的问题迟迟解决不了,办公室的气氛变得异常清冷,人像热锅上的蚂蚁,异常地焦虑。

有人担心,这个港珠澳大桥是不是要流产了?

十天半个月,朱永灵的邮箱里连一封邮件都没有。

13 名"元老"当中的江晓霞是个设计师,后来成了港珠澳大桥管理局营运管理部的部长。有一天她把手机落在车上了,24 个小时没有发觉,因为没人找她啊,手机在不在身边、是不是丢了,没有什么区别……

后来有一天饭后散步,朱局长又跟我提起这件事,他说:"我那会儿是找了很多以前的朋友,拜托他们把我手下的这十几员干将都一一安顿下。"

我问:"什么意思? 要散伙了?"

朱局答:"对,真是有那种担心。大家都是广东'大交通'领域的精英,离开自己原来的工作单位,到了'港珠澳大桥前期办',有损失,有风险,至少是原来仕途的路子都断了,我得对他们负责,所以必须帮他们先找到新的工作平台。"

"那之后呢? 您这样做是自己也准备……?"

朱局说:"对。"

我的敏感没有错。

"是啊,我也要撤了,把他们一个个地都安顿好,我就撤!"

"啊?"

三、拍没拍过桌子? 火星撞地球啊!

常听人说:港珠澳大桥之所以有今天,两个人功不可没。

这两个人,一个是林鸣,另一个是朱永灵。

我写港珠澳大桥,无意为此二人作传,也没这个资格。但走近了这个工程,我发现,的确处处离不开这两条汉子。

英雄的工程论英雄,港珠澳大桥的全体参战人员,两万多人,从前期到后期,从勘探到论证,从设计到施工,从预报到海事,从管理到后勤,甚至包括开船的、潜水的、做饭的、勤杂的,每一个人都有故事,都是豪杰。天开海岳,巨龙出世,林鸣与朱永灵这两条好汉风雨搭档了十几年，一个作为岛隧工程的总经理、总工程师，担当着港珠澳大桥最艰难、决定着成败的工段——海底隧道的设计与施工；一个作为大桥管理局的总当家，舵手一样地随时把控着整个工程的进展、质量、安全、预算和其他一切庞杂的事务。

曾经看过一部美国的片子，片名好像是叫《生死时速》，大巴车的司机拉着一车乘客，道路曲折，人车散布，时速不能低于60迈，如果低了，装在车上的炸弹就会爆炸。不知为什么，走近港珠澳大桥，每一次想到林鸣和朱永灵，我脑袋里就会经常出现这部电影里的这个紧张片段。

终于，关山重重，暗礁累累，哥俩都带着各自的团队闯过来了，英雄相惜，热泪湿巾，该好好地碰一杯了——

2018年1月26日，我在港珠澳大桥的官方微信公众号上看到：

这是一个值得数千建设者铭记的日子，港珠澳大桥岛隧工程暨"第四战役"总结表彰大会在东人工岛举行，宣告了历时半年的"第四战役"建设任务取得了决定性的胜利。珠江口的新地标——东、西两座人工岛在伶仃洋上珠联璧合，熠熠生辉；一条最美海底隧道犹如潜龙出渊，以宏大壮阔之姿展现在世人面前。港珠澳大桥管理局朱永灵局长，中国交建各参建单位的相关领导，岛隧工程项目总部、设计分部、各工区负责人及受表彰的建设功臣、先进个人等，500余人参加了大会。

大会在百人合唱《共筑中国梦》的雄壮歌声中拉开了序幕。全体参会人员精神抖擞、兴致勃勃地观看了"第四战役"的专题纪录片——《不负芳华》，共同回顾了来自"中国交建"的建设者们如何顶住严峻形势、克服酷暑和潮湿的侵袭、经受住了超强台风的考验，争分夺秒地拼抢关键节点，战天斗地挥洒建设豪情，全面推进了"第四战役"的建设任务。

朱永灵局长在致辞中由衷地赞道：

你们为珠江口打造了最美的地标！

为实现从高速发展向高质量发展的华丽转身提供了一个实实在在的样板！

七年来，岛隧工程的建设者敢于担当、攻坚克难、精益求精、不留瑕疵，为港珠澳大桥树立起高标准的质量标杆，成就了世界奇迹。

港珠澳大桥未来 120 年将向世人传颂中交建设者的丰功伟绩，建设者们以高品质的工程诠释了工匠精神、创新精神和风险精神，用实际行动证明了中国建设者敢为人先的品格。

我要代表管理局向岛隧工程的全体建设者表示最衷心的感谢和最崇高的敬意！

……

关于这场庆功大会，白巧鲜大姐在我没有到达珠海做补充采访之前就向我提起，我到了珠海，她又打开手机给我放了当时她在现场的音频记录。

白大姐说，当时很多人都哭了，她也忍不住掉了眼泪。

更忍不住的是朱局。在庆功之后的会餐大会上，朱永灵局长突然举起杯，走向林鸣，两位豪杰将酒杯郑重地碰在了一起。这一碰，用后来林总接受采访时跟我说的原话就是"什么都没有了"，我当时的理解是"一碰泯恩仇"，对吗？是吗？

林总不语，内心对朱局的感激溢于言表。

我不知道，林鸣与朱永灵，这两个人在港珠澳大桥建设中的关系怎么样？不好？紧张？合作得不顺？

不，这样的解释不对。我很快否定了自己。

周围的人一样也否定了我，说不是这样。

其实从 2005 年，港珠澳大桥的前期协调工作刚刚启动，朱永灵就来到北京求助中国交通建设股份有限公司（我在"上篇"中已经说过，"中交建"不仅仅是中国铁路建设的主力军，近年还建造了诸如苏通长江大桥、杭州湾跨海大桥、上海洋山深水港等诸多著名的桥梁和港口，既代表中国的最高水平，也反映了世界的最高水平），想请"中交建"为港珠澳大桥量身制定一份《施工指南》。那时候林鸣作为总工程师，对朱主任深怀好感，下定决心要全力参与港珠澳大桥的前期调研乃至后期的设计与施工。

伟大的时代，伟大的项目，国家有实力，三地有热情，哪个"搞工程"的会不动心、不参与？

关于他二人的关系，也许在项目开工前曾有过情投意合的"蜜月期"，而后在漫长的设计与施工中，两个人更因为种种问题有过争执且互不相让、各执己见。他们胸中都是只有大桥，一切的争吵都是为了大桥的设计与建造。

我曾经问过港珠澳大桥管理局的工程总监张劲文，说："我听说林总性子很急，经常发火，和你们大桥局的很多人都拍过桌子，他和朱局也拍过吗？"

张总监一边笑一边回答："何止是拍过？火星撞地球啊！不止一次！"

听得我和当时也在我身边的白巧鲜大姐都笑疼了肚子。

后来为拍桌子的事，我还当面问了林总，也问了朱局。

林总说："工程中我们有过很多争执，可以说整个岛隧工程就是我们两个人'吵'上去的。"

朱局说："两个人都动了肝火。但他（指林鸣）对的地方，我最终都会支持他。我认为必须要做的，我也会坚持！"

林鸣承认：每次争执之后朱局总会支持我，但你知道"坚持"是会"很伤人"的；

朱永灵则认定：两个人都是心中有目标的人，只要有目标，

"大家最终都不会伤感情"!

我知道林鸣跟我说"坚持是会伤人的"指的是哪些事,同时我也理解朱永灵说的"两个人心中都有目标"。这"目标"是什么?就是指港珠澳大桥。

所谓"心底无私天地宽",用这句老话来形容这两位英雄,最恰当不过。

共同的事业让他们在争吵中坚守着国家的利益和国家的声望。朱永灵、林鸣,以及所有能够有机会参加到港珠澳大桥建设中来的建设者们都常说:"世界各地有才能的人很多,但有机会的人并不多。我们生逢其时,这个项目是国家珍贵的品牌,一定要珍惜!"

"在历史长河中,港珠澳大桥的建设是一个标志性的事件,是大国复兴的象征。"

"这个项目的特点,注定了它会在世界桥梁史上占据里程碑的地位。"

"港珠澳大桥把我们的人生带入了一个全新的境界,能够参与建设这一伟大的工程是我们职业生涯的荣耀。"

难怪熟悉林、朱二人人品与个性的人听到朱局长在东人工岛上的讲话都会潸然泪下,再看到他们聚餐时碰在一起的酒杯,就更忍不住要热泪盈眶。

不容易,真是不容易啊——

时光,我们再回到2013年5月2日,港珠澳大桥岛隧工程的33节沉管"首节"在这一天安装,之后的72个小时,巨大的沉管被连续下沉了两次,但无论安装人员怎样镇定、细心,安装误差都达不到设计的要求。这件事我在本书的"上篇"已经提到,但重点不在工程的难度和偏差,当时我举这个例子是想说:长达96个小时的磨难,第一截沉管的安装吓跑了很多工程技术人员,甚至连设计总负责人刘晓东都说只要能走,他当时也会当"逃兵"的。

那么,就在这个重要的工程节点,朱永灵局长在哪里?

2018年3月20日,我重访大桥局。当晚和朱局吃过饭后,我强烈要求朱局能否再给我一个整段的时间,不是"非正式的",而是集中一个上午或一个下午。

负责接待我的小唐解释:"晚饭后还可以跟朱局再接着聊一会儿嘛。"

我说不够。这样不行!何况朱局,你看不出来吗,他也是意犹未尽。

这时,和我一起来见局长的白巧鲜大姐提议了,她很善解人意:"其实不如把明天白天要采访的余烈副局长跟朱局调一个个儿,就是一会儿晚饭后,我们先跟余局谈,明天一早,等朱局开过会,我们再接着采访朱局。"

哈,好!我一听,这样敢情好!侧脸一看朱局,他也同意。

白大姐的建议帮了我大忙,我和白大姐后来几乎得到了一整天的时间,真的和朱局"好好地聊了起来"。

这一次朱局跟我说:"每一次工程的节点,每一个重要的施工单元,我都要求自己和承包方在一起。"于是我接着问:"那E1呢?2015年5月2日,岛隧工程第一节沉管安装的时候,您在哪里?"

朱局告诉我,为了让林总获得最大的指挥权威,E1的安装他一开始是守在办公室里,关注着前方施工海域的每一刻进展。第一次沉放嘛,谁都紧张,朱局不在船上是为了避免大家有压力。

但是第一次安装,偏差13厘米,第二次安装,又差了11厘米,这和设计要求"必须控制在7厘米以内"相比,有不小的差距。朱局知道这样"交差"是肯定不行的。

于是在安装进行72个小时的时候,时间大约是5月5日的夜里1点钟,朱局来到了指挥船。

"我看到很多人都躺在甲板上，横七竖八的，人们的身体和心理都累到了极限。"朱局回忆当时的情景时说。

"当时，人们都觉得没法再做第三次了？"我问。

朱局说："对，大家都干不动，也都不想干了。"

"但设计怎么说？施工的监理方又怎么说？"

"都不同意，就是都接受不了这个偏差。"

而此时，媒体早已是长枪短炮，都守在了周围。

第一节沉管，整个世界仿佛都在等中国成功的消息！

朱局说他要说服林总"再来一次"。他分析，第一节沉管需要和西人工岛的"暗埋段"相结合，这一节沉管在海中的姿态不是平的，是要放在斜坡上的。为了使沉管能沉入水中，沉管内部的水箱事先就要灌满水，但这样，水箱遇到斜面，本身就放不平。因此他提出："能不能再来一次？我们这次先接头，之后再对尾巴。当然，如果大家实在太累了，就先回去，明天下午 3 点我们再来接着放。"

对于朱总到现场的安慰和支持，林总心里肯定是非常感谢的。

但已经 72 个小时连续作业了，再沉放一次？

他很担心。疲劳是工程的大敌，就像疲劳驾驶。

人在疲劳时很容易出错。第一节沉管，4.5 万多吨的大家伙，一旦操作失当，轻者要接受再次失败，重者可能会把船拉翻，那结果，船毁人亡的悲剧说不定会让每个人都深感恐惧，出师不利，也未可知啊！

怎么办？

放很危险，不放？如果把大家都放回去休息，第二天再来，那他当时很担心：第二天，还会不会有人肯再上船？！

现场的气氛沉闷极了。可乐、咖啡原来都是可以提神的东西，现在不再能发挥一丁点作用。

但朱局很镇静,坚持着,耐心地拜托着大家:"最后再放一次,还不行,我也认了。"

"大实话。您当时就说了这么一句大实话?"采访时我问。

朱局说:"对,我当时说的就是这句话。出了问题,我知道,我也是要承担风险的!"

于是,E1开始第三次安装。

也许是大海无情亦有情,谢天谢地,这一次,成功了——

水下测量,送上来报告结果:第三次安装,E1的沉管偏差只有5厘米,完全控制在了设计要求的7厘米标准之内。

在港珠澳大桥岛隧工程的建设中,大桥管理局和林鸣团队采用了"设计施工总承包"的合同模式,这一点尽人皆知。这种模式,百分百地创新,最好地适应了"摸着石头过河"、边设计边施工、边施工还可以边修改设计方案的现实需要。

其实,按照这种模式,林鸣作为岛隧工程的"总承包",理论上权力和责任都应当是对等的,换句话说,对于任何一项具体的工程施工,林鸣愿意怎样做原则上就可以怎样做。

然而,港珠澳大桥,这个工程实在是太大了,国家的决策,三地政府的投入,国家的期许,三地政府的责任,谁都不敢掉以轻心。因此在朱永灵代表大桥局,也就是代表港珠澳大桥的"甲方"跟林鸣这个施工团队的"乙方"签订了建设标书的同时,朱局还请来另外的一个"乙方",也就是"第三方"的工程监理,和他再签了一份合同。这一点人们也是很清楚的。按照这份合同,工程监理要代表"甲方"的利益,于每一个项目施工的具体操作文件上签字,而且还不是整份文件签,不是原则上的"同意",而是"页签",也就是每页纸的施工方案,监理都要在上面签上自己的名字。

天哪!

林鸣团队在岛隧工程"设计施工总承包"的框架下,尽管可以充分发挥设计、施工的联动效应,但他的每一个动作也都不得不受到来自"甲方"和代表"甲方"利益的"监理"一方的制约。

现在我终于理解为什么林总说"我们整个的岛隧工程"都是他和朱局"吵"上去的,是在互不相让的"较真"中,最终找到了一个"最合理"的方案。

一个人能力再大,再有超人的才智,总是多一双眼睛帮你警惕着为好。

制度的限制,多一份保证,多一分安全。这不仅是出于无奈,更是对国家重大命脉工程负责。

这一点林总其实从一开始就明白,但是他说,"该坚持的时候,我还是会坚持"!

可巧,朱局在我对他的采访中也说了同样的话,"该坚持的,我一定要坚持"!

嘿!这两个人!

两个人的目的,都是服务于大桥,前瞻性地要对得起国家、时代和未来。所以就一路这么较着真,一路这么"坚持着",走过了7年!

四、忙在看不见的地方!

E1 的遭遇、E1 的漫长、E1 遭遇挫折的原因、E1 的无奈,E1 是如何在安装的 96 个小时始终卡着人们的喉咙,最后又是怎样在人们"最后再努力一次"的坚持中"努"出了成功,这些故事很少有媒体报道,特别是一些细节,就连建设者自己内部,也很难有一份详细的"原始记录"。

同样的遗憾,"港珠澳大桥前期工作协调小组办公室"在初期为港珠澳大桥绘制蓝图、扫清障碍、搭建基础的时候究竟忙成了啥样？具体忙什么？哪些事情让他们苦不堪言？也没有一份总结，哪怕是一份捋着时间的"工作清单"。

那个时候，我们忙得一睁眼就是调研、开会、报告，哪里还有工夫去写总结？

2018年3月20日，我二次来到珠海的当天，和朱永灵局长一起吃过晚饭，就按白大姐的提议开始采访余烈——港珠澳大桥管理局的副局长，当年最早来到"协调小组办公室"，是13名元老之一。

没有总结也就罢了，但我听说你们这13名元老，差不多每个人都有记日记的习惯。十几年了，这习惯也一直在坚持？

嗯，坚持！

一走进余局的办公室，我就向余局提出请求："能不能给我看一看你们当年的那些日记？"余局一听，很爽快："可以啊，这没问题。"于是打开了他办公桌后面的柜子，一本一本地给我往外掏，这些日记本花花绿绿的，大多数有塑料皮，带着十几年前那个时代的痕迹。不一会儿余局就掏出了一大摞，我随手拿起几本翻了翻，每一本都写得满满当当、密密麻麻。

你知道，"港珠澳大桥前期办"是2009年才搬到珠海来的，之前我们一直在广州办公，所以还有一部分日记不在这里，有一部分搬家搬得也丢了。

落座之后，余局一边为我和白大姐泡茶，一边开始给我拉起当年他们前期工作如何艰难的"口头清单"——

2009年10月28日，国务院召开常务会议，正式批准了港珠澳大桥工程的可行性研究报告。这标志着大桥前期工作已顺利完成，港珠澳大桥正式进入到实施阶段。

2009年12月15日，由粤、港、澳三地政府主办，珠海市人民政府和"前期办"承办的港珠澳大桥开工仪式在广东省珠海市隆重举行,时任中共中央政治局常委、国务院副总理的李克强在开工仪式上"宣布开工"。

2010年5月24日,港珠澳大桥三地联合工作委员会第一次在广东省珠海市召开会议。会议宣布三地委成立,协调小组和三地委进行了工作交接,并聘任"前期办"的主任朱永灵继续担任港珠澳大桥管理局的局长,会议同时也一致通过了港珠澳大桥管理局《章程》。

这些时间节点,现在外界都梳理得很清楚了。

但是2009年以前呢?

2004年3月底,协调小组办公室筹建,前期工作启动后第一项工作就是项目组赴香港、澳门、广东省进行现场调研,搜集调查三地有关交通经济、工程建设条件、投资估算等方面的资料,听取了各方对大桥建设及路线走向的意见。5月,赴东海大桥、苏通大桥、杭州湾大桥调研,掌握国内跨海桥梁建设动态。6月,确定了交通量预测中采用的跨界车辆通行政策假设及大桥收费水平假设,并对东、西岸登陆点形成的线位方案同步开展专题研究及工程可行性研究。

为加快大桥工可阶段各专题研究工作进度,在"工可"研究单位公规院的协助下,协调小组于2004年6月下旬至7月上旬派人分赴北京、南京、深圳、珠海等地走访了承担大桥工可阶段专题项目研究任务的单位,对21项专题研究的进展情况进行了调研。7月,协调小组召开会议听取大桥线位方案的初步研究成果,并对大屿山锚地油轮作业区问题、口岸管理模式等问题进行讨论。会后,综合各方意见,对三类六个桥位方案展开进一步研究。8月,香港路政署、规划署、运输署有关专家与研究小组就交通量预测的主要内容和方法达成共识,完善了交通量预测。10月,在珠海、深圳针对大型跨境交通建设项目管理中有关立项程序、协调机制、建设管理模式等问题,对莲花大桥及深港西部通道项目管理进行了专题调研,对江苏润扬大桥、上海崇明越江通道、厦门东通道和海沧大桥等项目进行了实地调研,就项目投融资情况、跨海(江)通道前期技术工作组织、悬索桥施工工艺、桥梁景观等问题进行了深入了解。12月,协调小组会议就大桥工程可行性研究结论、协调通航标准、白海豚自然保护区、港珠澳大桥投融资方案及三地框架协议等问题进行了讨论,提出了需要进一步研究的问题及新增论证专题。

作为前期工作的组织者与协调者,"前期办"配合工可研究单位和专题研究单位,搜集了大量资料,并对国内外有关部门和相关项目进行了多次专题评审会和研讨会、协调会,在广泛听取各方意见的基础上,落实了工可阶段大量的关键技术问题和建设原则及标准。2004年12月5日,《港珠澳大桥工程可行性研究报告》(初稿)提交,大部分配套研究专题通过评审、验收。

2004年是充满紧张和忙碌的一年。

2005—2008年却是充满艰难和挑战的四年。

随着前期工作的不断推进,许多重大决策问题开始浮出水面,无论是口岸管理模式、投融资决策、建设管理模式还是锚地影响问题、中华白海豚自然保护区论证……这些问题不仅关注层面高、涉及部门多、影响深远,而且由于港珠澳大桥涉及三个法律辖区,几乎没有可供借鉴的经验,极大地增加了论证与决策难度,需要更系统规划、更严谨论证、更谨慎处理。

"2005年4月1日,我记得是在珠海,粤港澳三方就港珠澳大桥的位置,就是大桥的桥位落脚点,召开论证会。外界可能无法想象,为了这个落脚点,协调小组当时做的咨询、论证、方案,数都数不过来。"

"还遇到了哪一些具体的困难,特别突出、能记住的?"我说。

采取"一地三检"还是"三地三检"口岸管理模式,大桥主体融资方案实施 BOT 还是政府投资,一直是前期决策的重点和难点。但随着项目工程可行性研究的不断推进,影响口岸管理模式及项目投融资的诸多因素逐步明朗,按 2005 年 7 月份三地协调小组会议精神,对口岸模式论证,从 2004 年"一地三检"方案转为"三地三检"方案;对投融资问题,也在初步共识的基础上展开了深化研究。

尽管论证问题逐步明朗,论证方案也逐步细化,但是三地政府一直未就最终方案达成共识,很长时间也未提出明确的动工时间表。那几年,备受关注的港珠澳大桥何时能够落实兴建一直是港澳记者在全国两会期间关注的热点之一。

2006 年 12 月 27 日,国务院决定由国家发改委牵头成立"港珠澳大桥专责小组",以推动建设项目的进一步落实。2007 年 1 月 9 日,港珠澳大桥专责小组第一次会议在广州召开,会议明确在口岸查验采用"三地三检"模式的原则下,建议了三地口岸的选址,同时建议了融资的基本方案,即三地政府分别负责口岸和连接线的投资,大桥主体按照吸引企业、社会投资为基本模式。

又经过紧张的反复论证、协调、奔波和努力,大桥"三地三检"口岸布设模式、锚地影响、中华白海豚保护区等专题论证工作开始加快推进,三地政府对大桥投融资模式和建设管理模式也已达成初步共识,论证方案逐步收敛……

2008 年 8 月 5 日,粤港合作联席会议第十一次会议提出,大桥海中桥隧主体工程采用"政府全额出资本金方式";大桥主体工程资本金总额为 157.3 亿元,其中内地政府出资 70 亿元,香港出资 67.5 亿元,澳门出资 19.8 亿元;资本金以外部分由粤港澳三方共同组建的项目管理机构通过贷款来筹集。大桥建成后实行收费还贷。港、粤、澳三地政府分别负责口岸及连接线的投资。12 月

29 日,广东省发改委向国家发改委上报了《关于上报港珠澳大桥工程可行性研究报告的请示》(粤发改交[2008]1510 号)。

"一直到 2008 年 12 月底才把工可报告提交给国家交通部,你说这中间我们做了多少工作?很多工作是无法描述的,就是繁杂磨人。比如这么多年下来,由于三地的法律、法规不同,我们遇到并解决的法律问题一道一道,后来都编成了一本书,叫《融合与发展:港珠澳大桥法律实践》。

"大事之难,难在拉锯。小事嘛,反正没有不难的。给你举一个例子,当时我们'协调办'成立了,但是,这个办公室是受粤港澳三地政府委托的,经费也要来自三地政府,可工作运转呢,连最简单的'如何开立账户'我们都开立不了!"

"你们的工作最早是由香港牵头,没有账户,港澳的钱就打不进来?"

"对,后来费了很大的劲才搞好。

"在内地,很多人看重体制内的单位级别,而'前期办'是一个三方组建的临时机构,由香港方牵头,这个机构是'史无前例'的,既不是政府机关,也不是真正意义的事业单位和公司企业,由于机构性质特别,我们的身份也特别,因此,在工作中,我们要费很多时间向对方解释清楚,往往还会遇到很多困难。想一想,国家要建这么大一座桥,开展复杂的前期工作,你总不能以一个什么'中心'或者'公司'的身份去和三地的政府部门和设计研究机构或大型国企打交道,去和外国人谈判吧,更不要说调动其他的社会资源了。

"账户的问题解决了,不瞒您说,海豚的问题又来了。"余局继续他的"抱怨":

"大家知道,中华白海豚是国家一级保护动物,珠江口、伶仃洋有 460 平方公里的面积是白海豚的家园。港珠澳大桥要施工,从东到西要有 19 公里的长度必须穿过白海豚的活动区域。你们想象国家的大工程,国之重器,要穿越国家的保护区,应该什么事都好商量吧?对不起,没有官方文件,擅自在保护区内施工,那也是违法!

"为了解决这件事,我们一次次地和有关方面商量。按规定白海豚每年的繁殖时间是 4 月到 8 月,这一段时间任何工程都不能施工,不能打扰它们。但港珠澳大桥如果真要守在这条规定里,工期至少要拖延十年才能完工。"

"怎么办?"

"跑吧!"

"最后国家有关部门专门为我们出了一个文件,把我们的施工时间、方式都规定得很合理,也就是大桥建设能接受的限制。此后大桥可以启动建设,白海豚也得到了有效的保护。这一切跑断腿儿的事没人知道,如果我不说,您是不是也想象不到?"

的确,如果余局不说,什么"账户"啊、"白海豚"啊种种的"小事",外界自然不会得知,我也都是第一次听说。

除了这些"小事",还有"大事"。

"什么大事?比如?"我问。

"由于项目前期工作事项复杂,立项和开工前必须按国家法律法规和三方政府要求,办理好所有法定建设手续,在对外开展的大量协调工作中,我们花费了许多时间和精力,如:军用电缆迁改补偿、锚地调整协调、海域使用协调、大型临时工程用地、白海豚生态补偿、渔业资源补偿、临时航道转换、抛泥区选划、海砂开采区选划、高速船航线临时调整、施工船舶临时防台锚地选址、地材开采协调、施工营地码头炸药运输协调、跨界环保联络协调等等。

"比如大桥筑岛要填海,几千万立方的海砂从何而来?海底沉管要挖沟建基槽,挖出来的 4500 万方海泥又往哪里放?这些都是大事。此外还有 ABCD 一系列的问题,管理局作为甲方不能把球统统踢给承包方,让中了标的乙方自己去克服。那办公室就得有人去做。

"超级工程背后其实是由很多或大或小的项目组成的,这些项目或事项又相互关联,相互影响,需要系统规划,统筹安排,及时协调解决,否则将影响整个大桥建设的顺利推进。比如沉管隧道 E15 的三次浮运、两次返航,后来发现问题是出在上游的 7 家采砂厂,200 多艘采砂船一直在采砂,造成沉管基础不断回淤,沉管沉放就放不平。我们当时协调这件事,以'管理局'的名义和人家私人采砂厂协商。"

港珠澳大桥管理局的"名头"是朱永灵向国家发改委申请,反复晓以利害,最终被批准的。这一点我在后来对朱局的采访中也得到了证实。

一般地,工程师都愿意做有挑战的技术工作,喜欢与专业人士打交道,然而面对无先例可循的跨海、跨境大型工程项目,无论是论证、立项,还是开工准备,以及工程建设全过程,有着大量复杂的沟通协调工作,一般工程师不耐烦做这些工作,亦难以胜任。余烈既有一定工程施工管理、工程咨询经验,又具备在交通行业主管部门及地方政府挂职的工作经历,作为参加项目筹备的"十三人"之一,他义不容辞,积极参与了协调的工作。

我要了余局的日记,翻开看,几千篇,还只是记录工作的。随便挑了一天,时间是 2006 年 9 月 8 日(星期五)。余烈写道:

最近项目主要进展情况是:

一、协调小组 2006 年 7 月 14 日在广州召开了第六次协调小组会议,主要讨论口岸设置及投融资等问题,会议同意:

1. 尽快开展现场风速、波浪观测,大桥运营及维修标准两项研究。

2. 隧道人工岛的位置应综合考虑隧道长短、通风要求、造价、施工运营风险，以及人工岛对环境、航道和邻近设施的影响。

3. 同意开展"三地三检"的研究，由办公室和公规院协调费用和进度问题，研究内容包括每个地区分别研究三个口岸方案的可行性，并进行比选。港方初步研究认为港方口岸建在粤港分界线侧广东水域内是最理想的。

4. 同意公规院提出的对五种投融资模式进行深化研究，包括多种以中央政府牵头、国家企业控股的方案，以及采用国际公开招标及 BOT 方案。协调小组在公规院完成有关研究后开会讨论。

5. 同意先由公规院完成大桥投融资方案的深化研究，在协调小组三方形成意见后上报国家发改委，再根据情况决定有关投资意向征集工作的安排。

二、会后至今，办公室主要落实协调小组第六次会议同意开展的工作：

1. 与公规院商谈开展"三地三检"的有关研究，主要涉及几个专题的补充研究和工可报告的修编，现基本谈好工作大纲和合同，费用约 600 万元左右。

2. 公规院征求了三方对各自口岸选址的意见，其中港方的口岸选址较为敏感和复杂，港方倾向其口岸建在粤港分界线侧广东水域内。

3. 投融资方案，具体由交通部规划研究院承担，现拟按 5 种投融资方案细化并已向内地及港澳相关企业开展了书面调查了解。

三、另外，办公室现亦进行开展海洋环评承担单位的询价比选、环评公众参与信息公告，以及现场风速、波浪观测，大桥运营及维修标准研究等的准备工作。

四、个人意见：

1. 由于从"一地三检"转向开展"三地三检"口岸的布设研究，涉及许多相关专题补充研究及工可报告的修编，这是一个较大的工作方向与计划调整，要在重新研究后再由三方讨论，工程技术与协调上都有难度，可能计划的 5 个月时间不够。港方虽同意开展"三地三检"的研究，但认为港方口岸建在粤港分界线侧的广东水域内是最理想的，因此，今后的研究结论要使三方达成共识预计很难。就程序而言，因"三地三检"口岸布设的研究而涉及的专题补充研究均要重新进行专家评审或报送主管部门审批，"三地三检"的口岸布置一定会使三方各自填海总面积增大，尤其是当港方口岸结合隧道东人工岛扩大建设至 120 公顷以上且设在粤港分界线侧广东水域内时，能否获得广东方、珠委、交通部、海事局、港务局、环保、海洋及保护区主管部门等的认可，是最大疑问。如不能顺利通过方案，则要协调小组或国家部委/省里反复协调，有可能时间较计划延后，亦可能迫使港方将其口岸位置退回其水域/岸上，从而又出现另外的新问题和困难。

2. 大桥投融资方案深化研究，计划 3 个月完成，在协调小组三方形成意见后上报国家发改委。现初步向有关企业机构书面调查。据悉，中国交通建设集团、合和、新创建和长江基建等都有兴趣。个人认为在五个投融资方案中第一方案较现实可行。

3. 明年是香港回归十周年，港方和内地有关部门拟考虑庆祝活动计划，深圳湾大桥（西部通道）和港珠澳大桥都有可能备选，前者要在 7 月前通车是肯定的，但后者会否宣布立项建设或奠基,应有准备。从时间安排上来看,完成"三地三检"的研究并将工可报告修编上报,由中央批准,是来得及的,中央领导宣布立项建设或奠基也是有可能的。但由于"三地三检"的研究与协调仍很复杂,时间并不宽裕。

"时间并不宽裕"?

天哪,仅仅看完余局的一篇日记,我的头都大了。

时间不允许我把余局的日记全部看完,本书也不可能把"港珠澳大桥前期工作协调小组办公室"的工作,哪怕只是2009年开工之前那几年的工作都描述得清清楚楚。剩下的,我只能想象,想象"十三太保"(当然后来又不断增加了很多人),大家当年的日子是怎么过的。忙,一个字就是"忙"。两个字?"很忙"。三个字或N个字?都是忙、忙、忙……

问题是他们的忙不在前台,都在幕后,都在前期,不为人所知。

开始的时候简直就是个"大秘书班子",没有决策的权力,这让人恼火。

不仅如此,工作人员挣得还很少。有一段时间,朱局忙完了千头万绪,还要费心费力地去跟三地政府做说明、谈条件、吵红脸,帮员工们涨工资,总不能让人家的收入一直"负增长"吧?!

多难啊,那时候。

五、估计20年也难浮出水面!

港珠澳大桥的横空出世,它的美丽、超前、跨世纪、120年的使用寿命,让所有的人叹为观止,同时更心生一种诗化了的震慑。

谁知道它在漫长的筹备协调阶段险些流产、夭折?

当年,即使是比较乐观的看法,也就是认为这个大桥不管经历怎样的磨难,最终还是有可能建成的,估计"20年也很难浮出水面"!

我看到这种"说法",是在第二次到访珠海的时候。大桥局为我提供的很多材料当中,有一本《瞭望东方周刊》的电子版。这本周刊在2007年3月刊发了两篇文章:

《港珠澳大桥时间表悬疑》和《港珠澳大桥胎动》。

说老实话,反复研读这两篇文章,我有一种"心冻"的感觉,两只脚就像泡在一盆盛满了冰碴子的水里。

忽然想起2007年12月31日,港珠澳大桥管理局工程总监张劲文(当时还是"前期办"工程技术组的主管)写过一篇题目叫《迷惘的大桥》的文章,应该是刊发在了他们自己的内部刊物上。他写道:

> 大桥像伶仃洋中的一叶孤舟,迷失了方向——
>
> 办公室已有三位同事选择了离开,他们拒绝了这种似乎看不到尽头的迷惘,选择了一份有着清晰目标、收入更高、更加稳定的工作,其余的同事,带着梦想和对前途的忧虑,在目标不清的伶仃洋上,迷惘地坚守。
>
> 作为公共属性和商品属性的统一体,在一个敏感的海域修建一座敏感的大桥,由于难以定量确定两种属性的权重,大桥的融资和项目管理模式陷入三方多重博弈的复杂局面当中……

"博弈"?

时间跳转回到2018年3月,中国的"两会"期间,代表官方声音的《人民画报》也曾在《无愧伟大的时代》一文中提到,港珠澳大桥的最终建成是经历了粤港澳三方的"博弈、合作、共建、共享"。对于"合作""共建"与"共享",我没有疑义,但是"博弈"?这个说法是不是有点"火药味儿",是真的吗?

是真的。

我很欣赏文章作者实事求是的眼光和笔锋。

事实上，就在人们都强有力地呼吁港珠澳大桥要尽快上马的同时，"协调者"也清醒地看到，港珠澳大桥之所以在 2009 年以前表现得"进展缓慢""举棋不定"，主要原因就是"各方的利益博弈尚未达到平衡点"，每一方都想让大桥更多地照顾和迁就自己，而这又很难得到其他各方的赞同。

客观上讲，港珠澳大桥由于涉及"一国两制"，牵动三地的利益，跨界连接的香港、珠海、澳门在法律法规、行政体制、技术标准、管理程序等方面的差异的确很大，"协调工作难，难于上青天"，这么形容一点都不过分。

对于诸多之难，除了"协调机制"存在困惑，记者（王启广）在《港珠澳大桥时间表悬疑》一文里详述了，还有"融资模式政策盲区"以及"香港口岸的选址之谜"。

具体怎么说呢？

港珠澳大桥在初始动议阶段，业界对其"投资模式"曾经有过五种设想：

一、全部由社会融资；

二、大桥主体工程靠国际 BOT 招标；

三、大桥主体工程向由内地控股（无中央补贴）的企业 BOT 招标；

四、三地各自负责本区域范围内工程的投融资；

五、主桥由三地统一建设，由内地央企发起，联合港澳等地政府性质的企业组成项目法人，内地资本控股。

这五种融资方案都各有利弊，让人举棋难定。比如 BOT，鉴于香港、内地和澳门三地法律制度有所不同，可能会涉及一些法律的冲突和盲区，使国际 BOT 蕴含一定的风险，尤其如果一些国际财团利用这种法律盲区,在合同中预留一些"伏笔",那么大桥今后就可能陷入一场漫无止境的法律纠纷。

"口岸选址"到了 2007 年都没有确定且迷雾重重:

有专家分析,港珠澳大桥如果在香港一侧着陆并填海建设口岸,按照香港的法律制度,必须通过环评条例、城市规划条例、填海条例等诸多的程序,一圈走下来至少需时 40 个月,还不能保证一定会通过。但"如果暂时搁置这些问题,采取大桥主体工程与口岸选址分开来考虑的做法,那么大桥将来也可能面临在香港找不到口岸的风险"。

是吗? 这么费劲?

为了规避掉这种尴尬的局面,香港曾提出要在广东水域建立人工岛并设立口岸联检大楼,但广东考虑"走私、犯罪等难以管理",坚持各自在各自的海域建设人工岛。

因此,港珠澳大桥建设的时间表"悬疑"不是危言耸听。

2007 年初,应三地政府要求,经国务院批准,"港珠澳大桥中央专责小组"成立,这是一个来自"中央层面"的协调机构,让人看到"国家出面了",很多问题便可以快速解决,令人欢欣鼓舞。果然,1 月 7 日,广州召开了"专责小组"的第一次会议,对困扰港珠澳大桥前期工作的几个重大事项——口岸设置、投融资安排、通航与锚地、中华白海豚保护区等问题,均拿出了原则性的解决意见。

随后,协调小组办公室围绕"工程可行性研究报告达到审批/核准的要求"与"项目投资人的招标准备"两大任务,展开了一系列具体工作:

口岸设置由"一地三检"改为"三地三检"后相关专题的补充研究;

23DY 锚地咨询研究和协调;

投融资方案深化研究;

环境影响评价公众参与调查以及补充海洋环评研究；

中华白海豚影响研究及生态补偿方案；

桥区现场风观测、波浪观测；

HZMB 建设标准体系研究（设计、施工、验评、维护、定额）；

HZMB 项目协调决策机制研究咨询；

HZMB 主体投资人招标顾问机构市场调查；

海中主体工程补充地质勘查招标。

人是不怕累的，怕的是累不出成绩！

"机遇与挑战并存"从来都不是一句空话。

港珠澳大桥前期协调工作走上正轨后，其主要任务就体现在"研究"与"协调"两件事上，但就这两件事，尤其是"协调"，"十三太保"过去基本上都是"搞业务"出身的干部，与"协调"风马牛不相及。没办法，就得硬着头皮学。慢慢地，功夫不负有心人，"业务能手"们逐渐总结出了一些工作的要领："协调是一种能力，也是一门艺术，它需要你精准的眼光，也需要你柔软的身段，有时需要你耐心地说服，有时也需要你无奈地退让。"

说得多好啊！都有诗人的气质！

终于，历史迈进到 2008 年，港珠澳大桥在经过山重水复后，不再"只闻楼梯响"，许多重要事项均取得了突破性的进展——

1 月 4 日，汪洋（时任广东省委书记）与曾荫权（时任香港特首）会面，提出了以世界眼光谋划粤港合作。项目是合作的载体。"英雄所见略同"。

1 月 8 日，粤港合作第十次工作会议在广州举行，确定了下一阶段重点推进的 23 个合作项目，如：加快推进港珠澳大桥的前期工作，尽快完成各项专题研究……

1 月 18 日，广东省十一届人大一次会议，把港珠澳大桥列入广东省 2008 年的重点建设预备项目。

2月22日,港珠澳大桥海中桥隧主体工程补充工程地质勘查开工。

2月28日,港珠澳大桥前期工作协调小组第八次会议在广州召开。明确了三方合作建设大桥主体工程的范围、投资责任及政府补贴的分摊比例。

6月28日,由广东省主持的"工程可行性研究报告预审会议"在珠海召开。

6月30日,港珠澳大桥"通航净空尺度和技术要求"获得了国家交通运输部的批复。

7月29日,总体方案深化研究及物理模型实验招标。

8月5日,粤港联席会议宣布,港珠澳大桥主体工程采用"政府投资收费还贷模式"。三地及中央政府共同承担157亿元的资本金,占主体工程造价的42%。

9月27日,技术顾问招标。

11月6日,《水土保持论证报告》上报到中华人民共和国水利部。

11月10日,《港珠澳大桥工程对珠江口中华白海豚的影响专题研究报告》获得了农业部渔政管理局的批复。

11月20日,《土地预审报告》上报到国土资源部。

11月23日,协调小组第九次会议召开,三地政府通过了修编后的《工可报告》,明确了《工可》上报相关事项和"工程主任务时间表"。

12月29日,《海域使用论证报告》(第二期)、《海洋环评修正报告》(包含珠海接线陆域部分)上报到国家海洋局。

12月31日,《HZMB项目工程可行性研究报告》由广东省上报到国家发改委、交通运输部以及中国国际工程咨询公司。

至此,绵延五年的"工可研"进程到了最后的审批阶段!

"天下难事，必作于易；天下大事，必作于细。"这是老子说的。

　　苏毅，港珠澳大桥前期工作协调小组办公室综合组主管，2009年开年的那一天，他曾写下这样的感慨："我们曾憧憬，曾豪迈，也曾迷茫和抱怨。探索是艰苦的，磨合需要时间和相互的妥协。曾经，我试图从政府与市场的关系来回答粤港澳三地政府在港珠澳大桥项目中的定位；曾经，我试图从世界经典项目融资案例来探讨港珠澳大桥项目融资的结构和设计；曾经，我试图从公司治理结构的理论和实践演变模式来完善港珠澳大桥项目管理的架构；试图从区域合作理论探讨在'一国两制'的法律背景下如何设计三地协议的框架；试图从利益相关者理论和博弈论原理出发且尽量站在对方的角度来思考问题；更试图以特事特办来突破现有的惯例和约束……现在经历了前期工作的五年，我们更加成熟了。作为'一国两制'框架下三地首次合作建设的大型跨境基建项目，港珠澳大桥前期筹划的五年，也正是粤港澳三地不断走向合作与融合的五年——理解取代误解，宽容取代狭隘，意见终变为共识。亲历其中，我们见证了一段大时代发展变化的历史，不仅使我们懂得了三地合作建设跨境工程所涉及的法律、程序、技术、管理等诸多问题的复杂性、多样性以及组织协调的艰巨性，同时，也深刻地体会了环境变化与项目突破所带来的喜悦……"

　　有人说泪水与汗水都是咸的，但不同的时候为什么可以给人带来不同的感受，时而苍凉，时而喜悦？

　　2008年12月31日清晨，苏毅和时任港珠澳大桥前期办副主任的余烈、中交公规院副总工程师刘晓东等人，登上了飞往北京的航班，将广东省上报港珠澳大桥工程可行性研究报告的请示及项目《工可报告》分别送到了国家发改委、国务院港澳办、国家交通运输部和中国国际工程咨询公司。当他们返回广州白云机场时，已是晚上10点多。

看到项目前期工作近五年的工作成果终于在 2008 年最后一天"出手"了,苏毅高兴之余说:还是感到有些苍凉,只不过这种"苍凉"又很快会被喜悦覆盖。

那一刻,他忍不住的就是内心的"感慨万千",终于可以对天、对地、对自己,拍着胸脯喊出那四个字来——我们,终于,"不辱使命"!

六、为什么不做"强势业主"?

2018 年 3 月 21 日上午,10 点整,我和白巧鲜大姐如约来到港珠澳大桥管理局朱永灵局长的办公室,他已经在那里给我们准备茶饮了。

对于这次采访的机会,我十分珍惜,我对大姐说:"出版社出书要得急,那就先按我准备的提纲跟局长聊了?"大姐说:"好好,没问题!"说着我已经把录音笔、手机录音功能都悄悄放好、打开,按照老职业习惯,笔记本也拿出来,铺在膝上。

我想让朱局谈的,当然是他毛遂自荐来到港珠澳大桥前期工作协调小组办公室后有没有后悔,最难的、最难忘的、最让他睡不着觉的那些时刻和事件,等等,总之一句话,想让朱局给我"讲故事"。

朱局没有"由着我",他先告诉我港珠澳大桥为什么要选择一个"高起点""高定位"——建一座世界级的跨海工程;为用户提供最优质的服务;将来的大桥要成为"地标式"的建筑!这三句话,或者说三句口号,我并不陌生,过去在各种宣传文字里都看过。

"我们提出这样的口号不是虚的,是要一一地去具体落实。什么叫'世界级的跨海工程'?'世界级'的标准是什么,谁做得最好？我们中国要实现这个目标，技术水平、材料水平、装备水平等等，是不是都能跟上？"朱局大手笔，快人快语，跟头一天晚上一起吃饭时完全不同，一上来就感觉不像是在"聊天"。

他坐在我和白大姐的沙发对面，边说边打着手势：

"你提出来的要求，企业得做得到，做不到都是白瞎。于是我们就中交、中铁、中建、中铁建，一家一家地去跑大型国企，去宣传、去调研。"

朱局这样做，是想把各路潜在的、未来可能出现的"乙方"都调动起来。

当时温家宝总理连续4年在政府工作报告中提到要调动大企业的积极性，组成专门的班子来研究这个问题。

"你知道我用什么方法去'刺激'他们？"朱局问，谈话从庄严开始，慢慢穿插起幽默。"吊胃口！"他有点得意地说。

"怎么吊胃口？"我问。

朱局说："我就跟企业的老板们讲，港珠澳大桥这个世纪工程你们没做过，世界上任何一个企业或公司也都没做过，大家都是第一次'吃螃蟹'，所以这项目才富有挑战性，才有意思。而且，谁都可以在这个超级工程中占有一席之地！

"第二，我们在招投标中设了'补偿条款'，第一名中标的单位有800万补助，大家都可以拿出自己的各路'绝活'。"

朱局说着，越说越兴奋。性情中人，激扬文字。

然后话锋一转，脸上的笑也收住了。"不过，不得不承认，我们过去都是搞高速公路出身的，做超级工程的大桥一点经验都没有，所以我必须要紧紧地依靠权威，国内的、国外的！"

率真、诚恳。

听到朱局如此丝毫不回避地袒露胸襟，说老实话，我仿佛看到了当年他怎么从一个业务领导一下子被上级组织抓住派往香港去做了融资公司的老板,那时候他就开始学习招商,就开始研究和"乙方"打交道的技巧。在这些方面他交过学费,慢慢地也成了业内的"能手"。

还是头一天晚饭时,他在饭桌上说:"我那时候在香港上环,公司买了个靠海的写字楼,就是办公室,我当时让人把办公桌给我摆得背靠大海。"我开始不明白:"人在有海景的房子里办公,桌子肯定是要摆得面向大海的,要不要海景房还有什么意思?"刚问出口,还没等朱局解释呢,饭桌上其他人就已经在提示:"背靠大海,背水一战嘛!"

我这才明白,同时也意识到这个朱永灵朱局长,要么不做事,要做,就会横下一条心,不成功则成仁!

其实,30多年来,朱局一直在跟"承包商"打交道。他说:"他们说什么,话后面要干什么,一张嘴我就都知道!比如企业,哪怕最好的企业,他要社会效益,也要保本,甚至有时保本保得趁你不备还会'咬你一口'!有单位就有'本位'嘛,换了我,可能也会这样做。只不过不合理的要求,我就不听。有些承包人看你好不好蒙,好蒙就蒙你,看你懂不懂业务和管理,不懂也会……"说到这,朱局先笑了,这样老练且有点狡猾的一面很少流露,却依然不加掩饰。

不做"强势业主",这是朱局长来到港珠澳大桥管理局之后给自己定下来的原则。

什么叫"强势业主"?为什么又说"不做"?

"强势业主"当然不难理解,就是"我是甲方",你任何企业、任何人想从我这里承包到工程,都要看我的脸色,说一不二!

那为什么不做?

朱局说:"这么大的工程,港珠澳,谁都没有经验,国际上都在看着。我必须千方百计地依靠乙方,通过给乙方提供最好的服务来使'业主'和'承包方'成为一个整体。"

"最好的服务基础是什么,你知道吗?"朱局不等我回答就说,"第一就是尊重对方,倾听对方的要求。"

朱局说得真诚,甚至有点神秘。

当然,不做"强势业主",并不代表朱局长内心不够强大。管理的时候,执行合同条款的时候,只要对方无理,他也会行使权利。

比如,采访中他告诉我:按照合同规定,中标单位的项目经理每个月必须要在珠海现场待满 22 天,这是"硬性"的。像林鸣,岛隧工程的总指挥,也一样;孟凡超孟大师,我在北京时采访过他,也是要在海上待满 22 天。而有一次,一个中标单位的项目负责人,不仅两次管理局开会他都不到会,而且项目考核他也不在现场。22 天的规定这个人没做到,对不起,那就"撞枪口上了"。朱局要求中标单位立刻换人,时间限定在两个礼拜。不仅换人,违约的乙方还要向甲方上缴 125 万元的罚款。

"罚了吗?"

"罚了。真交了 125 万!"

港珠澳大桥两万多人的队伍,不严格各项规章制度,一出事就不得了。尽管,出了事各个承包方会自己去承担责任,但是损失呢?最后还不是国家的!所以"不允许"!

朱局内心也有"硬"的时候。

什么时候"硬",又什么时候"软"?根据工作需要,不受个人的心情左右——这是他和自己签订的合同。

采访中他给我讲了一个故事,他说他过渡到港珠澳大桥管理局任局长,在局里,他首先成立的是工会。为什么要这样做?他说他是看到了杭州湾大桥,人家在建设的过程中,全国总工会就给予了参建单位十个荣誉称号,比如"五一劳动奖章获得者"等等。他也要先成立工会,跟全国总工会建立起联系,目的是要申请"劳动竞赛"的机会,为大家评选"全国五一劳动奖"!

哦,真有心!

先成立工会,又是"不按常理出牌"。但他就这样做了。

两个月后,全国总工会就做出回应,不仅决定将港珠澳大桥作为"全国示范性劳动竞赛项目",而且还答应给 20 个"五一劳动奖状"、35 个"五一劳动奖章",此外还有 50 个"工人先锋号"。三大奖项分别奖励给"先进单位""先进个人"和"先进班组"。

好家伙,看到这样的阵势,广东省总工会——用朱局长的话说——当时大家都蒙了,还以为这么多的名额是给全省的呢。后来知道这些名额都是给港珠澳大桥的,人们才不得不羡慕朱永灵的厉害!

所以朱局说,最好的服务态度,首先是尊重对方。

一个工程,一个项目,当你在经费上拖欠了乙方,人家就给你磨洋工,你还没有什么话好说。但是有的时候,比经费和钱更重要的是荣誉。荣誉意外地落在了施工过程中表现优异的建设者身上,这对他们的鼓舞作用是非凡的。

是吧?我理论上认同!

港珠澳大桥是由三地共同出资、共同建设的,也就是说,内地从珠海出发的这一段大桥主体工程,由广东省来负责;香港的一段,香港负责;澳门的那一段,澳门负责。有一次,香港现任特区行政长官林郑月娥(当时还坐在"政务司司长"的位置上)来到港珠澳大桥参观,在展览中心,看到很多人胸前戴着大红花的照片,这些戴花的人在照片中露着"骄傲的笑脸",还有文字说明介绍他们的先进事迹,就问:"这是怎么回事?"朱局告诉她:"这是一种精神鼓励的力量,这种力量很强大。"为什么内地人在遇到困难的时候会积极主动地想尽一切办法去克服?这些人加班加点也从来不计较报酬,那就是因为他们内心有荣誉感。

林郑当时很吃惊,忍不住连连点头。

港珠澳大桥第一批"五一劳动奖章"获得者,头一个就是林鸣。林鸣,这员使港珠澳大桥能够扛得起"世界级""地标式建筑"大旗的岛隧工程领军人物,获此殊荣,实至名归。但是,人们并不知道,林总自己也未必知道,朱局为了从全总拿到这个指标,付出了多少心力。

"怎么回事?这难道还会有什么争议?"我问。

"不,"采访中朱局告诉我,"最开始报上去的时候,上边不批。理由不是林鸣不够格,而是评选单位查了一下他的简历,发现林鸣不是工人,是领导,而且还是中国交建很高级别的领导——总工程师!"

"总工"就不能评"五一劳动奖章"吗?

朱局据理力争:林鸣是领导不假,但他在港珠澳大桥也是"干活儿的"!

一年365天,林总几乎天天去工地,天天在海上。他把岛隧工程当成自己的人生丰碑,更当成国家的丰碑!

之后,朱局让管理局的工会主席直接把电话打到了全国总工会的经济部,向部长先生转达了他的意思:如果林鸣不参评,我们港珠澳大桥就不参加全国的劳动竞赛了!

好家伙,这种强硬的态度,朱局一般是不会向外人展现的,但他觉得有理,并从内心真正地感激这位港珠澳大桥的"干将",他必须要为林鸣说话!

采访中朱局面对我意味深长地说:

"一开始我并没有想到我们的大桥能够做到这么伟大,也就是高品质、艺术品。是林鸣,林总,是他把标准提高了,样样都追求最高、最优,甚至最美。那我也就跟着'水涨船高',被带动了。"

历史就是这样过来的——

听到这,我嗓子眼儿刷的一下热了。

七、"天字号"难题 11 处

2018 年 3 月,全国人大与政协"两会",因为要换届、要修宪,还有国家机构改革和职能转变等大动作,被格外地关注。忽然有一天,我看到我们中央电视台的电视新闻中出现了一个熟悉的面孔——苏权科,全国政协新一届委员,刚刚获得"全国科技创新奖"的港珠澳大桥管理局总工程师。他在镜头前一身西服,没扎领带,说话憨憨厚厚的,还是那标准的男低音在接受着记者采访,所谈话题为"港珠澳大桥作为粤港澳大湾区的先导工程和'实验田'"——历时 14 年的大桥前期工作和建设过程中所构建而出的三级治理架构、粤港澳合作、共建共管模式经验和所培养的跨界项目管理人才,将为粤港澳大湾区建设提供最直接的经验借鉴和宝贵的人力资源支持。

"实验田"和"大湾区",我正想在书里的最后部分详加介绍,已经在下功夫认真做调研了。苏总这一说,给我提供了很好的例证。从那一刻开始,我就很想有机会能专门地向他请教。

3 月 20 日,像世上真有"心想事成"这回事一样,我还真的来到了珠海,22 日见到苏总并预备出了整整一个下午的时间跟他做专题的采访。

一走近办公室,苏总已经坐在办公桌跟前,门开着。

握手,欢迎,又换上了一身白色的工作服。

抽烟。他烟瘾很重,尽管一坐下来还说,"不好意思、不好意思啊,我这烟……我尽量少抽",但说着说着,采访还没开始,他又点上了一根。

我说:"没事,没事。"然后我提出,可不可以先谈谈港珠澳大桥设计施工以来所遇到的"天字号"的难题,特别是"大桥"这一部分(岛隧我已经听到很多了)?

苏总说:"你不是要跟我谈大湾区的'实验田'吗?这是第一个题目啊。"

苏总说得没错。出于礼貌,早在两天前,我已经把采访题目交给了大桥管理局综合事务部的唐丽娟,现在看来,小唐转给了苏总,而且苏总已经提前做好了准备。

我就说:"是啊,是啊。这个话题在采访单子上我是排在了第一。"我同时在心里说:这么严谨? 有条不紊? 做总工的是不是都这样?

"不过没关系,我们可以粗线条地先把'实验田'谈完,然后您给我一些文字,我回去好好拜读。时间关系,跟着我们就说'天字号'?"

苏总迅速调整着,"粗说"有"粗说"的办法,"粗说"有"粗说"的逻辑。之后果然很快转到了"桥"。

对于港珠澳大桥,过去媒体对"桥"这部分,的确是介绍得较少,更多的笔墨和着眼点都放在了"岛遂"工程上。这也没办法,"岛遂"难度大、创新多。"但是,如果两相比较,是不是能说'桥'的建设就没有多少难度?"我问。这是一个很正式的问题。

苏总一愣:"不,那也不能这样说!"他又拿起打火机。

"'桥'是建得好不好的问题,'岛隧'是能不能做成的问题。外界都这样说,不是吗?"我又强调了一下。

"不是,建桥的时候我们也有过生死、成败之忧。"

好,那我的采访可就要踩到点上了。于是我们拉开话题,从1说到2,从2说到3,一直说到了港珠澳大桥"桥梁建设"遇到的11个"天字号"难题——苏总对这些"如数家珍",讲老实话,我开始

186

真没想到,也不能不说他讲得有道理!

那 11 个"天字号"难题,都是什么? 难在哪里?

"好,我们一个一个地讲。"苏总说,"首先啊,你看,120 年的使用寿命,这是一个基础性的难题,如何保证?"

大桥的任何一道接缝接不好,都会带来隐患。

第二,过去中国建桥梁大多都是粗放概念下的"土木工程",在现场浇筑混凝土,这样的话,质量保证不了,而且,把伶仃洋海面作为现场? 那根本就不可能! 航道不能占、航船不能阻。这就要求我们必须得想办法:把野外的生产和施工都放到室内来;把高空的作业都放到地上来;把海上的工作都放到陆地上来。这道难题逼得我们搞出来了"四化"——大型化、工厂化、标准化、装配化,还记得吗?

我说记得。我在本书"上篇"里也隆重地介绍过。

好,第三,10% 的"阻水率",我们大桥必须使用"埋置式"承台,什么意思? 什么是"承台"? "承台"就是支撑桥柱子的承接平台,我们要把它放到海下,海泥的下面。那承台靠什么来支撑? 钢管复合桩,桩最长的要打到海床以下 140 多米,然后承台、桩子要很精确地套住,套住了以后还要止水,这水怎么止? 这些难题可都大了,要说我能给你说上一整天!

天哪!

过去我猜想,港珠澳大桥的"岛隧"工程固然很难,需要中国人搅断了肠子去创新,但大桥建设也不容易,一定也会遇到一些难题和风险,可不想竟这么……

我很认真地听着苏总往下讲,哗哗地做着笔记。

第四,钢结构的钢箱梁生产,如何实现流水化作业? 这是"四化"的集中体现,这一点媒体有报道,我们完成了观念上的转变。就不多说。

第五，既然是钢箱梁，就涉及钢桥面的铺装，荷载是最基础的问题，不算难，难题在于怎么让它"抗风""抗裂"。最早我们也想过还用混凝土，但那样桥体太重，不行。只好用钢来做。但每一节钢箱梁标准的长度都在110米，最长的150米，这么大面积的钢箱梁表面不开裂，还要预留出"热胀冷缩"的量来，不是没有挑战。

"是啊"，我点头！

第六，铺装技术，我们搞了铺装体系的创新，就是结合德国的GA体系与英国的MA体系，搞出了我们自己的GMA体系。原则还是标准化，坚决放弃过去的人工铺装，取而代之的是"机械化"。怎么个"机械化"？就是把工厂，或者说"厂房"吧，直接挪到大桥的桥面。人们远远地望去，只能看到有一座房子在桥面上来回移动，操作人员在"房子"里面进行着桥面的"表面清理"，连续4遍喷防水粘结层。这房子20多米长，启动自动化设备，风吹日晒都不怕。用了这家伙，不仅质量有了保障，而且大大节省了工期。这么个做法，中国国内没有过，外国也没有，是我们的独创。

第七，铺装材料。尤其对于港珠澳大桥桥面铺装所使用的"集料"，也就是碎石子，我在"上篇"有过铺陈，为此还专门在张劲文总监的带领下，去了趟位于广东中山的"长大集料厂"。对于大桥使用什么样、什么规格的石头，我记得我异常感动，因为太"讲究"了！只是当时不知道，在装备上、工法上、工艺上，建设者们还付出了这么大的智慧和心血。

第八，我们的另一项新技术，也是因为需要，不得不创新的。那就是"减震"和"隔震"技术。这项技术的发明是为了对付台风。一般来说，像港珠澳这么大的一个海上桥梁，大的台风来了，并不可怕，难对付的反倒是那种七八级左右的大风，这样的风吹来，会使桥段上下晃动达30厘米。

"30厘米？那开起车来就很难受了！"

我马上联想起第一次到珠海，大桥还没有验收之前，我开车去两个人工岛采访，那时候的风速大约还没有七八级吧，"大通G10"在桥上还只是左右晃动，已经把我吓得够呛。要是上下左右晃动幅度达到30厘米，我可能都不敢开了。

我跟苏总反映，苏总说是啊，所以我们才要攻坚克难。

那么，怎么解决这个"减隔震"问题的呢？我发问。

苏总说："我们研制了一种叫'粘滞阻尼器'的东西，英文简称是TMD。这个装置比茶几大一点吧，有1.5米高，我们把它固定在大桥钢箱梁的肚子里，6跨一连，装了8个'阻尼器'，这样就可以防风，不会让开车人在遇到较大的风吹时不敢上桥。"

哇，"粘滞阻尼器"！真神奇！这件事我可从来都没有听过。

"是吧，没听说过？"苏总说，"那护栏呢，大桥的两侧护栏？你也不知道我们反复进行了很多次实验？"

我只能承认："不知道，护栏的事情我也不知道。"

于是苏总又接着说，也接着从烟盒里抽出来了一根烟：

"按顺序，护栏应该是咱们'天字号'难题的第九了吧？"

我说："对，第九！"

第九，港珠澳大桥现在的护栏是1.5米高，过去国内的一般都是1.2米。别小看了我们就高出了这0.3米，难度可提升了很多。为了解决诸如护栏的刚度、受力、连接、横梁的造型等问题——这些都不仅仅关乎美观，都是和安全紧紧相连的——我们就在北京做起了实验。

北京？北京也为港珠澳大桥出力了？

"对，北京，昌平。我们用卷扬机把大货车拽上山坡，绑死方向，然后让它冲下来、撞上去！反反复复地实验着我们的设计和产品。结果，最后的实验，车撞上去了，护栏不断、不倒，车子也不倒，还不在原地打转。"

是吗？这真"给力"！

然后第十，大桥的维护。一座大桥，特别是像港珠澳大桥这样的跨海工程，维护保养一点也不能放松，这也决定着120年的使用寿命是否可期。为了把这一步的工作做好，我们研制了一款"维护车"，也是世界首创的。有了这款"维护车"，它既可以跨桥梁检查，也可以爬坡、转弯，还能够自动升降。港珠澳大桥的钢箱梁，肚子里面有4.5米高，我们铺了两条轨道，"维护车"就在里面，人可以上去，还有照明和空调。"三可"的问题解决了，这就是"可到达、可检修、可更换"，从而全方位地实现了大桥运营以后的"可维、可达"。

真牛！想得真周到！

"好啦，我最后还要说，"苏总依然兴奋，"最后的这'第十一'，是个'大动作'，难度系数更大，想不到的故事更多。"其实我已经明白，苏总这是要说到钢桥梁上面的桥塔安装。这件事我在"上篇"也写到过，3座通航孔桥，上面有7座大型的钢塔，两个"风帆"、三个"海豚"，又有两个"中国结"，其中，5座是钢的，2座是混凝土结构的，都是整体吊装到海上。每一次吊装都是"大动作"，都要克服"大难题"。比如靠近香港的青州塔，塔体要在现场浇筑混凝土，中国结又是钢结构的。比如江海桥的钢塔，为了把这几个"大家伙"安全、适时（有台风及涌浪的"窗口期"限制啊）地装上去，他们在海上演练过好多次，先是"空吊"，然后"钢管吊"，最后才敢吊真塔，可以说历经艰险。"风帆塔呢，2014年吊装的时候，是钢塔安装的第一个，对涌浪等问题没有考虑周全，就掉到海里去了……"

"啊？真的？还有这事？"我吃惊地抬起头，不大相信地追问，生怕赶上了这样"曲折"的故事苏总会把说出一半的话又咽回去。

苏总说："是真的！"

"那快给我讲讲。"我几乎是在求。拿着笔的手都在空中顿着,是为请求,也表达真诚。

于是苏总跟我说起了那一次的"意外",也算是一次"有惊无险"的事故吧……

八、怎么能够成为"伙伴"?

港珠澳大桥管理局坐落在珠海市香洲区南屏镇横龙路,远离市区,却紧挨着大桥珠海连接线,背靠一座臂弯般围拢过来的青山,幌伞顶山。这个院子高低错落,白房栗柱,素雅清静,特别是院子的环路两旁还种上了一圈紫荆树,三月时节紫荆花正一朵朵怒放着。这花是香港特别行政区的区花,我很熟悉,因此比别人多感觉得到一些不知道是不是巧合的意味。

到珠海后的第二天上午,我与白大姐已经和朱永灵局长正式"聊"了一上午。中午到了饭点,没有聊完,双方都还在"兴头上",于是一起吃饭,饭后就在管理局的院子里消食、散步。

朱局长说他从"前期办"到"管理局"始终就是一个人做法人代表,甲方的,"不做强势业主"是一个一以贯之的原则。那么如何和承包单位相处?具体怎么做?他接受了张劲文博士提出来的一个理念,就是和承包工程的 10 个"乙方"建立起"合作伙伴关系"。这个关系、这种理念,最早是由英国人创立的,但英国人并没有把这件事情做好。

"因为难做吧?"我想。

本来嘛,对任何一个工程,甲方作为发包人,是先天掌握控制大权的。而乙方呢?往往是千辛万苦才把标书抢到手,然后通过完成合同授予的建设任务获取合理的利润,理论上讲"伙伴关系"

191

有违常理。

但朱局长说："这些属于常识，我当然很清楚。不过，我说过了，港珠澳大桥是一个太过重要的工程，国家主导，粤港澳三地共建共营，最后大桥的主体工程虽然是由三地政府共同出资，但银行贷款的压力也不是儿戏。此外工程要在'一国两制'的框架下可行，在国际上还要树立中国的形象，这都使'业主'与'承包方'的关系变得特殊，变得敏感，不允许彼此之间有哪怕一点点的伤害。'伙伴'是最好的出路，如何成为'伙伴'？那的确不是一件容易做到的事。"

再梳理一下港珠澳大桥管理局的来龙去脉，以增加一些历史文献的意味——

2003年8月，国务院批准开展港珠澳大桥项目的前期工作，同意成立由香港特区政府作为召集人、粤港澳三方组成的"港珠澳大桥前期工作协调小组"，负责协调前期工作的有关事宜。

2009年10月28日，国务院常务会议正式批准港珠澳大桥工程可行性研究报告，标志着港珠澳大桥前期工作顺利完成，工程正式进入实施阶段。

2010年7月，港珠澳大桥管理局成立，是由香港特别行政区政府、广东省人民政府和澳门特别行政区政府组建的事业单位。

其实，有心人从一开始就注意到，"港珠澳大桥前期办"先是由香港政府作为召集人，后来改为由内地（广东省）牵头，中央还专门成立了一个"专责小组"，这样的组织架构把责任和管理分出了三个层次：

第一，港珠澳大桥专责小组：由国家发展改革委牵头，国家有关部门和粤港澳三方政府参加。

第二，三地联合工作委员会：由粤港澳三地政府共同组建，广东省人民政府作为召集人，主要协调相关问题并对项目法人进行监管。

第三,项目法人,也就是港珠澳大桥管理局:由香港、广东和澳门三方政府共同组建,主要承担大桥主体部分的建设、运营、维护和管理的组织实施等工作。

此外,为确保工程建设的优质和安全,交通运输部还牵头组织成立了一个"港珠澳大桥技术专家组",这个"专家组"在重大技术方案、施工方案的论证以及重大工程问题的处理措施等方面,为"专责小组"、三地联合工作委员会、项目法人提供咨询与技术支持。

国之大器,必须要有稳妥的机制和组织安排。这样的"稳妥"本来是可以给朱局这个"法人代表"以更强有力的手腕与令牌,但他坚持不强势。香港不做牵头人,据说是港方自己提出来的,为什么?为了大桥能够早日建成,他们曾经做了大量的工作,为什么后来却"不再牵头"?

太困难了。

设想一下,海上建桥,而且是外海、深海,头绪复杂,人力,组织,资源,设备,施工,保护,安全,急救,等等等等。香港不熟悉内地的情况,不好指挥,不好调动,所以让位给广东。

广东由谁来做?具体工作还不是要落实在"港珠澳大桥管理局"的头上。朱局坐在"局长"的位置上,活儿真的是不好干。他需要朋友、需要伙伴,不能冷冰冰地"按合同办事",更不能在自己眼前一个个地树敌。

中午稍事休息,我和白大姐又回到朱局的办公室,"上午没谈完,下午咱们接着来"。其他的安排就只有依次往后顺延了。

"要和承包方建立'伙伴关系',我做了这样几件事——"朱局掰着手指头说:

第一,帮助他们解决实际困难,这里面的例子太多、太多了;

第二，为他们争取政治上的荣誉，这个我之前已经跟你们举过例子；

第三，遇到困难的时候我都要跟他们在一起，大桥建设7年，每年的春节我都在基地、在现场；

第四，必要时为他们承担责任，包括很多重大的决策，最后方案制定的那一刻，一定是我，由我拍板，以后需要坐牢，也是我去！

2014年11月15日、2月24日、3月24日，岛隧工程E15的沉管安装，对这场历时5个多月的战役，媒体已经广为报道。当时多难？三次浮运、两次返航，都是因为回淤，突然大面积的回淤。上游的采沙船是合法生产，带来大量的海底淤泥他们也不知道。香港人说，遇到这种事，他们根本"无计可施"，无法"要求"采沙单位停止采沙。"如果按合同，林鸣的岛隧总项目部已经把工程承包了，遇到困难也就应该完全由他们自己去解决吧——但我能袖手旁观吗？明明知道'这个意外'承包商解决不了，那么大的'协调工作'，我们大桥局站在一边'看笑话'？我就得出面。

"在这件事上，广东省政府停了采沙企业的采沙作业，补偿条件还没有安排出来，我当时就和省海事局的领导一家一家地去找人家采沙厂，一起开会，协商，请他们吃饭。7家企业都是民营企业，采出的沙也有部分是给香港和澳门供应的。

"我们说停就停，人家二话没有——对，外界都是这样报道的。但政府最后做出了延长人家采沙时间的'补偿'，也是要有人出来说话的。

"就这样，7家采沙厂很快就停止采沙，让我们安装沉管了。"

E15千难万险地安装成功后，到了E16，回淤又来了，就得出面再和人家去谈，再让人家停止采沙作业。

这样拉拉杂杂搞了一年多。承包工程的乙方林总他们对大桥局很感谢；另一个乙方——工程质量顾问，是外国人，也说这不仅仅是我们的"制度优势",和甲方肯为乙方提供服务的明确意识有很大的关联。

不搞"伙伴关系",真要是遇到具体事,卡壳、停工,甲乙双方都有损失。

还有那个"最终接头",就是岛隧工程海底埋设的33节沉管,安装好了以后,最终合龙,要安装的那个"堵头",12米长,6000多吨重。现在大家都知道,为了这个"最终接头"曾经鏖战38个小时,步步惊险,命悬一线,可当初一分一秒究竟是怎么过来的?很多背后的故事不一定人们都有机会知道。

我问:"那当时您在哪儿?"又是这个咄咄逼人的老问题,但我必须问。

朱局说他和工程承包方建立了"伙伴关系",不是事前就给自己定了几条规矩嘛,其中一条就是承包方无论在任何时候、出现了任何重大的问题,他都要在现场,所以:"那一天,安装的当天,我就在船上。"

2017年5月2日下午1点多,一切顺利,"最终接头"首战告捷,这个事态基本已经能够确定了。人人都把心头的重负放了下来。

那天刚好有重要嘉宾,安装一切顺利后,嘉宾要走,朱局就去送,于是提前离开了。到了晚上10点多,国家发改委和交通运输部都打来了电话,问"最终接头"是不是已经沉放好了,因为他们看到"CCTV的新闻都已经报了"。朱局说是啊。

国家发改委和交通运输部的领导说:"那你们赶快发个简报给我们吧。"

"发简报?"朱局一愣。

对上级"发简报",以大桥管理局的名义?可承包人还在海上,不可能现在发书面报告给管理局。朱局当时"还是留了一个心眼儿"。他告诉我:"我马上抄起电话问现场,是不是已经对接成功?是不是可以向上级报告了?现场回答:一切顺利,可以报告。于是我用手机编了条短信报告国家发改委和交通运输部:'顺利对接,满足设计要求。'可是到了5月3日早上8点多,林总突然给我来了一个电话,说有点偏差。"

"有偏差?差了多少?我当时急忙问。"朱局回忆着,"林总回答,十来厘米吧。"

朱局当时撞到脑子里面来的第一个想法就是,"出了这种情况,上报还是不上报"?

在此之前,"最终接头"在中外媒体的关注下,已经宣布成功,"安装完毕""滴水不漏",记者心头的一块石头都已经落了地。人们甚至认为这件事情都已经过去了,都回家庆祝、休息了。但现在突然说"出了偏差",还很可能导致"接头"重新来过,把它拎出,再反复试着把它重新放入大海,那……朱局在脑袋里快速盘算着,把各种情况和处理方法,分别可能导致出来的结果,都迅速地做了一番分析。

出路有两条,当时,无外乎两条:

一条是上报。

另一条是不报!

"上报"很容易,如实交代事实结果便罢。但是"上报"以后,必然会带来"一堆的麻烦"。什么意思?

朱局说:"我这一上报,领导重视了,必然要开会研究,然后指定什么人下来,指定的人什么时候能到,不知道;来了以后又要到现场去实地勘察、分析、论证;最后,做出的结论可能还要等待更权威人士最后'给个说法'。那时间就久了。因'振华30'的吊臂高度超出航空限高,香港的机场还处在航空管制之下。机场的运行和天气状况都不允许我们耽搁太久。"

196

当然,第二条出路,不报就是自作主张,采取行动。这样时机不会耽误,但带来的风险就是,万一事情搞砸了,大桥陷入不可挽回的困境,"知情不报"是要追究朱永灵个人的行政或者法律责任的。如果说还存在"谎报军情"或"故意隐瞒不报",那朱局的麻烦会更大!

怎么办?

两条出路、两个动作,在朱局的心里纠结着,最后,朱局对自己做出了一个"很汉子"的选择:"暂不上报"。

为什么?

第一,上报后专家到来,工期一定会被打乱,"最终接头"准备了好几个月,什么时候浮运、什么时候安装,有时间的"窗口期",不是随时想放就沉放得了的;第二,说老实话,如果上面派人来了,朱局知道"自己再说话,就不管事儿了",想帮林鸣他们一把也不能再做什么决定了。

于是,朱局收起了手机,立刻起身,回到了指挥船上。

在指挥船上,朱局到的时候,"人们正在开会,已经开了一小会儿"。

这时人们都已经知道,偏差被证实了。具体的数据是:一端的偏差 17 厘米;另一端的偏差 19 厘米。

面对这样的结果,大家都无语。

朱局看得出,林总的想法,是要坚决推倒重来的,因此那一刻他告诉自己:"我要支持他!"朱局对林总说:"责任我们大家一起来承担,你下令精调吧。"

"这就有了后来媒体报道的我们'三方'——业主、监理和承包人都在最后决定精调的文件上签了字。"朱局对我说。

我听着像章回小说,但心里知道,朱局在那种情况下一定会有担当,负责任!

九、"风帆"真的掉到大海里去了

关于"最终接头"为什么会出现问题,说老实话,我对港珠澳大桥先后两次的采访,听到的"解释"并不多,人们仿佛都小心回避着。过去媒体报道的文章,或者说人们关注的焦点,都在探究38个小时惊心动魄的过程,工程设计和施工人员究竟经历了什么,英雄们怎么会成为英雄……至于原因,"最终接头"到底是因为什么出现了偏差?整条隧道差这一节就要安装完毕贯通成功了,按说设计、施工,吊装、沉放、对接,人们都已经取得了非常丰富的经验,不应该出现这样的"险情",但为什么就出现了呢?

但失败是成功之母啊,豪杰之所以成为豪杰,也是因为闯过激流、踏过刀山。

有一种分析是这样的:很可能是为了保险再保险,人们在"最终接头"的两侧,横断面的部位,向外扩大了密封宽度,也就是圈更大了,同时用一种"导向装置",包括"U形导向架""一字形导向杆",来卡住E29与E30之间的"最终接头",使其得到固定。这一"卡"本是好事,让人想到对襟唐装上的"盘扣",那"盘扣"扣好了,一件衣服必然穿得挺括有型,但如果不小心,对襟也很容易对不齐。

漆黑一片的海底做什么都不容易!

我之所以把"最终接头"的故事又拎出来,是想表达:港珠澳大桥无论是桥、岛、隧,在设计与施工的过程中,每一步动作都是在不断摸索、不断创新,每一分钟的操作都存在着变数,整个工程出现了很多次"险情",甚至出现过"意外"。比如说,苏总跟我欲言又止提到的那个"桥梁钢塔",吊装的时候,有一天,突然一座钢塔就莫名其妙地掉进了大海，天哪，这在当时，简直是一起惊天事件。当时媒体很多人都在现场，朱局用最诚恳的语言对记者们说："现在情况不明，希望大家先不要报道，如果你们一定要报，觉得有报道价值，也没关系，那就如实讲述好了。"

为什么钢塔好好的就会在空中失控？是吊力不够？操作不当？还是什么其他的原因？苏总提到这事，我也是头一次听说，内心充满了疑惑。

后来苏总大致跟我讲了当时事情发生的经过：

"我们的三座通航桥，离香港最近的是'青州桥'，对应着两个'中国结'，163米高，很雄伟；靠近珠海的是'九洲桥'，桥塔是'风帆'的形象，两只；中间的是'江海桥'，桥塔是三只'海豚'，每一只自重2600吨，加上吊具就有3100吨。这7座桥塔，出事的不是'中国结'，也不是'海豚'，而是比它们都轻得多的'风帆'。

"'风帆'在海上是7座桥塔中第一个被吊装的，分量轻，只有900吨，从技术角度来说本不应该构成难题。但是工程，尤其是海上的工程，有时候太不好讲了，第一个它就掉下去了。当时现场有很多工作人员和媒体人，大家都在桥上或船上，900吨的'风帆塔'，对港珠澳大桥是最轻的，可要掉到桥面上，万一躲闪不及，被砸着，你想想那结果，怎么得了?!"

"即便人躲开了，砸了设备，毁了桥柱、桥梁、桥基，那也是很大的事故。"我补了一句话。

苏总说："是啊！还好没有。"

"可是它怎么掉下去的呢？"我疑惑未减，急着问。

"您觉得有点不可思议了吧？不瞒您说，我也觉得讲出来有点令人扼腕！"

后来反复研究得出结论，就是浮吊吊装的销钉有点细，现场涌浪比较大，起吊时这销钉从吊环当中突然崩脱。幸亏现场指挥作业的中铁大桥局局长谭国顺经验丰富、临危镇定,他立刻命令浮吊船船长赶紧把船往后挪。"风帆"脱落看样子是不可避免了,险中求安,不砸着人,不毁了桥,不酿成惨剧,两害相权取其轻吧。

于是,浮吊船很快往回挪,举着就要吊不住了的"风帆",渐渐地离开了桥体,然后慢慢往下放,到了距离海平面只剩下 2 米左右高度的时候,"风帆"自己滑下去,一头扎进了海泥。

整个过程现在说起来比较从容,现场应急处理可是争分夺秒、命悬一线。

我无语,点着头也说不出话来。

祸不单行,奇怪的事情还没有完。第二天,人们想把"一头扎进海里"去了的"风帆"吊上来,吊着吊着,又掉下去了,这样来回折腾了两次。

不在海上作业,人们也许并不知道"浮吊"与地面上的吊车作业有什么不同。我过去就不知。走近港珠澳大桥,慢慢地才弄懂:浮吊就是把起吊设备放到船上,船在海中漂,吊车浮在水面,比陆地上操作要难得多,人的心理压力也大得多。

巨大的工程,还不要说失误,任何微小的疏忽,都会带来险情!

过去我就曾不止一次听人讲过,搞工程的其实都很"迷信"。举凡大的动作来临,人们都要选选日子、掐掐时机。这"迷信"有时是有科学意义的,比如选择天时地利、潮涨潮落、刮风下雨、朝阳背阴等等,仰观天象,俯察地理,是对客观环境、存在、因素的科学把握,提醒人格外地小心,要不怎么会有环境堪舆学——也就是"风水"一说呢!有时,对人类目前尚无力认识和掌控的事物,特别是那些"邪了门"的事情,你不得不满怀敬畏,求天保佑。人同此心,可以理解。

有一次,事情应该是发生在 2010 年港珠澳大桥招投标的时候,林鸣带着"中国交建"的科研队伍,当时大家对"岛隧工程"已经做了五六年的可行性研究,花了很大的心力,也取得了一定的研究成果和信心,因此对"岛隧建设"中标势在必得。

可是就在广州,林总有一天一个人坐着车去招标现场,在出租车上,他不经意间发现开车的司机名牌上写着"×无成"。啊? 这位司机的名字怎么会叫"×无成"? "无成"? "一事无成"? 不会是老天爷在向我传递某种暗示吧?

招标在即,就是第二天。林总立刻警惕,马上联想到,"我们的标书会不会还存在瑕疵? 明天的招投标大会,可别因小失大,到了关键时刻'掉链子'"。

林总立刻把电话打给了手下,这一打不要紧,还真查出来了一个"大问题"——虽然中交建的标书内容做得很好,而且是"带案投标",实力绝不比其他的竞争者差,但标书的封面出错了。不能标明"××单位","有××实力"这样的字样坚决不能出,因为港珠澳大桥此次的投标要求是"暗标",如果把公司的名称、历史和"辉煌"的成就统统明明白白地写出来,那不就成了"明标"? 标书就可能废掉! 这一点就像高考,老师判卷一律是看不到考生名字的,如果露了姓名,分数再高也是废卷!

"一失足成千古恨",就差那么一点点,可就真的"功亏一篑"了。

说起这段往事,后来我在补充采访的时候还特意问林总:"此事真的曾经发生过?"

林总呵呵笑着,回答:"是的,真的,真有! 我们连夜修改(封面),那标书不是一本两本,拉来拉去都得用车装,你想想得有多少? 如果我不细心,或者说没看到'×无成',没让我的同事再查查,那'中交建'就可能与港珠澳大桥失之交臂,历史就有可能改写了。"说完,林总呵呵呵,招牌式的笑又率真地爆发出来。

2016年1月16日凌晨3点,所有准备工作都已经就绪,港珠澳大桥"江海桥"三座海豚塔中位于中间的那一座——139号钢塔,在两艘大型浮吊的合力作业下,开始缓缓地平抬,然后一个松、一个紧,"海豚"就慢慢地在空中"竖"起来。这样,吊装团队前后经历了10个小时的紧张工作之后,完成了起钩抬吊、竖转穿裆、下吊具脱钩、倾斜对位、临时匹配等一系列关键性的动作,139号钢塔就要吊装成功了。

然而,就在这"竖转穿裆"和"下吊具脱钩"之间的动作过程中,"意外"再次发生!

这个"意外"表现在由"长大海升"担任主浮吊的臂架于缓慢变幅的过程中,机电突然出现了故障,臂架由60度要变到65度,本来动作进行得好好的,突然,系统就出现了控键失效,导致臂架变幅角度"咯噔"一下就定格在了63.5度,距离设计角度就差1.5度,大吊臂吊着2600多吨的"海豚",说什么也不能动了。

嘿,老天爷这是又要给咱"掉脸子"啊?!

这是怎么回事?

人们你看我、我看你,谁都不明白怎么会出现这样的"咄咄怪事"。

现场应急决策委员会立刻召开会议。

那一天,港珠澳大桥管理局工程总监张劲文也在现场,他说大桥桥塔的每一次吊装他都要在现场。

会议开了一个多小时,大家都认定"故障"属于非设计理想工况,也就是说跟机器操作失误没有关系。"长大海升"浮吊船自服役以来,也从来没有出现过类似的状况。

叫天天不应、叫地地不语啊!

广东长大公司董事长刘刚亮是三个"海豚"塔吊装的现场总指挥,机电故障发生后,他第一时间就宣布吊装作业暂时停止,并迅速组织重大设备技术保障专家对设备进行了原因查找。同时,他指导施工技术团队对现有工况进行了计算分析，就"长大海升"单艘浮吊承重受力、钢塔的就位空间以及海洋潮汐的高平潮上涨幅度等等，都进行了现场预判和分析验证。

结果，"不可思议"就是"不可思议"啊！

有一次我和张劲文总监一起吃饭，我坚决要求他告诉我他当时怎么看现场出现的情况。张总本来说，"您别问了、别写了，这样的事说不清楚"，但我坚决要求，他才解释说："抛开学术的语言，那天的情况真的是找不出浮吊的一点点毛病，或者说是不是'机电故障'，也不好说。"

我理解张总监的意思。"总之那吊臂就是卡在海上，无法把'海豚'竖直了对不对？"我说。

"对。就差那么一点点，就是直不起来。"

"是不是吊臂显得短，'海豚'便显得个子高了？"我又问。

张总监说："对对，就是那个意思，您理解得很对！"

但究竟是什么原因呢？

原因就是"找不到原因"！

哈哈！我们饭桌上谈起这事的氛围很轻松，但现场，十分凝重。人们找不出原因，"海豚"在半空就那么高高地悬着，想竖竖不起，想放也放不下。这个突发情况把大家都镇住了。

管理局的朱局长也一遍遍地来电话询问。

张总监说："我当时就告诉大家，都别急了，我们等潮水，就在这等，今天晚些时候会有下一个'高平潮水位'，水涨船高了，就让大海帮我们把 63.5 度抬高至 65 度。"

事后，"广东长大"CB04 标的项目经理余立志——对，就是那个负责大桥吊装、曾经因为抢"台风窗口"拼命拼得把自己都弄成个秃子的余立志——后来告诉我："作业团队在等高平潮到来的过程中，我在'长大海升'的右侧甲板上看到了港珠澳大桥的工程总监张劲文,那一刻,他和我们董事长刘刚亮刘总正一边喝咖啡,一边'谈笑风生'呢。"

好家伙,他们还有如此的大将风度,"指挥若定""闲庭信步"?

余立志说:"对,真是那样。"为了证明他的话,他还用微信发给我一段文字描述,配上了照片。

后来大海涨潮了,海水果真把浮吊"抬"了起来,"海豚塔"就慢慢地变直,直了以后就可以安装,安装时主浮吊的臂架,原来"卡"在63.5度不动的,突然"故障"就自然消失了,一切动作都运转正常。

嘿,有惊无险!老天爷又跟大桥人开了一个玩笑!

"当时,你真的不怕?不担心吗?"我问张劲文,"听说你和刘总在甲板上还'谈笑风生''举重若轻',有没有?"

张总还是笑,说:"这个事有,是真的。你说当时我们不紧张,那也不可能。但临危处险,光紧张不解决问题!因此我们只有先稳住阵脚,胆大心细,再认真研判。"

"望远能知风浪小,凌空始觉海波平。"我跟张劲文说,这是余立志余总后来引用的诗。

张总监更笑:"没出事,过来了,怎么都好说!"

我们的大桥,建设者,有很多都是"诗人",他们经常会诗兴大发,出口成章呢!

十、大桥验收已"全无悬念"!

2017年的网络世界,中国又出现很多"新语",其中一个叫"打call"。

什么意思?什么出处?

这个词最早出自日本演唱会 Live 的"应援文化"。它原是一种由御宅族或日本偶像支持者表演的舞蹈或打气动作,主要包括跳跃、拍掌、挥动手臂和有节奏地喊口号。在日本的"应援文化"中,粉丝们在偶像的演出中用荧光棒等发光物做出整齐划一的动作,喊出口号,对于卖力演出的"偶像"来说,会是非常重要的鼓励。

随着这种文化渐渐流行,中国也发展出了"打 call"文化。

2018 年 2 月 6 日对港珠澳大桥所有的建设者来说,都是一个值得"打 call"的日子,这一天,港珠澳大桥主体工程交工验收,仪式在珠海举行。

主持仪式的是港珠澳大桥管理局的工程总监张劲文。香港路政署、澳门建设发展办公室、广东省交通运输厅、广东海事局、广东省公路事务中心、广东省交通运输工程造价事务中心,以及港珠澳大桥三地联合工作委员会办公室、珠海边检总站、拱北海关、珠海出入境检验检疫局、珠海市各有关单位、港珠澳大桥管理局及主体工程各参建单位,总共 43 家单位、150 余名代表到会,这些人个个都是权威,每个人的态度对主体工程的评判都有着生杀大权,都"不好对付"。

会议当天,150 多位"大咖"先集体前往九洲桥、江海桥、青州桥、海底隧道和东人工岛实地查看,了解掌握工程的外观质量。下午,港珠澳大桥主体工程交工验收会议召开。会议成立了以管理局苏权科总工为主任的交工验收委员会,听取了管理局及各参建单位的汇报,并进行了广泛而深入的讨论。会议认为,港珠澳大桥主体工程质量保证体系完善,符合设计及技术规范要求,工序控制严格,工程质量可靠。根据验收办法的有关规定,已经具备通车试运营条件,因此"同意交付使用"。

哇!十年磨一剑!十四年的心血,三十余年的期盼,两万多设计和施工人员七年多日日夜夜的汗水与心血,一锤敲下——"同意交付使用"!这世上,再没有比这个声音更令人鼓舞、更催人泪下、更让人值得欢呼雀跃的了!

2018年3月21日,我到珠海的第二天晚上,晚饭后我和白巧鲜大姐来到了工程总监张劲文的办公室。本来,我们是要和他十分隆重地谈一谈,谈谈交工的细节、验收的过程,有没有什么"意想不到"的事情,等等,可是张总监和我第一次见他时一样,没有激动、兴奋,说话的声音还是不高不低、"稀松平常"的。

他屋里还有一个人,陌生人。

张总监讲:"这位是李江,我们港珠澳大桥管理局交工验收工作小组的组长,今天和我一起跟你们聊。"

我问:"交工验收不是由你主持?"

张劲文说:"我是交工验收领导小组的组长,李江他们则干了更多的具体事情。"

哦。时间紧张,我马上说:"那张总,第一次我来采访,跟你谈的话题已经比较多,这一次我只有一个访题,就是关于大桥的交工验收,怎么做到'完美收官'?收官之后你们的心情是不是彻底地变了一个乾坤?"

张劲文说:"基本工作其实早就已经做完了,所以到了验收,完全没有悬念!"

"啊,没有悬念?"

张劲文解释:"对,验收开会,工程到了这一步,真的已经变得很简单。我们的'难'都难在之前。比如港珠澳大桥主体工程的承包商多达10个主体,5个设计单位,4个咨询单位,此外还有8个监理单位,总共6条线。人们为了交工验收,已经干了好几年。工程从一开工,从严格意义上讲,其实就已经开始准备着有一天业主要来验收,国家要来验收。所以你们看我桌子上那一摞一摞文本，统一格式、统一要求，都是这一段时间我们让各个参建部门的施工单位总结出来的，有'内业'的，也有'外业'的，15900多册。检查验收的人们，到了我们决定'交工'的那一天，首先是要对照着合同查看承包商的工程是否满足了设计要求，然后看现场，耳听为虚、眼见为实，工程都在那里摆着了。"

"啊，完了？"

"完了！"

就这样，那天晚上我的主题采访其实就让张劲文这么几句话给高度概括了。

一时不知所措，第二个问题，半天才想起。

"你们从来也没有担心过，工程会验收不过去？"我问。

"从来没有。我们在没有把握之前也不会组织这场验收。"张总监答，对面坐着的李江也频频点头。

"验收过后你们也没有什么感慨？"我发现我简直有点乱套了。这么大的工程，国之大器，跨世纪杰作，十几年的心血，好不容易验收合格了，张劲文作为工程总监，怎么一点也没有让我感到激动或者感慨？

"激动还是有的，感慨也是有的。"张劲文说。

交工验收完的当天晚上，我请大家在我们基地旁边的一个小农庄里吃饭。你知道我平时是从来不喝白酒的，那天都喝了三两。好多人流泪，每个人都相互拥抱。这年龄，你想我四十多岁了，想要让我落泪已经不大容易，但那天大家真是，心里都曾经有坎儿，坎儿迈过去了，都很感慨，都哭了——

说到"坎儿"，张劲文心里不好迈的"坎儿"，其实我知道，不是交工，不是验收，是几个关键节点上的大工程能不能做好。这些工程，包括2016年6月29日的大桥合龙、2017年5月4日岛隧工程的"最终接头"……作为工程总监，那是他最要命和最煎熬的时刻。

过去，张劲文刚刚加盟"港珠澳大桥前期办"时，他干的活儿还没那么"责任重大"。2014年11月的一天，朱局把他叫到办公室，说要他从过去只负责桥面铺装、交通工程，调整去接替余烈做"工程总监"。张劲文一愣："余局怎么了？"朱局长说："他爱人给我打电话，说千头万绪，我们家余烈都要崩溃了！"自大桥开工以来，按分工，余烈负责工程现场和 HSE 管理，工作压力大，所以朱局想让余烈歇一歇，把年轻力壮的张劲文给换上去。

"领导信任，咱只有往前冲！"

从那时开始，张劲文就睡不着觉了。"过去，上了闹钟都叫不醒我，自从当了工程总监，5点就醒，想睡都睡不着。"

工程到了2018年2月6日交工验收，张劲文已经不紧张，李江也不紧张了，大家的心态都很放松，只是时间紧，验收的各项工作异常繁杂，6号已经临近春节，大家都忙着准备会务，准备材料，召集人马，完成大桥主体工程的最后一次亮相。不然挪到春节后，大家的年也过不好。

所以"累"是交工验收的主题，"担心"是外界的猜想。

交工之后，验收合格了，大桥就要交付使用，建设者要从以前工作和战斗过的现场退下来。这样的日子，人们心情不是"不好"，是很复杂。比如张劲文、李江，比如朱永灵、林鸣。尤其林鸣，后来大家闲聊，听说6日验收之后，林鸣心里翻江倒海、夜不能寐。这位老将军，大仗已胜，鸣金收兵，一个人卸下盔甲，躲进中军大帐，心中五味杂陈，默默品尝起一种前所未有的滋味儿。

那滋味儿是什么？

2月7日，世界都变了，是吗？

听说2月7日，林总又上了桥。这一次，不是他说上就上，而是特别申请、被特别安排，还办了特别手续。

他再来到两座人工岛,这看看,那摸摸,他说:"以后,我再也不去了。"

是真的吗? 为什么?

十一、如何不感到心里"空落落"?

回到不久前,2017 年 11 月份,离港珠澳大桥主体工程实现"通车标准"这个时间节点还有大约 40 天。我那时第一次来到大桥,为中央电视台《新闻调查》制作 45 分钟的电视专题片。现在想想那段日子"过得可真开心",怎么说呢? 我们什么时候想上桥就上桥,想登岛就登岛。

那时候,主体工程还在建,虽说就要开始慢慢收尾了,但放行上桥、登岛的权力都在大桥管理局,而施工建设、检查监理,也就是承包方,想去自己的工地上干活儿,更是家常便饭。我们采访,只要是工作需要,乙方同意,就可以帮我们履行手续、开出证明。

7 年建设,工人们每天上桥、登岛,途径有两个,要么坐船,要么开车。

坐船,就是从岛隧工程总项目部位于唐家的基地出发,走后门出去,几分钟的路,就来到了专门为港珠澳大桥岛隧工程所建的 1 号和 2 号码头,在那里坐船,不到一小时,就能看到人工岛。后来人工岛建成了,海底隧道也贯通了,开车就变得更方便。

第一次采访中,我们数不清多少次开着车反反复复穿过大桥,编导不仅安排我在桥上采访,也经常到岛上。有一天我还心血来潮地自己坐到了驾驶员的位置,全程 22.9 公里来了个"处女开",穿过整条港珠澳大桥主体工程的桥段,又穿过全长 6.7 公里的海底隧道。

所以我说"开心"，那时候"在自己的地盘"什么都好说，的确开心。

　　但是时间转到2018年的2月6日，以后谁都不能想上桥就上桥、想上岛就上岛。一定要上？我听说，必须两个人签字才好使。是谁？就是大桥管理局局长和珠海市的分管市长。

　　二次采访，我要补充的内容很多。不上桥，不再亲眼看一看大桥被装扮整齐的身姿，不亲眼看一看两座人工岛在靓丽收官之后的身影和功能，是没法写书的。

　　还记得2018年元旦的钟声敲响之前，我在北京家里看电视，港珠澳大桥主体工程全线亮灯。12月31日晚18时38分，伶仃洋上暮色微合，海风劲爽，随着港珠澳大桥管理局朱永灵局长一声宣布，建设者代表共同点亮了灯光，绚丽的烟花在海面上竞相绽放，港珠澳大桥全线亮灯，以璀璨的新面貌迎接2018的到来！那夜景的设计，注重了波澜起伏的韵律感；那三座通航孔桥，似粒粒"珍珠"，五颜六色，变幻闪烁；那东西两座人工岛，用媒体的话说，宛如一对"璧玉"，加上大桥全线灯光的连绵起伏，好比一串美丽的珠链镶嵌在大海之上——"珠联璧合"，用上这个词，真是恰如其分，把大桥总体设计的"美学理念"展现得淋漓尽致。

　　我在家里，根本坐不住。如果那一刻自己能在现场该有多好啊！

　　第二次我有机会再来，我问："平常的日子，大桥还会不会亮灯？"

　　负责接待我的工作人员说："您来了，无论如何我们都要想办法让您去看一看夜晚美丽的港珠澳大桥，去看看她的倩影。"

　　啊，"倩影"肯定很美。但"倩影"，就是只能"亲临"，不能"身处"，只能"远看"，而不能上去"近观"了？我心里凉了半截。不行，我得去求朱局！

一番工作,张劲文总监就帮我想到了一个办法,他安排我去采访港珠澳大桥的"交通工程",就是包括送电、送水、照明、收费、管理等十来项内容的一个大工程。我去采访他们,就当作他们的工程人员上桥。

我说,好啊好啊。本来我这次采访,就要补上"交通工程"的部分。这样,白天、夜晚,我在大桥正式通车之前又上去好好地"感受"了一番。

两次上桥、登岛,体味着实不同。

桥面上再也看不到工人们收尾施工,也没有路面养护的塑料布大沙袋,更不必按照指示临时地来回"顺行""逆行"变道。已经交工通过验收了嘛!

总之,这一次太漂亮,也太安静了。

大桥主体工程已经交工,但一桥连三地,香港、澳门还没有做好,整个大桥真正要通车还需假以时日。这段历史的"空白",安保尤为重要,对于这一点,我是完全可以理解的。大桥那个静啊,一辆车也看不到,人工岛被修饰得利利落落、停停当当,连卫生都做了无数次似的,到处被打扫得干干净净。

我听说,为了岛上的"房建",林总又跟朱局"吵"了起来。为什么?

林总说要给人工岛,特别是将来要有人(承担管理和养护工作的人)来办公的西岛配备行政办公区的家具,朱局面露难色,意思是"这已经不关你事了啊",但林总坚持,说:"不要钱,我白给你,这下总成了吧?"

不给钱也要配上家具,沙发、办公桌椅,除此以外还有文件柜,甚至文件柜里面插放文件的文件夹,一样都不少,整齐、统一。这就是林总的风格,什么事都要讲究个艺术和完美。

他干大事是条雷厉风行的汉子,关注细节又细得无微不至。

后来我真的上岛了,证实了人们的传说,心里最懂得林总为什么要"不给钱都干"。

他是不愿意看到有一天自己亲手建起来的人工岛,如果有人入驻了,家具、文具被弄得五光十色、乱七八糟,甚至不上档次,与他精心打造的"精装房"不匹配,那就毁了他的追求和品位。所以林总宁肯"倒贴钱",连厨房的不锈钢厨具都给买回来了,都是最好的,耐湿耐盐,大牌子!逼得朱局最后只有笑呵呵地妥协:好好,以后接着干的人都要按林总的风格、档次来配!

话说到这,你就能理解为什么2018年2月6日验收之后,7日,林总在港珠澳大桥管理局计划合同部部长高星林(同时也兼着朱局长的局长助理)的邀请下再次来到大桥,他的心情是复杂的,至少不会是一味地"开心"。

听高部长说,2月7日那天来到大桥,尤其是登上了两座人工岛,林总给高部长讲了很多很多,什么清水混凝土啊,东岛地面上两个用"金体"镶嵌出来的巨大的"中华"字样啊,每一个设计、每一道工序、每一个战役,他都如数家珍。"看得出当年他是多么投入。"高部长总结说。

高部长在后来接受我的专访时告诉我,那一天他还问了林鸣几个问题,比如:

"这么多年来,您感觉最开心的是哪一天啊?"

林总回答:"今天,我今天最开心。"

高部长又问:"那什么事情让您感觉到最满意啊?"

林总回答:"业主的满意就是我最大的满意。"

记得我第一次采访,有一天林总带着我和摄像师、录音师来到了海上,那一天西人工岛的大型设施刚刚撤下去,他这个"漂亮的儿子"刚刚脱去了外衣,露出一副结实的体魄。林总高兴,连连说:真漂亮!真是漂亮!遇到海豚后,他更是指指这儿、指指那儿,喊着:快看,快看!他把自己高兴成了一个孩子。

那一天才是"最高兴"!

至少,如果和那天的高兴劲儿相比,2月7日这次再上岛,我相信林鸣的心情是复杂的,父亲嫁女一般。有人揣度林总那天的内心,有骄傲、有自豪、有满意,但绝对地,也有失落。

到了2018年3月24日,这一天很特别,我不会忘,也没法忘。我和白巧鲜大姐来到了林总的办公室,开始了一整天对林鸣的补充采访。

坐下来以后,我首先问了这件事:"听说2月7日那天上岛,您情绪还有点失落?有这事儿吗?"

林总说:"是,有这事!"

"为什么呢?"我知道他一向坦诚。

"我现在就是不想去!"孩子一样的回答,"不舍,失落……我们的岛太漂亮了……"林总无意多说。

"您还说,这以后,您再也不上岛了?"我还在戳他的软肋。

林总说:"对,这个春节我都没去,不去……"

话说到这份儿上,我也没法再往下问了,要是再问,林总怕是会落泪。

其实那天,他心里的泪我已经能够感觉到。这七年,不,加上投标前的调研、考察、学习和各种各样的论证、设计,十几年,港珠澳大桥在林鸣的生活里已经占据了十几年的时光。如今这一切都要说再见了,心里如何能好受,如何不感到"空落落"的?

十二、1/400——难以完成的高难动作

稍稍平静一下。

岛隧的故事我没讲完,大桥的故事也没讲完。

还记得苏总在接受我采访的时候提到"大桥也不是没有成败之忧、生死之忧"这话吗?桥梁建设,那 11 个"天字号"的大难题,其中一难,就是 10% 的"阻水率"。大桥建设使用的"承台"必须深入海床以下,采用"埋置式",不然"承台"托着桥墩如果都露在水面,那泥沙日积月累,被拦截下来,珠江口、伶仃洋的大海就会越来越"稠",最后成为冲积平原,这是万万不可以逾越的红线。

"埋置式"承台,说说容易,用什么来支撑?桩柱。

这可不是一般的桩柱,是"钢管复合桩"。这种"桩"最深的要打到岩层、进入岩石,下插到海底 100 多米。"钢管复合"就是先用钢管,空心的,把它打入海底,然后放入钢筋笼,再往里面灌入混凝土。这样"复合"的结构,才结实,才能够符合 120 年使用寿命的要求。

诚实地说,"钢管复合桩"这项技术,并不是港珠澳大桥的发明,国外,甚至国内的其他大桥过去也有人用过,但苏总跟我讲,这么大、这么深,加上后来的"干法施工",确实都是没有前人的,很多技术、工法、工艺都是咱中国人自己创新的。

孙建波,男,1982 年出生,籍贯天津宝坻。2004 年毕业于长沙理工大学港口与航道工程专业,同年进入"中交一航局"一公司,一直从事港口水工,承担桥梁工程的施工、质量技术管理等工作。

港珠澳大桥建设的时候,他开始是 CB03 标段的常务副经理,2015 年被聘为港航工程专业高级工程师,先后考取了"公路水运工程施工安全生产管理人员"资格,国家注册的"一级建造师资格",由于在大桥建设中有突出贡献,曾经获得"全国五一劳动奖章"。

这个人我要采访。

第二次到珠海做补充采访,我的时间非常紧,但我还是拿出了大半个上午与孙建波聊。聊什么？首先是国之重器，港珠澳大桥正可谓新时代下的"国之重器"。这个工程锻炼了成千上万的人，很多年轻人不仅在大桥建设中脱颖而出，在大桥建设之后还得到单位的提拔重用。说到"国之重器"就不能不提"大国工匠"。港珠澳大桥的"大国工匠"在我眼里不仅仅是那10大中标联合体（乙方）内的总工、总经理、项目总负责人，也有很多因为做了一件事并把这件具体的事做到"出神入化"程度的普通工人，比如28年开吊车无事故的吊车师傅庄水来、专门在工地拧螺丝拧得上了央视《新闻联播》的"深海钳工"管延安、33节沉管在海中沉放时负责开船的船长刘建港、海底穿针引线的绣花能手刘晓涛等等。孙建波就是他们当中的一个，他不仅自己在工程中苦心钻研获得了很多新突破、新发明，而且还带着一帮人攻坚克难，实验，失败，失败，再实验，最后标段干脆以他的名字命名成立了"孙建波劳模创新工作室"，由他牵头专门搞"创新"。

这个人，数以万计普通建设者中的代表，如何能不采访？

好，小孙到了，他还没有因为大桥已经建成而转移，但已经在中山接手了"中深通道"的另一个项目。

再说一遍，港珠澳大桥的创新，不是口号，不是光环，是为了不使大桥半途而废的生存行为。"钢管复合桩"就是一个例子。

事有凑巧，孙建波刚到港珠澳大桥的时候，就是做"钢管复合桩"的，所以，说起这个"起死回生"他最有发言权。

一上来，孙建波就给我画了一张图，告诉我"钢管复合桩"和"承台"是必须一起来谈的。为什么？遇到专业问题，我又一筹莫展了。

"桩"好理解，前面已经说了，就是插入海底，用来支撑大桥。但它不能直接和桥墩发生关系啊，中间一定要有一个连接平台，这就是"承台"。

"承台"是一个长方形的巨大水泥台板,上面会有 6 个孔,分两排,一排 3 个,是固定位置的,而且是与桥墩预制在一起,在工厂里就完成了的。

那么"钢管复合桩"和"承台"是什么关系?"复合桩"大腿要扎到海底,头却要从"承台"的预留孔中伸出,这样"复合桩"举着"承台","承台"再扛着桥墩,120 年的使用寿命才可以预期、可以保障。

一个承台 6 根桩,每一根都要笔直笔直。

哦,这样"深入浅出",我算是大概明白了。

那"钢管复合桩"的直径一般有多大? 我问。

"钢管复合桩"的直径一般有 2 米,也有 2.2 米,最大的主承台要达到 2.5 米。

完全没想到! 听孙建波这么说,我简直不敢相信。直径至少 2 米? 这哪里还是"桩"? 简直是"筒"! 而且长度在 90 到 140 米不等,又粗、又长、又沉的一个"大家伙",怎么把它"插"入海底?

"'插'或者说'打'都不是难题。"小孙说。

难题出在每一根桩都要很直,"腿"要穿透海泥、岩石,扎到海底,"头"要刚巧能从"承台"6 个已经预制好的孔中伸出,90 米到 130 米长啊,打下去穿不出来,一根桩子就废了;打下一个直了,其他 5 个如果不在位置上,也穿不出。6 根桩,6 个"头"都要精确地从"承台"的孔中穿过,这难题,可大了去了。

"凑合着先穿一个",这句话肯定不是由孙建波嘴里说的,是我在心里叨咕。

孙建波仿佛听到了,说:"对,我开始就是实验这个。"

"当时的设计要求是多少?"我问。

孙建波:"垂直度不得大于 1/400;水平不得大于 5 厘米。"

1/400? 什么概念?

"简单说就是我们要打'复合桩',在'承台'穿孔连接的位置，100米的桩长,垂直偏差不能大于25厘米,水平偏差不得大于5厘米——您想想,水下有泥沙,有岩石,泥沙和岩石不是一层层像铺被子一样形成得很平、很明确,往往是不均匀的。因此打桩的时候就势必会遇到有软有硬的地质,没有规律,所以1/400很难做到。"

"那后来怎么办了?"

"我们反复实验,有时候能完成1/260,有时候能达到1/300,个别好的,可以实现1/400。不过6根桩只能保证做到3根,成功率也就50％。这怎么办?

"反复实验失败,技术论证也不大可行。在这种情况之下,实事求是吧。我们就只能向设计部门提出要'变更设计',也就是说要把原来的标准往下降。这样,2012年11月,设计部门把打桩的垂直标准降到了1/250,水平标准降到了10厘米。"

天哪,真不容易。这样的标准我听着还是很高啊!

就这样,一个"难题"解决了。

"但随后都一路畅通吗?"我又问。

"没有!"

孙建波告诉我:"钢管复合桩"可以施工了,但拦路虎还没有都踢开。

"为什么? 标准降低了为什么还难?"

孙建波慢慢给我梳理:"任何桩子,短了都好说。长了,谁能把一截钢管,做到90米至140米不断开,还要把它直接往海底下打? 不可能,也没有那么长的运输工具啊。因此,我们的'钢管复合桩'其实是每一截12米,一段一段地被吊装上船,再从船上起吊、入海,一截一截地往上拼接。"

嗯,能够理解。

"另外，'钢管复合桩'开始管子是空心的，之后我们要往里面套'钢筋笼'，再往'钢筋笼'里面灌砼，也就是混凝土。沿着这样的工序，一步一步地往下做。然而难题为什么再次出现？

　　"钢管要插到海底，如果直接打，不行，那就得先打孔。直径两米多的孔，90 到 140 米深，孔打好了，钢管还没埋置呢，如果不用什么东西先把孔堵上，大海中的泥沙就会灌进来，钢管、钢筋笼、混凝土还怎么放？

　　"为了防止泥沙进入孔中，我们就开动脑筋，用一种'化学泥浆'先期填充，这种'化学泥浆'有纯碱，因为碱的比重高于海水中的酸，所以好使，另外还有膨润土、纤维素、天然海泥等等。

　　"为了这个'化学泥浆'，我们也是反复调制，调整它的 PH 值，总而言之，这个比重一定要大于孔周围的环境，才能撑得住。等孔被临时填住了，钢管、钢筋笼、混凝土才可以下去，再把'化学泥浆'置换出来。"

　　哦。简简单单的一个桥墩，不承想还有这么大的学问！

　　"通常，您猜我们往海里打'钢管'是用什么？"

　　"我想一定是锤吧？港珠澳大桥人工岛使用过这样的工具，你们也用？"

　　孙建波说："对，我们是用美国 APE 公司专门为我们提供的液压振动锤，这种锤很棒，在打设的过程中可以自动定位，也可以纠偏，还可以一边打一边拔。一根管子没打好，还可以拔出来重新再打，这一点就不像过去我们用的老设备，一根桩子只要打下去了，打成啥样就是啥样，不可以再把它从海底拔出来。

　　"后来我们在现场作业，海面上都会出现两条船，一条是用来打桩的，另外一条用来定位，利用移动导航架来定位。这样两条船在海面上就呈现出了一个'丁'字，互相垂直。外人看不懂，看不出门道，我们自己却知道，一定要这样做。"

四对新人在港珠澳大桥建设中喜结连理（港珠澳大桥管理局提供）

东人工岛上的〝集体婚礼〞（港珠澳大桥管理局提供）

港珠澳大桥首段钢箱梁启运（王树枝 摄）

港珠澳大桥首梁架设（吴广定 摄）

2016 年 4 月 11 日大桥合龙（王超英 摄）

在合龙前的箱梁内仰视中国结（王超英　摄）

预制墩台钢筋绑扎（卢志华 摄）

大桥首节墩台安装　（卢志华　摄）

把质量握在手中：大桥墩身的钢筋验收（叶常清 摄）

高空穿筋（纪顺利 摄）

中国结桥塔待吊装（王超英 摄）

巨无霸（纪顺利 摄）

蔡俊福现场指挥（港珠澳大桥管理局提供）

2016 年 11 月 27 日港珠澳大桥交通工程 CA02 标桥梁段高压电力电缆敷设完成
（港珠澳大桥管理局提供）

2017 年 12 月 31 日港珠澳大桥主体工程全线亮灯（港珠澳大桥管理局提供）

港珠澳大桥人工岛的〝扭工字块〞（中央电视台王忠新 摄）

十三、"集成"逼出来的"大辫子"

整个港珠澳大桥的主体工程,有一天张劲文张总监跟我说,其实就包括三大块。

"哪三大块?"我问。

桥、岛隧,然后就是交通工程!

哦,这个"交通工程"我已经听说了。划线指挥、关卡收费、水电通风、照明救援等很多事,都归他们管。

张总监说:"对,都包括了,整体算作一件大事儿。"处理这件事,说起来也是港珠澳大桥在工程管理当中开创出来的一条新路,就是把除了"桥"和"岛隧"以外的所有事情都安排给一家承包商,由他们把所有任务统领下来,然后一一落实。这种做法叫什么?叫"集成"。

"集成"?集成电路!听到这个词,我便开始联想。生活常识中,普通人都知道集成电路意味着什么,就是把千条万条的电路都统一规划并压缩到一块电路板中。但是把"集成电路"的思路运用到港珠澳大桥这个"国字头"的大项目上,可行吗?

"你不是一直想去桥上看看夜景吗?"之前张劲文说,"好,我就介绍你认识中国铁建电气化局承包了我们'交通工程'的项目经理蔡俊福,由蔡总带你上桥,也由他给你做介绍。"

我就是在这种情况下见到了蔡总。

没有时间到办公室采访,我们就坐在车里头谈。

张总监说得一点都不夸张,蔡总告诉我:"我们这个标段所承包的工程,真的就是除了大桥和岛隧,所有与大桥相关的事情,比如管理区互通立交的安全设施啊、收费、通信、监控、通风、照明、消防、火灾自动报警、供配电、给排水，防雷接地、综合管线、系统集成（又分为施工集成和技术集成）等等，加在一起，您数数吧，应该是13个系统，都由我们负责。我们将这13个系统的全部设计和施工集成为一个整体，进行统一的设备采购、运输、安装、调试以及试运行和以后的营运。"

如此一应庞大的事务，都由一个部门来施工、掌管?! 这事该怎么干?

别说生活里不常见的，就说供水、供电。"供水"需要水管，"供电"需要电线，还要包括强弱电——我这还只是从一个最外行的角度来思考，这些在设计的时候就要事先考虑，在施工的过程中也需要统一协调，总不能说大桥、岛隧都已经建好了，这个时候你才进入施工。

蔡总说："对，非常对!"

实际上我们在设计的时候，就已经在图纸上和大桥及岛隧的设计人员们"碰面"了。合作是从那个时候就开始的。从技术上讲，我们克服各种难题还相对容易，因为"中铁建"作为咱们中国铁路"四电"系统集成的领军企业，属于世界500强，我们有能力完成承包任务。但是，工程中最揪心的，一是"安全"和"艰苦"，因为港珠澳大桥地处高湿、高盐、高温区域，施工地点又在高空，不仅临海，还临边；第二点，就是刚才咱们说的"施工协调"。

我明白蔡总说的"协调"意味着什么，这个话题无法展开，不然一个晚上的时间肯定不够。"那我们还是主要谈谈你们的技术创新吧?"我提议。

蔡总说好。

说着话，我们已经来到港珠澳大桥珠海"副桥"的位置。站在这里，我眼前奇妙地出现了一长溜细细的海中桥梁的长线，灯光并不耀眼，但两座桥塔打了光的轮廓，是我非常熟悉的。

"风帆!"我忍不住脱口而出。

蔡总说:"对,您看出来了?"

我心说,怎么会看不出来呢,因为得知了"风帆"第一次不幸坠入海中的故事,此刻相见,我对它们更有一种劫后重逢的内心庆幸。

这时候,蔡总跟我说:"好了,我们上桥吧,今天光要丰满一些,因为您来了,我们特意开了大雾灯。"

"雾灯?"

蔡总说:"平常这雾灯是不开的,但是今天,我们要让您看到一个最完整的效果。您看,景观灯是白的,紧挨着还有一溜黄色的,就是雾灯。黄灯比白灯穿透力更强。"

哦,黄比白穿透力更强。我才知道。又长知识了。

说着,我们坐的工程车已经开到桥面。一路上我都是坐在副驾驶的位置,这样一是为了好好看看灯、看看桥,同时也可以左右无遮挡地给夜景中的大桥拍一些视频。

一个年轻司机,胖胖的,山东临沂人,很有眼力见儿,我一坐过来,他就跑到车头边,用抹布把我这一边的玻璃擦了个干干净净。有这样的司机,这家公司的服务水平应该是有档次的。我当时想。见微知著嘛!好,谢谢!我的眼睛不够用,手机也连着充电宝。

太漂亮了!车通过7座高大的桥塔,"风帆""海豚"最后是"中国结",桥塔不断变幻着颜色,一会儿红、一会儿绿、一会儿蓝、一会儿白,震撼中弥漫着奇幻。

我问:"桥塔的颜色,总共有4种吧?"

蔡总说:"电脑里有多少种颜色,我们就能组合出多少种!大约200多种颜色吧!"

嚯,真牛!

"灯光、照明对我们是最简单的了,还有很多创新,比如说'管道安装作业平台车'，那才是我们最费神费力的。"

"作业平台车？"

"对，用于装水管、架电缆等等。"

"交通工程，要这个干吗？"我随口问。没想到蔡总一解释，我震惊了——

"港珠澳大桥全长55公里，仅主体工程就22.9公里，横跨在伶仃洋上。您展开思路想一想，怎么送电、送水？"

我没有思路，也很难想象。大桥是架在海上的，外海、深海，可不是，这电啊、水啊，怎么送？

"送电，电线随着大桥的钢箱梁，在里面走就行了，还好说，可是送水呢？我们的水箱设计都是外挂在大桥箱梁的两翼，那怎么挂？怎么施工？工人总不能站在大海的上空干活，那怎么站啊？"

对呀！

转眼，我们的车停到了青州桥的桥面，巨大的"中国结"桥塔出现在我眼前。168米高啊，人站在它的身边，才明白，那塔是多么威武雄壮、世无可敌。

后面车上下来好几位陪同人员，都是"交通工程"各岗位的领导。

其中，一位个子不高但身材很好的中年男子走向我，经蔡总介绍，我知道这是他们公司的总工程师侯晓俊。"人家健康的体态是常年打太极拳练出来的，来到港珠澳大桥前，他曾经是北京业余太极拳比赛的状元啊。"

侯总工程师说："哪里哪里，都是过去的事了。"

说着很快转入正题，开始跟我介绍起"管道安装作业平台"。

"首先这个'作业平台'是一种车，尽管外形不像，但是就是车，可以在大桥上面移动。港珠澳大桥全桥的消防及生活用水都是来自珠海市的市政管网，那么这个水源就要从珠海大桥管理区的供水泵房里加压,之后,开始输送,分别送到珠澳口岸的收费站、桥梁主线、东西两座人工岛以及海底隧道。水管一截一截地加在一起是 46 公里长呢,都要安装在大桥桥梁两侧侧翼的下方,也就是都要外挂在箱梁上。那您想想工人怎么安装?没有地方操作,总不能让大家都站在茫茫大海的上空吧?这样不仅操作难度非常大,危险性也很高。我们是被逼无奈才研制出了这种水管安装的可移动'平台车'。"

"哦。"

侯总工说着,怕我理解不了,摊开手,在桥面靠海的一边不断地给我比画:

"安装车"沿着桥面的边缘不断向前移动着,水管先被放到车上的一个平台,也就是被"举"着。工人也在车上。这个举着水管的平台到了足够的高度,就开始向外,也就是海面的上空横移出去。这个动作完成后,便下降,降到水管规定安装的位置。跟着平台车再开始反方向横移,也就是来到了大桥两边侧翼的下方,一截一截的水管就从桥上被"送"到了钢箱梁下方,工人就可以固定、安装、检查。最忙时,有 6 台这样的"车"在同时工作,大桥两侧总共 46 公里的水管安装就是这样完成的。

神奇,中国人真是够聪明!

"创新虽然艰难,让人头疼,但也能让人上瘾,如果懂得创新,就总是能够突破原来传统的做法。"侯总工后来说。

说到水管,我觉得很神奇了,但是送电,后来我知道,也不是我原来认定的那样完全没有难关。难关在哪里?就是热胀冷缩。为了适应港珠澳大桥钢箱梁居多的现实,"交通工程"的电缆电线也得打出富余。怎么打?

侯总工说:我们也发明了一种叫作"电缆伸缩"的装置,采用了这种装置之后,电缆就可以随机伸缩。

什么意思？蚯蚓一样？大桥在遇冷收缩时，电缆就可以弓起背来，大桥遇热胀开时，电缆就又可以伸长了身子？

对。道理上就是这个样子。

尽管，有关蚯蚓的比喻我是后来才琢磨出来的，当场并没有找到这么合适的比喻，但思路应该是那样的，八九不离十。

讲完了"安装车"，说明了如何送电，我们又在"中国结"下拍了许多照片。

之后，大家再上车陪我来到人工岛的西岛，在这里，蔡总让我看了他们的监控大厅——"港珠澳大桥监控中心"。

我看到了大屏幕，电脑控制终端，看到以后大桥正式运营了，人们怎样在这一个地方就把大桥路面交通的监查、控制、指挥都完成了。

有了这个"监控中心"，一个人守在电脑前就能把所有的事都解决掉。侯总工当时就是这么给我介绍的。

这里"所有的事"，包括大桥路面的交通实况、道路的开通或关闭、车辆控制、警示牌警语、火情预报、临时灭火启动、大桥和隧道的灯控、紧急救援与疏散等等，只要你想得到的，这里都可以通过电脑操作远距离地完成。

说到底，"集成"的灵魂是什么呢？

就是把各种工作的效能提高到综合管控的最大化！

过去在北京采访北京市公安局、北京市交通委，我也走进过控制室的"指挥大厅"，但在这里，港珠澳大桥的控制不仅仅是交通，还包括了交通以外更大的概念。

因为只看到结果，我想象不到施工的过程。这几年，蔡俊福和他率领的"交通工程"团队具体遇到了哪些困难，怎样一步步地协调、解决？蔡总说："所有的难事都过去了。比较复杂的，比如说BIM这个交通工程系统集成监控技术的研究与应用，这玩意太专业了,本来就是法国人最早做战斗机时应用的,我不说它,就给您讲点最简单、具体的,好比'收费'。"

"收费怎么了? 这对你们还能构成障碍?"我有点不以为然。

蔡总说:"如果是在内地,高速公路设个收费站、弄个收费系统,是非常简单的。但内地和香港不同,内地使用 ETC 大家现在都很习惯了,香港却没有 ETC,香港使用的是'快易通'。你看,两种'电子不停车收费系统'在这里就打了架,必须要由我们想出办法来兼容,这就给我们出了一个不小的难题。

"再有,如果是现金收费,珠海到香港使用人民币,而香港到珠海,司机使用的又很可能是港币,(澳门到珠海不上桥,不涉及收费,还好说),因此,两种货币在现场你怎么处理? 现场换算,现兑换? 这些小事都是问题,都得拿出办法来解决。"

于是从 2016 年 5 月开始,施工营地就开始了一系列的测试工作,对"收费软件"以及各种设备间的连接工作情况、收费车道的设备布局、三地车牌的识别、跟车干扰、临道干扰、重复收费、旁道数据共享等技术都一一进行了检测,并在各项测试结果都符合了技术要求之后,才确定下最终的车道布局以及交易流程,同时还在口岸人工岛收费广场车道设备安装完毕后,在现场进行了双车道的测试工作。

最后终于解决了基于 5.8G 和香港"快易通"电子标签的单车道 ETC 技术,算是把这个难题给攻破了。

就是这样一个简单的"收费",多么复杂!

"想不到吧?"

"真是想不到。"

蔡总只是说了一个"收费",我听着就费劲了,更不要说"集成"的大旗之下,还有千军万马。大家都在等着总司令一条条部署,派兵、打仗、冲锋陷阵,这战役可真够大,各路人马都必须明确:

一定要服从指挥、协同作战啊!

十四、感激不尽的海事配合

整个港珠澳大桥,高度概括起来,就是由桥、岛隧、交通工程"三大工程"组成,但实际上,成就这样的一座大桥,从工程可行性分析到建设实施,没有科研、材料、装备、海事、堆场等"设计与施工"以外的方方面面的支持,也无法顺利地进行。

在采访余烈的时候,我记得他说过,大桥开工以后,很多基础性的问题甲方都没有甩给承包方(乙方)去协调,比如人工岛要填沙子的沙源,8000万方,上哪里去找?再比如海泥,33节沉管,6.7公里长的隧道要挖沟,在海底造基床,那4500万方挖出来的海泥又将放到什么地方?最后是交了"资源费",到远离珠海18海里、20世纪90年代以前一直鲜为人知的珠江口一个神秘的军事重镇——白沥岛去采沙了;又经过和有关方面的协商,找到了外伶仃岛附近的一处抛泥区,把4500万方的海泥安置在了几十米以下的海底。

很多媒体都对岛隧工程的"沉管浮运与安装"非常感兴趣,特别是浮运,巨大的沉管漂浮在海上,拖船八爪牵引,周围还有无数的船只进行警戒和保卫。古代的皇帝出巡,阵势也不一定比这个大。今天,如果上帝有眼,看到浮运恢宏的场面,我想也会大吃一惊。海上的安全,通航船只的分流、警示、巡逻,还有一旦遇到危险,抢救的预案、具体的组织实施,等等,都要有人来落实。

本来,在我第二次到珠海进行补充采访的时候,我是有计划对广东海事部门的配合和保驾护航进行正式的采访的。由于时间所限,最后没有成行。

但这一块,我不想放,也知道不该放。因此我拜托大桥管理局专门负责与广东海事部门联络的安全环保部副部长戴希红,先给我一些系统的资料。

　　见到戴希红戴总,对于海事的配合他跟我说了很多。港珠澳大桥的地理位置正好处在珠江口,陆路的交通不能受到影响,水上的交通也不能受到影响。这两个"不能受到影响"就给"海运"和"海上保卫"带来了极大的挑战。再有,戴总说,我们的项目是"两头不靠岸"。什么意思? 就是从珠海出发,一头是香港,一头是澳门,不要说人员、物资,就是一颗钉子、一个螺母都要用船从海上运过去。

　　"哦,可不。"

　　除此以外,要运到海上去的还有很多"大家伙"呢,钢箱梁,钢塔,沉管,哪一件不都是几千吨、上万吨? 像条航母,像座小山。

　　戴总说:"是啊,都是过去没有做过的。"

　　而且港珠澳大桥建设周期长,施工期整整 7 年。珠海又是台风肆虐之地,防台风要有锚地,台风突然来了,锚地不仅非常重要,而且非常紧张。不提前准备、精心安排,可就要出大事。

　　我知道,港珠澳大桥在长达 7 年的建设时间里,海事局设立的海上管控目标是"三个零"。哪"三个零"? 也就是"零事故""零伤害""零污染",这"三零目标"最后奇迹般地实现了,说出来谁都不信。我问戴总:"是真的吧?"戴总回答:"是真的,我们真是实现了三零!"

　　航道转换是港珠澳大桥施工中必须要做的一件事,像火车的"扳道岔","扳"得好,才能保护珠江口和伶仃洋上的航运与施工安全,"扳"得不好,会成为历史罪人。

　　我说:"我知道,就是你们施工到哪一段,哪一段途经的航船就要被事先告知改道。"

戴总说:"对。但是海上改道,没有红绿灯,没有'铁栏杆''雪糕筒',没有那么容易。"

珠江口和伶仃洋已有的航道都是传统的,成百上千年大家都习惯了,你突然告诉船只今天不能从这里走了,每天几千艘客船、货船,兹事体大,可不是闹着玩的!

我有些不解:"通知改道,提前警示一下不就行了?"

戴总看着我,半天不说话。我知道我太外行了。

珠江口和伶仃洋的航道不深,每一次航道改道,特别是新辟出来的航道,都要提前疏浚,在海底人为做出一条新的航道,不是说改就改。不然航道水深不够,大型航船就可能触底搁浅。

"啊?还有这事?我没有想过。"显然我是真的不懂。

戴总这才继续说:"没关系,隔行如隔山。"

船行驶在水中,不是汽车,虽然可以制动,但水下有洋流,不能说停就停。

如果洋流大,推它,船有时还刹不住。我们也不能在水面上放"水马",几十公里,要放得放多少?!

港珠澳大桥总共跨越了"龙鼓西""伶仃""九洲""青州""江海"5条传统的航道,仅伶仃航道我们就做过三次"转换",每一次"转换"都要论证、设计、绘图、疏浚、实施、警戒。除此以外,海事部门也都会派船只守在航道口,并且通过宣传,把技术参数都提前告知每一条要过往的船只。

"临时航路"调整的过程,就是要将分散的船舶从22.9公里的可航水域,逐渐汇集到目前4条宽约0.546公里的临时航路,通航水域压缩至1/42。难怪有人将"航道转换"比喻成水上交通的"大动脉搭桥手术",每一次调整,都是举步维艰、步步惊心,稍有不慎,就会导致施工混乱、交通无序,进而造成水上交通事故。

"啊,这里还埋着很多定时炸弹,不,海底的水雷!"

"可不!"

2014年4月,雾很大,有一天上午,一艘从香港出发的高速客船就擦碰到了24号桥墩的防护桩。

每一个桥墩都有"防护桩"。即便航道改变有警示,但以防万一,我们还是在每个桥墩外都安装了三根防护桩。

"事故应该不会再发生了吧?"我继续问。

戴总说:"那谁敢打保票!"

曾经一艘韩国的货船,船上装了5万吨的小麦,就偏离了航道,搁浅了,搁浅在离我们的"津平1号"只有200米的地方。那"津平1号"是中国"振华重工"生产的3艘全球首创的万吨组外海施工船之一,可以将5.5公里的深海基础平整至厘米级水平,可谓国宝级的"国之重器"。"那次可是把人吓出了一身冷汗,这要是撞上……"

那天采访,我不能说惊心动魄也至少是暗自庆幸,幸亏拜访了港珠澳大桥管理局的安全环保部,并请他们帮我整理和提供了这么多年来他们与广东海事部门的合作资料,不然我还真不知道"海事保护"对港珠澳大桥来说这样重要。

接下来我的任务是搞清楚为了做好海上护航与大桥的安全保卫工作,大桥管理局和相关的所有海事部门都做了哪些努力?为什么人们要不厌其烦地一遍遍感激他们的尽心配合?我要研究,我得写好。

我回到北京就开始联系港珠澳大桥管理局综合事务部的唐丽娟,向她要戴希红副部长的材料,一次次催,生怕对方不给我,或因为忙,错过了我的写作时间。

盼了几天,材料来了,打印出来七八页。好家伙,戴部长太认真了!很多事情值得说、应该说,可我又从何说起、如何取舍?恐怕再怎么写也介绍不尽,挂一漏万啊!

戴部长给我的资料显示:为了保证港珠澳大桥的海上浮运与施工安全,各方都非常重视!

首先是国家交通运输部,专门成立了"港澳桥大桥建设水上安全监管领导小组",这个"领导小组"直接领导"交通部海事局大桥办","大桥办"麾下,又有"海事协调与服务""专题研究""应急处理"以及"海事监管设施设备的配备"等队伍。同时,"大桥办"横向联系并具体实施支持的,还有深圳海事局港珠澳大桥现场监督领导小组、广州海事局现场监督领导小组、珠海海事局现场监督领导小组,以及港珠澳大桥管理局;"管理局"的下面再有"航标工程""VTS补充工程"以及"海事监管基地工程"等配套项目。

组织架构上,这是一张铺天盖地的大网。网格内,岗位涉及谁,谁就要严格负起责任!

在严谨的"网格化"制度下,港珠澳大桥管理局还建立了有效的管理体系。这个"管理体系"如果画张图,很像一个"金字塔",塔分五层:第一层,也就是"金字塔"的最高一层,是总预案,对落实国家交通部海事局的要求,以及如何履行海事责任、防止对水域带来污染有一个总体的《预案》;第二层,港珠澳大桥管理局与广东海事局就通航安全保障工作进行全面合作,有一个《框架协议》;第三层,《总体规划方案》,也就是对通航安全保障进行了总体规划;第四层,《实施协议》,具体明确通航安全保障的各项工作的内容及责任;最后一层,"金字塔"底了,是《现场工作指南》《海事业务办理指南》等,在这一部分里,港珠澳大桥管理局有明确的文字,告诉相关各方如何具体工作、具体实施通航安全的各项保障——

材料太多,行文太过专业,我尽可能地全面和通俗化。

有了这个"金字塔",也就是"管理体系",所有参加港珠澳大桥建设和海事保障的责任人就都知道了自己的工作是什么、责任是什么,在每一次的具体操作中,各司其职,严把关口,杜绝一切可能出现的事故。这才奇迹般地使"三零"变成了现实。

细数下来,港珠澳大桥主体工程从 2011 年 1 月 14 日正式开工,截止到 2017 年的 11 月底,7 年来,大桥的海事服务已成功完成如下事项:

实现了 12 个阶段共 41 次的航道(路)调整转换;

制定了 19 条各种施工船舶的专用航线;

设置开通了 7 条临时航路;

规划了 3 处大型超深、超高船舶专用防台水域和 39 处施工船舶的防台推荐水域;

设置、撤除和调整了航标 910 座次,应急处置航标险情 31 宗;

累计疏通了 300 多万艘次的过往船舶,组织了 2600 万方人工岛填岛作业的沙石运输船舶和 2400 万方倾废作业的淤泥运输船舶;

完成了 33 节沉管(含最终接头)共 45 次的浮运安装(含演练、拖运和应急回拖等)、841 航次 670 件的大型构件运输、40 项关键性构件吊装的水上交通安全保障工作;

累计组织召开了 600 多次协调会议,协调解决了通航的安全问题近千项,编制纪要 505 份,发布航行通告 300 余份,办理许可 457 宗;

开展专项督查 46 次,发现安全隐患 299 项,提出安全管理建议 235 项;

组织大桥建设现场巡航约 14969 次,出动海巡船艇约 14565 艘次,出动海事执法人员约 101460 人次,巡航里程约 284248 海里;

开展了 33 次扫海测量,扫测面积约 91.83 平方公里,印制图纸图册共 46777 份;

编制了 51 幅航路图以疏导船舶航行……

多少个行动，多少组数字，我简直把眼睛都看花了！

我知道每一次海上的运输和安装有多难，动静有多大，这一点我已在本书"上篇"关于沉管浮运的章节里详细地描述过了。哪一次海事安保不是给人感觉浩浩荡荡、牵动四面八方？几百次、上千次、几千次、上万次，这么多的工作，这么重的责任，连续 7 年"零事故""零伤害""零污染"！如果说港珠澳大桥的海事安保也算作一个系统工程的话，那么，这个"系统工程"的宏伟、险峻、艰难与困苦，也不亚于大桥的建设，至少没有它不行！

真后悔没有直接采访到国家交通运输部的海事局、广东海事局以及深圳、广州、珠海三个"现场监管区"的工作人员。港珠澳大桥建好了，人们把鲜花、掌声都送给了决策者、设计者、施工者、管理者，而你们作为大桥安全的守护神，从头到尾都隐身于幕后。

我不知道怎么才能表达对你们的钦佩和敬仰，但我知道，我要写出你们，写出你们为大桥付出的心血，那是一份特殊的心血。

十五、站在世界的肩膀上

我第一次采访港珠澳大桥时，听到的更多是外国企业、外国专家、外国工程技术人员如何对中国人看不起，对我们实施技术垄断、技术封锁，甚至在谈判桌上漫天要价。最开始，我也没有质疑。我并不知道港珠澳大桥的建设其实还有不少老外的参与，因此我在本书的"上篇"没给外国合作伙伴留下足够的笔墨。

近些时，人们看到中国在进步，变得强大，无不欢欣鼓舞——

中国的"天眼"已成为全球最大、最先进的射电望远镜，人类要倾听宇宙的声音；

中国的"长安号列车"威武雄壮,长达百节的货运列车宛如长龙,"中国的巨龙"来了;

中国的核潜艇销声技术,已经全面升级完成;

中国的"人民币"已经开始在国际货币市场进行"石油结算";

袁隆平老先生再一次现身,搞出了"海水稻",可以让盐碱地变成良田;

中国移动支付已经全面崛起,而世界很多大国还在依靠落后的信用卡……

不可否认,中国是在进步、在强大,我们可以欢欣鼓舞。但是第二次走近港珠澳大桥后,我听了更多"大桥的故事",才开始觉得心里前所未有地"平静"。

这个转变首先来源于我又见到了林鸣,差不多和他交谈了一整天。我请林总帮我回忆了很多细节,其中就包括他在当初是如何与外国人打交道,什么时候、因为什么受到了心里的冲击。其中有一个故事:在港珠澳大桥沉管隧道的"浮运"和"安装"的技术上,林鸣团队很希望得到荷兰一家权威施工公司的帮助,但对方要价15亿人民币,林鸣咬紧牙关也只能拿出3个亿。他问对方,只有3个亿的话可以提供什么样的帮助,对方耸肩摇头地说:"那就只能给你们唱一支歌,一支《祈祷歌》喽。"

这个故事,很多媒体在报道时都曾经使用过,我也这样地使用过,作为外国公司对我们技术封锁、漫天要价的例子。但是,事实呢?

这一次采访,我又重提此事,本意是想让林总给我讲一些相关细节,没想到林总说:"委屈谈不上,心里是受了一些刺激,逼得我们只有自力更生,走创新的路子。但是你说荷兰人'漫天要价',这不对。"

啊,"漫天要价"不对?

林总很明确:"不对!"

这种说法可是第一次听到,我很敏感。

"等一等,如果您这样否定,就请跟我好好说说,港珠澳大桥从设计到施工,至少是你们岛隧工程,究竟和外国人是怎样处理关系的?"

林总点点头。

"事实上港珠澳大桥的岛隧工程还没有上马,我们就已经和这家荷兰的公司进行了两三年的合作。当时我们什么都不懂,是外国技术领先的专家为我们领路,因此可以说,没有外国人的参与,咱们港珠澳大桥做不成!"

真实的情况竟是这样?!

林总说:"负责'祈祷歌'那次谈判的,是我们一位副总经理罗冬,跟我一起从北京总部下来的,当时他是中国交建对外合作室的主任,对那次谈判的细节应该记得最清楚。"

"我可以去找找他?"

"可以! 当然可以!"

于是我找到了罗冬,一天晚餐后我和白大姐跟他见了面。

罗冬说:"整个岛隧工程还没有开始时,就像林总说的,我们和荷兰这家公司就已经开始了合作,谈判也谈了几十次,他们当时掌握了世界沉管浮运和安装的最核心、最高技术。韩国的釜山大桥,也是有海底隧道的,也是他们帮助干的。"

哦,我想起来,在美国的纪录片里,釜山巨济大桥,整个庆功会的画面几乎看不到韩国人的身影,到处都是荷兰工程师在举杯庆贺。"也就是说,我们中国也和韩国一样,本是想在设计和施工方面都依靠这家荷兰公司?"

罗总点点头:"我们当时技术不行,利用全球最先进的资源也是一条基本的原则。"

"那,荷兰人没有漫天要价吗?"我问。这是我的核心问题。

"没有。当时人家跟我们要 15 个亿人民币,对吧? 媒体都是这样报道的。这个数,可能一下子把人都吓了一跳,但是你知道他们在给韩国人修大桥的时候,要价是多少? 13 个亿。而且,在我们后续的反复谈判中,荷兰人已经将他们的要价从 15 亿降到了 9 个亿、7 个亿,但是当时,我们真的出不起这个钱。所以,正确的说法不是人家漫天要价,而是我们的预算消化不了这样的价格。"

"为什么荷兰人不可以再降价?"

罗总说:"他们的成本核不下来啊。人工、旅费,要是没有成本障碍,荷兰人是会愿意参与港珠澳大桥建设的。"

"我们为什么不可以再多给点?"

"整个的港珠澳大桥建设,岛隧工程当时的预算只有 6.7 亿,如果浮运和安装就占去 7 个亿,这活儿就别干了,根本不可能。"这话是林鸣曾经告诉过我的。

为了能够和这家荷兰权威公司实现合作,我们中方也做了最大的努力。

林鸣跟"中交建"的老板(乙方)反复争取,请多给些钱,"中交建"的老板也是一再下决心,咬着牙给了两个亿的授权。林总后来跟我说,在这两个亿的基础上他自作主张加了 1 个亿。如果谈判能成,林总说,"这 1 个亿上哪儿淘换去"他还不知道!

"所以,"罗总接着说,"我们有我们的情况,荷兰也有荷兰的限制。人家总不能跟你合作还赔本吧。况且,在前期,我们是从 2008 年就开始和荷兰这家公司合作,他们的人一趟趟飞北京,给了我们最基本的、常识性的、设计理念上的指引,从来没有要过咨询费。最后合作没成功,双方都感到非常遗憾。这话我为什么敢说? 港珠澳大桥不仅仅是中国最大的跨海工程,对于世界,也是难得一遇。你知道我们搞桥梁的人,只要看到哪里有什么大项目、创新的项目,谁的心都会发痒,只要能参与的绝不会放弃。所以荷兰公司最后没有能参与岛隧工程的沉管浮运与安装,他们心里也是很不好受的。"

"是吗?!"我的三观被颠覆了。

面对罗冬这样的最权威的当事人,我必须尊重事实。

罗总说,"祈祷歌"的事的确是有,但那也许是外国人的幽默,这幽默中也有"大势已去,合作不成,我们只有唱支歌来为你们祈祷了"的意思。

林鸣曾经说,我们国家在国际谈判中有两个问题要解决,那就是,要学会理解对方,同时也要学会用对方能理解的方式去和人家谈条件。

一时无语。

采访的那天晚上,关于港珠澳大桥与外国企业合作的这个话题,罗总还给我举了一个例子:港珠澳大桥的沉管浮运和安装都需要作业窗口期的天气海洋预报,过去我们的作业都是在一些江河湖汊,没有什么"窗口"的概念,也从来没在深海、外海搞过这么大的工程。当时,丹麦的一家"水科学"研究机构比较先进,我们就寻求合作,但对方一上来的"开口价"就是 1 个亿,甚至以上。2010 年啊,也是我们付不起,没办法,就去找了国家海洋局。彼时,正好国家海洋局也一直在想把这个问题解决掉,因为没有这个技术,我们国家的外海石油开采落后,制约经济发展。我们需要这个东西。

"那是和国家海洋局一拍即合了?"

"对,当时我们出资出了将近4000 万,国家海洋局也出了很多钱。那时候我才明白为什么丹麦人要 1 个亿。没有这么多的费用做不下来这件事。我给你举一个小小的细节,搞这个科研,要通过云数据来计算,我们动用的计算机要达到每秒 5 亿次的计算速度,这样还需要历时一两年。只有这样，通过概率统计预报，或者说'算出来'半年以后某一个地点的风速、湿度、洋流、是不是会下雨等的天气预报，我们才能准确地看到'时间表'。"

提前半年啊！

"说这个技术有多么前沿，也不是。二战的时候，人们都知道盟军最后是通过诺曼底登陆，一举改变了二战的战局，德国人为什么没有防范这个地方？就是认为这个地方总是风高浪急，不可能被盟军选择。但是当时就有一位科学家通过"概率统计"推算出了盟军在准备登陆的那一个时期，海上，有一天大概有 10 个小时左右的时间，会出现'风平浪静'的海况。就这么一条小缝儿，让盟军给抓住了，诺曼底登陆成功，二战出现拐点。你说这个'时间窗口'重要不重要？该不该花钱？！"

后来我知道，港珠澳大桥的预报窗口是提前了 3 个月，不是半年。有了 3 个月进行施工准备、海事协调，工程进度、施工安全才得以提前安排，才有了 2018 年 2 月 6 日主体工程全线交工验收的可能。

"所以你想想，科学是要付出代价的，是有肩膀的，我们的港珠澳大桥站在了世界先进技术的肩膀上。如果没有国际合作，我们至少要走更长的路。"

回到对林鸣的采访，他说："一开始我们什么也不懂，老外在船上是'手把手'地教。后来和'祈祷歌'这家荷兰公司没有谈成，我们又找了一家日本公司，还有荷兰的另外一家公司，都给我们做技术顾问。请这些'顾问'，我们当时也是花了大价钱的。

"比如有的专家，一个月要来我们港珠澳大桥岛隧工程工作五天，来回都是头等舱，工资标准也是由他们自己来定，有时一天要一万元人民币。没办法，要让他们给我们引路。其中日本有个花田先生，他教会了我们很多东西，我也一直都没让他走。直到

2017 年 5 月'最终接头'开始安装,花田先生也在现场,做完了,合同也已经履行完了,他的办公室我还一直都给他留着,宿舍也一直都给他保留着。"

什么叫胸怀?胸怀是要谦虚,也是要有经济支撑的。

我们中国人做人一定要这样。"干一个工程,我们要结交一批朋友,而不是一个工程下来,大家就没有可能再合作。"

林总的话说得真切,他的"手把手"更让我想起,为了搞清楚港珠澳大桥在设计施工和建设的过程当中有什么实质性的"国际合作",有一天,我特意找到了大桥管理局"计划合同部"的部长高星林。高部长给我看了一张表,一张《港珠澳大桥主体工程(境外)参建单位情况一览表》,在这张表上,我看到了外国参建的集团、联合体不是 1 家,而是 8 家;分包商或承包人聘请的专家也有 7 家。

拿着这张统计表,说实在的,我内心充满了感动,这"感动"包括两层内容:第一,这么多外国企业愿意参与我们的港珠澳大桥,对他们的贡献,我作为一个普通的中国人,必须心存感激;第二,通过这张表,我想到港珠澳大桥之所以伟大,首先在于这是个"国际工程",它不仅属于中国人,也属于全世界。

清水混凝土,还记得吗?港珠澳大桥两个人工岛用的都是这种高品质的材料,它表面平整光滑、色泽均匀、棱角分明、无碰损和污染,也不需要二次修饰,在阳光的照射下还能有着大理石般的光泽。德国人做这个最在行,岛隧工程就请来。

西人工岛的技术员孟令月曾经给媒体讲过这样一个故事:在他们刚刚接触墙体清水混凝土模板安装的时候,由于外侧模板拼缝位置差异,圆台螺母与模板间的缝隙差不多有 2 毫米。最开始他们以为这不是大问题,偏差很小,对于模板受力、混凝土外观都没有什么影响,还试图去说服德国的工程师。没想到平时挺和气的 Thomas 竟然很愤慨,说:"不要再跟我沟通这个问题,我已经告诉你们解决办法了! 如果还让我们改变主意,那我就回德国去。"

孟令月说,此类小事情经历了几次,不同的德国工程师都是用同样的语气、同样的语言回应。当然,"威胁"要回德国去,只是 Thomas 的一种策略,他坚持的还是清水混凝土施工管理的规范性和精准度。与德国工程师在一起的日子里,孟令月见识了他们在工程建设中完整的体系、细化的程序和认真的态度——"德国人特有的'吹毛求疵'对追求完美的港珠澳大桥来说,是一件好事"。

同样是说到外国工程师,我记得采访高星林时,他也给我讲了一位叫埃施利曼(H. Aeschlimann)的老先生的故事。

这个埃施利曼是什么人?

他是瑞士籍,曾任世界浇筑式协会主席,其家族一直致力于浇筑式沥青铺装技术的研究。自 2014 年 6 月受聘于港珠澳大桥桥面铺装施工单位,他们的服务覆盖了港珠澳大桥整个铺装的施工进程,为项目的顺利实施、对标国际标准都起到了重要的作用。

高部长说起埃施利曼,很开心的样子:这位老先生很有意思,我们到他的办公室,到处都能看到用沥青混凝土材料浇筑成的东西,大到家具,小到烟灰缸,听说他家也一样。而他的太太又正好是欧洲很有名气的雕塑家。从这位老先生身上很容易看出他对"混凝土浇筑"事业的热爱和追求。

"合作开始以后,埃施利曼每个月都要来中国,特别是到了施工配比和调试的时候,他是一定要来的。珠海的夏天,多热啊,钢桥梁的混凝土在铺装的时候,现场要求周围的湿度不能大于 85%,混凝土出锅时的温度更高达 200 多度,70 多岁的老人了,有时候就趴在桥面铺装的地上跟我们一起干活儿,不仅把他的技术告诉我们,还引入了欧洲的一些测试方法,解决了我们混凝土'粘结力''动稳定度''缝隙防水'等一系列技术难题,可以说,帮了我们很多。"最后，高部长给了我一份《H. Aeschlimann 先生在港珠澳大桥施工管理顾问期间主要工作内容》的书面总结，那上面写着：

H. Aeschlimann 先生的工作包括但不限于——

1. 会同顾问单位对项目部开展的各项施工管理工作提供技术指导及咨询。

（1）对施工准备期的工作安排进行指导，为施工配合比设计提供技术支持，对各种原材料的选料、加工、采购等提供技术支持，对配合比设计、沥青拌合站布置、主要（关键）施工机械设备和人员的配置方案进行审查并提供相关意见；

（2）指导及审查项目部的总体施工组织设计、质量计划等标准化管理体系文件以及实验段和首件制实施方案等；

（3）施工管理顾问工作是项目部重大决策程序中的重要环节，项目部提交给监理人和发包人审核的上述各项方案中，均需附上施工管理顾问的独立审查意见。

2. 结合总体施工计划和年度施工计划，在实验段及首件制实施阶段关键工序开工前，组织开展专题报告，对项目部人员分层次进行培训和考核。及时向项目部提交各关键工序的人员培训考核报告，作为开工报告的附件，提交给监理人和发包人审核批准。

3. 对钢桥面实验段和首件工程实施过程，需进行旁站监控，及时给予指导，并提交相关意见及建议。

4. 参加施工技术方案及实验段、首件制评审会，对技术难点及存在问题提出处理意见。

5. 对承包人施工文件及顾问服务期内现场施工全过程跟踪，对项目部的施工工艺及方案执行情况、质量和 HSE 管理工作进行评价并提出指导意见。

6.在顾问服务期内需每个月向承包人提交月度工作报
告,并抄报发包人。项目部所有涉及上述工作内容形成的书
面报告或函件,均需顾问签字确认后,方可提交至监理人或发
包人。

除完成上述合同约定的工作内容外,在顾问服务工作开展过
程中,H. Aeschlimann 先生还通过专题培训的形式,向项目部主要
技术及管理人员宣贯了目前国际上及欧洲发达国家最前沿的浇筑
式沥青施工技术及技术标准,并采用国际上最先进的实验检测手
段对港珠澳大桥桥面铺装浇筑式沥青混合料进行了性能评价。共
同的努力,确保了港珠澳大桥浇筑式沥青 GMA 这一全新工艺、技
术形成的"中国标准"在技术和质量层面走在世界前列。

目前,港珠澳大桥主体桥面铺装工作已全面完成,人们想起这
位老人,心存感激并恋恋不舍,没有人在意中国能请到他花了多少
钱,是赔了,还是赚了。

埃施利曼成了中国工程师的同事,乃至朋友。

十六、和老外"迟来的蜜月"

有了不错的外援就抹杀了中国人自己的创新? 话可不能这么
说。港珠澳大桥创造了那么多世界第一,几百项发明、上千条经
验,大桥对整个世界、整个人类都是陌生的,遇到的难题之多也是
首次,中国没有遇到过,外国人也没有遇到过。

前无古人,后有来者。

用中国现在喊响世界的一句倡议来说,叫"人类命运共同
体",站在这个高度来看问题,港珠澳大桥这座世界桥梁界的珠穆

朗玛峰,会吸引国际上更多学术的目光乃至真诚的喝彩。尽管我知道,港珠澳大桥在对外合作的过程中有过很多的矛盾、冲突和不愉快,外国人在这个工程中是一定要获取利益的,在帮助中国人的时候也一定会把核心技术掌握在自己的手中,关于这一点,很多设计人员都对我说,"换了我,也会如此"。但面对港珠澳大桥这样一个世纪工程,中外专家携手合作,都希望工程能够成功,并在世界舞台上拿到大奖。这样的心态是一致的。

为了确保港珠澳大桥的成功以及 120 年使用寿命的承诺,港珠澳大桥管理局在管理上采取了从设计到施工都有外国顶级专业公司技术支持的大原则,并在这个"大原则"下,建立了业主、承包方、监理的三角形"制约阵列",具体说就是:"业主"向"承包方"提供服务;"承包方"对"业主"负责;"业主"委任的"监理"同时要对"承包商"进行监督——前文我已经提到过了,"监理"在乙方每一页施工方案上都要"页签",这种"页签"有时简直可以跟"生杀大权"画等号,哪件事"监理"不签字,施工单位就不能动工!

TEC,荷兰隧道工程咨询公司(Tunnel Engineering Consultants)的简称,这家公司从事沉管隧道项目有将近 30 年的历史,在沉管隧道领域居于世界领先地位,先后参与了连接丹麦和瑞典的厄勒海峡通道、韩国釜山巨济通道、丹麦与德国间的 Femernbelt 通道、卡塔尔 Sharg 通道以及荷兰和世界众多的沉管隧道工程。其执行总裁汉斯·德维特是港珠澳大桥管理局聘请的第三方设计与施工的咨询单位专家,任首席隧道专家和隧道专业负责人。

提起他,林鸣有一肚子的话,这件事港珠澳大桥岛隧工程上上下下很多人都知道。我采访时也跟林总开过玩笑:"提起汉斯,您是不是有一肚子的恩怨情仇啊?"

林总就笑,但是承认,他这么多年就是"一直跟汉斯斗"——开始是"死对头",后来成了"好朋友",也就是说,林鸣跟汉斯的合作称得上是一段"迟来的蜜月"。

为什么？

2018年3月底，我即将结束对港珠澳大桥的第二次采访，跟林总提出要去桂山沉管预制厂看一看。林总说："那有什么可看的？33节沉管早就预制成功，现在的工厂空空荡荡的，没什么可看了。"

我说："不成，我真的想去，上次来采访就说不生产了没必要去。但是后来，我知道了那里曾经做成了让世界桥梁界为之震撼的一系列'大事'，承载了岛隧工程太重要的历史和回忆，很后悔。所以这一次，我一定要去感受感受。"

林总没办法，就让他的太太胡玉梅老师陪着我，还叫上了李正林老师，以及当年负责沉管预制混凝土搅拌的实验室主任、抗裂专家张宝兰女士。

26日清早，我们还是从岛隧基地大院的后门出发，来到了专用码头，坐船，沿着当年建设者每次上岛都要走过的航线，历时1个小时，来到了桂山岛。在"桂山"，我受到一直留守的年轻工程师陈聪——岛隧工程三工区二分区的副经理热情接待。没想到现如今沉管预制已经完成了，岛隧工程"梦想成真"，整个大桥都已经通过了交工验收，桂山老厂却还有一位这么年轻的工程师甘愿留在岛上。

陈聪认认真真地先带我转了巨大的厂房、巨大而神秘的浅水坞和深水坞。想当年，这些地方轰轰烈烈地打造出来了33节巨型沉管，孕育了生命的奇迹，让世界惊羡。过去我曾很多次在各类电视宣传片中看到过，如今真的来到了现场，我对自己说："被震撼的感觉因为有了想象的翅膀仿佛飞得更高。"

兜兜转转地看了很久很久，陈聪不厌其烦地给我讲解一些技术问题：

"对于沉管的预制,关键技术在于'半刚性',这一点相信您已经听说过了吧?"

　　我点头:"听了很多了。"

　　当初对于"半刚性",林鸣和汉斯之间产生了异常尖锐的矛盾。

　　简单说,林鸣琢磨了一年多,好不容易在世界沉管建设"刚性"和"柔性"之间找到了一条适合于港珠澳大桥的"半刚性"思路,汉斯作为港珠澳大桥甲方安排的设计施工咨询专家,就是不看好,不在设计方案上签字。

　　没有他的签字,事情无法接着往前推进。

　　没办法,林鸣团队一次一次地跟他解释、说明,但都不行。

　　在汉斯,或许在当时更多的外国专家眼中,中国人就这点经验,还搞什么"半刚性"? 他们对中国人创新并不信任,连带着对"半刚性"的原理也不认同。

　　后来林总觉得这件事情是要沟通的。怎么"沟通"? 当然就是用数字说话。岛隧工程总项目部先后组织了5家科研单位,对"半刚性"的结构原理以及结构的合理性、可操作性,背对背地进行了计算、验证,最后5家得出的数字都一样,也就是都支持这个"半刚性"的结构方案。

　　还记得最后一次在北京召开专家委员会,那是对"半刚性沉管预制"生死判断的最后一次会议,当时一片反对之声。林总带了七八个人,也都在现场。但是到了晚宴,林总的队伍——本来应该是会议的主角啊——却成了唯一一支不被邀请到场的"局外人"。

　　饭吃了一半,林总实在是太生气了,就离席而去。找自己的人去了。当时他带的人,都躲在一间房里,用林总后来形容的话说,那间屋子因为没有窗户,是一间"小黑屋"。大家就那么聚在"小黑屋"喝闷酒,有人看林总进来了,担心地说:"林总,看来我们这次是过不去了。"也有人说:"林总,您能不能再去做做工作?"林总正火冒三丈呢,就回答:"不去!做什么工作?坚决不去!来,我也跟你们喝酒!"

然而到了第二天,谁都没有想到,会议上的风向突然地就出现了一百八十度的大逆转,为什么?一位关键的领导站出来讲话了,这位领导是谁?

冯正霖,中国国家交通运输部副部长、港珠澳大桥技术专家组组长。

冯部长讲话的大意是:沉管的半刚性,不要说中国人没做过、没经验,外国人也没做过,也没经验。那么既然5家单位背靠背计算出来的结果都是一样的,这里面必然存在着真理,因此"半刚性就应该是一个值得研究的方案"!

嚯,山重水复疑无路,柳暗花明又一村了!

林鸣团队高兴的,热泪卡在嗓子眼儿。

会议最后决定,关于"半刚性"的方案先不否定,再请中外专家反复论证。

这样,"球"就踢到汉斯的脚下了,正式的,不是儿戏。

汉斯低下头,应该说,不,埋下头,花了三个月的时间仔细计算,结果数据出来了,自己也大吃一惊——中国人是对的?!"半刚性",如果有这样的数据支撑,真的是"可以行得通"。于是不再犹豫,认真地在施工方案上签了字。

后来有一次林总对汉斯提起这件事情,林总说:"当初让你算你都不算,后来算出来了却能实事求是,我很敬佩。"

汉斯说:"你们对了,我当然要支持。"

林鸣说:"我现在理解了。"

汉斯问理解了什么,林鸣说:"理解了当初你坚决否定,是出于一个工程师对项目负责任的本能。后来你又转向支持我们，说明你是一个心怀坦荡的科学家。"

这一番对话，两个人"冰释前嫌"，从工程上经常"斗争"的死对头，成为了林总常说的"好朋友"。

真理，有的时候要假以时日。

两次采访，我都希望有机会直接见见汉斯，也对包括汉斯在内的岛隧工程所聘请的荷兰、日本、法国的五六位外国专家有一个面对面的采访，但是，时间关系，没有得到这个机会。不过好在，和我一起采访朱局长的白巧鲜大姐曾经对这些人一一见面正式采访过了。我就问大姐，她采访到的内容，包括这些外国专家对岛隧工程的评价，特别是汉斯对"半刚性"沉管的先后态度、对林总的态度，等等，可不可以让我知道，可不可以写进我的书里。大姐说："可以，当然可以了。"当天她就把一篇文章《港珠澳岛隧工程的国际视角——外国专家谈港珠澳岛隧工程》发到了我的邮箱里。

白大姐在文章中讲道：接受采访的几家外国公司的专家，在国际沉管隧道领域都享有盛名。在他们的视角中，港珠澳大桥的岛隧工程与世界同类跨海沉管隧道相比，面对着诸多不同寻常的挑战。那么，在这个挑战世界级工程难题的舞台上，港珠澳大桥沉管隧道的创新性又如何呢？

汉斯的回答非常明确："这个项目有这么多难点，也给予了我们进行创新的空间，这也是其他项目不会有的。那么从这个项目里面产生出来的创新，就可以带给将来其他的项目更多的参考和帮助。"

汉斯棒！一个反对者，到赞同者，如此评价，胸怀坦荡！

另外一家荷兰公司，特瑞堡公司设计工程师 Joel van Stee 则说："我感到中国工程师对工作非常投入，非常有责任心，而且非常渴望学习，很有好奇心，喜欢尝试新的事物。尝试新的事物就是需要很大的勇气,这一点我非常地尊敬。"

还有日本,NCC 公司海外基础设施项目室长久保田真说:"最大的挑战是这个最终接头。虽然只有 12 米,但实际上已经集中了世界上最好的技术。我终生难忘的事情,就是通过这个项目认识了很多人,从管理局朱永灵局长,到岛隧项目总经理林鸣,再到下面具体的工作人员、设计人员,都是打成一片的。在日本很难想象,就是说你是个大领导,跟我一起开展研究,没有距离感,和我们拧在一起,这是没有过的。"

法国 VSL 工程有限公司技术总监 Christian Venetz 这样评价:"整个项目,不光是隧道的项目,包括桥上面的项目,我们看到的是在这么短的时间,这么高效的工作,相信这个项目的管理水平和施工水平已经是世界上很高的水平了。"

虽然,在这些表达中,我没有看到汉斯对"半刚性"的承认,也没有看到他为什么开始不签字,后来又怎么在很多场合夸奖中国工程师的创新,他究竟经历了一种怎样的心理过程?但是从他说的另一句话中我应该可以算找到了答案:

"这个项目可以使中国的工程师们学到很多,而且他们进步非常快。在此之前沉管隧道做得比较多的国家主要有 3 个,荷兰、日本和美国。如果跟国际上的隧道相比,港珠澳沉管隧道的质量是相当好的。可见中国追上国际水平的速度相当快——我们 TEC 作为参与公司之一,最骄傲和自豪的也是这一点。"

毫无疑问,为了确保质量,港珠澳大桥管理局对岛隧采取"设计施工总承包"的模式,同时又采取业主、承包方、监理三角形的"制约阵列",以及重大设计和施工都要有外国顶级专业公司技术支持的"大原则",就是为了最大限度地防范风险,绝不是"唯洋是听"。在港珠澳大桥这个巨大的国际工程中,中国人担当主体是最根本的,但建设遇到了高难危险,我们也希望看到中国和国际力量双方或多方在发生智慧碰撞的过程中,诞生出"最佳方案",从而确保中国的国家利益不受伤害,同时也对世界做出贡献。

十七、HSE,安全保护神器

2016 年 12 月 3 日,已初见形貌的港珠澳大桥人工岛东岛,出现在蓝天白云之下的伶仃洋上,梦幻得像一座世外小城。四对新人就要在这里举行一场名为"执手港珠澳,传承中交情"的集体婚礼。

苔花如米小,也学牡丹开。

对于东、西两座人工岛,每一个建设者都怒放般地贡献了自己的激情、心血与才智,也都把人工岛看成是自己的家,日后梦中一定会经常出现的"青春的故乡"。

2018 年 3 月 23 日,我第二次来到珠海,来到了珠海凤凰兰亭小区 13 栋楼的 308 室。我要见一个人——随着港珠澳大桥人工岛的建设一起成长起来的青年技术员小莫。对,第一次上岛采访的时候我就曾经采访过他,还记得他告诉我:7 年前来的时候,人们都叫他"小莫",后来"小鲜肉"变成了"老腊肉",他也就从"小莫"变成人们口中颇有威严的"莫总"(项目副经理)了。

我时间紧、任务重,可为什么到了珠海还一定要去走家串户地再次拜访莫日雄?原因非常简单,就是上一次他跟我讲起了他和他的爱人小美是在岛上结的婚,他们参加了一场"集体婚礼",让伶仃洋做证,办了人生中这件"最最重要"的大事。

我问小莫,是谁想出了这样一个动议?为什么要到岛上去搞"集体婚礼"?

小莫跟我说,他领了结婚证,但工作离不开,更没有时间回老家办婚礼。岛上像他这种情况的年轻人很多。这些"筑岛人"长年累月在大海上干活,平时根本就没有机会相对象、谈恋爱,找到了合适的"意中人"不容易,有了爱人却没时间结婚,也让领导很挂念。领导一提议,他们当然非常愿意接受,都非常高兴。

小莫在家里打开了他的电脑,一页一页地给我看着他们四对新人那天在岛上的照片。蓝天白云、海风徐来,四位新娘子身披婚纱,美丽动人,即便不看照片,我也是能够想象得到的。倒是四位新郎啊,平时都是一身的工作服,这回穿上西装,一个个都换了模样,没想到好帅、好精神哦!

小莫幸福地给我介绍起他们四对新人谁是谁、谁的媳妇是老家的、谁的媳妇是珠海当地的。其中,只有一对是岛隧工程的"双职工"。

我说那你太太刘小美呢?

小莫说:"她是珠海的,来珠海工作的。"

我问:"你们怎么认识的?"

小莫说:"同事介绍呗,大家互相帮忙。不然像我这样的,还不知要等到什么时候才能讨上老婆。"

我说哪里,国家栋梁、大国工匠,你有一天也会英雄凯旋。

哈哈哈……小莫笑,很开心、很自豪。

看了照片,又看了视频。四对新人在人工岛上拍够了婚纱照,晚上又举行了正式的结婚仪式。岛隧项目总经理林鸣,党委副书记、工会主席、纪委书记樊建华,三航局党委副书记、工会主席王成以及岛隧项目、三航局、三航局二公司的有关领导都来贺喜,静谧的伶仃洋那天忽然变得热热闹闹、喜气洋洋。新人们都没想到来的领导能有那么多!

我问,林总给你们送了什么礼没有?

小莫说:"有啊,送了。"说着放出一段视频,画面上林总正走上主持台为四对新人每一家送了一对大花瓶。送花瓶啥意思啊？花——欢喜；瓶——平安。取个美意。

我看到主持人在现场采访莫日雄，就问："他当时在问你什么？"

小莫说："就是'此时此刻，你当着父母和领导的面，面对为你们做证的茫茫大海，最想对妻子说的是什么话？'"

我问："你说了什么？"

小莫说："我说的是，我们因为港珠澳大桥而结缘，我也是因为有了你的陪伴才能够坚持下来。"

他说得很真诚，满肚子都是感激。多么刚强的汉子啊，内心却也有柔软的东西、柔软的地方，那"东西"是情感，那"地方"是人人都需要的情感慰藉的空间。

是啊，千年不变的伶仃洋，时而安静，时而狂躁，如今有了两座美丽的人工岛，从此，你将不再寂寞。

多少人都说喜欢大海，多少文人墨客永不停息地赞美大海。大海风平浪静的时候，是一匹怎么抖也抖不到边际的蓝绸子，但一说变脸，狂风骤雨，海浪翻卷，就完全不把人间世界放在眼里，就会变成一张顷刻之间能够吞天咬地的疯狂大口！

港珠澳大桥施工7年，岛遂工程没有任何伤亡和工程事故，整个大桥也实现了"零事故、零伤害、零污染"的"三零目标"，令人吃惊吧？我们国家头一次在外海、深海建一座难度极高的跨海大桥，建设者不仅实现了"三零"，还把自己的精神生活安排得如此丰富多彩。怎么做到的？

曾经，在采访港珠澳大桥管理局安全环保部副部长戴希红的时候，他告诉我，海事部门的保驾护航起了很重要的作用。除了"海事保护"，工程建设中还有什么充当了工地上的保护神？HSE——大桥局自身制定的安全生产的保障体系，也同样发挥了重要的作用。

过去人们出海，妈祖是保护神。在中国东南沿海，中国南北贯通的京杭大运河，甚至整个东南亚，渔民水工都敬"妈祖"若天降的神明。人们出海作业之前总要跑到遍布各处的"天后庙"里去拜一拜。据说，这位神通广大能够庇护众生的"天后娘娘"原本也是肉体凡胎，是一位年轻美丽的女子，名叫林默娘。有一天，默娘的父兄在海上打鱼，突然遇到狂风巨浪，默娘就拼尽了周身气血幻化成灵，保护了她的亲人，自己却从此羽化升天。

林默娘先后被历代皇帝赐名为"天妃""天后"，在华人世界口耳相传，铭记入心。

海上的渔民有"妈祖"，港珠澳大桥又靠什么保佑？

HSE。

这个 HSE，是三个英文单词的缩写：

H：health（健康）

S：safety（安全）

E：environment（环境）

此三词不能只从字面上的意思去理解，我开始就犯了这样的错误。比如"健康"，我开始以为仅仅是指我们身体的健康，不，这里是指"职业健康"，也就是你在做工的时候有没有人身伤害或死亡；"安全"是强调对人与工程能够起到保护作用的种种措施；"环境"嘛，当然是环保，工程与环境的关系，什么时候做什么，都别忘了天时地利和风霜雪雨的变化规律。做到了这三点，大桥建设可保无虞。

这三点是如何说做就能做到的呢？我再次来到港珠澳大桥安全环保部，请教了部长段国钦。

段部长说，我们的安全架构有一张网，这张网的搭建依托法律和法规，同时当然也要服务于港珠澳大桥各个项目的特点。

HSE 这个"一体化的管理模式"是从哪里来的呢？

首先是从石化行业搬过来。1991 年荷兰海牙召开了全球第一届油气勘探、开发 HSE 的国际会议，随后这套体系逐渐开始在全球应用。过去，我们搞桥梁，也有自己的安全保障体系，但是港珠澳大桥太特殊了，项目大，工程复杂，工期又长，使用 HSE 管理模式最适合，我们就从石化行业借鉴了过来。

借鉴，跨行的、同行的，在港珠澳大桥的建设中，创新的他山之石常被人们挂在口中。

"HSE 管理理念有三点值得一提。"段部长说——

第一，"安全第一、环保优先、以人为本"；

第二，如果按照这套体系进行管理，管理者应该树立起一个理念，那就是"一切事故都是可以避免的"；

第三，HSE"源于责任、设计、质量和防范"。

段部长接着说："您这一阵子通过采访，相信已经知道了我们港珠澳大桥在建设的过程中实行一种特殊体制，就是'甲方'对应两个'乙方'，除了 10 个标段都是'乙方'，我们还有一个必须要站在甲方立场、为大桥管理局所聘请的监理单位。这样我们就有了帮手，同时也要求各个承包单位必须在人力安排上配置'环保工程师'。这个部门一定要建立，人也一定要有安排。"

有了安全管理体系，也有了专门的人手，港珠澳大桥管理局还提出了一个理念，就是"预控"。

什么意思？

就是要把安全管理的所有工作都统统前置，提到施工生产之前。

每一个单位的每一个单元作业，施工方在施工一开始，都必须有《施工方案》，这个《施工方案》当中必须要有"安全施工的措施"，这些"措施"乙方必须要落实到文字上，要编出来，由监理进行审查,然后再报备给大桥局。海上作业,外海、深海最大的风险其实无外乎就是摔了、砸了、淹了,因此重大工程作业都有一些"死规定",比如浮吊要吊30吨左右的物件,必须要有带班班长签字,50吨的要有项目经理签字,涉及更重、一百吨以上的就一定要有监理人员签字。

监理在现场,不单是说"行",或者说"不行",一旦他检查出施工单位有违反安全操作规程和安全施工方案的,现场就可以开罚单。这个"罚单"是真金白银,一边直接给了承包人,另一边也会报送大桥局。很多小事,比如大家每天都要重复的动作,戴安全帽、戴安全护具、不能够随手往大海里面扔东西(否则一旦砸到过往行船上的人,就会酿成事故)等等,都要打分,定岗定编地派人死盯,绝对不会对任何人哪怕是再大的领导网开一面。

段部长说的这个例子,我可以证明。上一次我们中央电视台《新闻调查》栏目的摄制小组来到珠海进行采访,每一次上桥和上岛,都有人在固定的关口值岗。值岗的人身前还摆着一张桌子,上面放着各种各样的表格。凡是上桥、上岛和进入隧道的人,都要填表、签名,还有专门的人过来检查每一位上桥、上岛和进入隧道的人,是不是戴了安全帽、是不是已经拉紧了扣子。

宋奎和曹琰,在港珠澳大桥东人工岛举行的那场集体婚礼上,他们也是四对新人当中的一对,而且是四个家庭中唯一的一对"双职工"。最开始,宋奎和曹琰是同学,已经确立了恋爱关系。但是宋奎调到珠海,曹琰还在老家湖南,宋奎在岛上不仅管着施工技术指导,还管安全,工作太忙了,一年也就能回家两三次。

为了能让男朋友安心工作,尤其在岛上作业,情况复杂,安全问题出不得一点纰漏,曹琰后来干脆放弃了自己在长沙银行很好的工作,随宋奎一起来到了港珠澳大桥的项目上。

我见到宋奎,是在港珠澳大桥岛隧总项目部的办公楼里,他从照片上一身西服又变回了 365 天天天如此的白色工作服。

我找他，是为了核实段部长所说的《安全施工方案》，到了下面有没有落实、怎么落实。以他负责的工段为例，是不是在施工之前，各个单位都要写出来、报上去，还要工程监理签字？

小宋告诉我："对对，有。"他们工段，不仅每天、每一个单元的施工都要写出《安全施工方案》，还要做安全生产的《交底书》。

《交底书》？这是怎么回事？我对这个词很陌生。

宋奎告诉我："在施工现场，工人们都很熟悉这份文件。怎么说呢，这份文件什么时候出现？就是当《安全施工方案》都已经过监理人员审查签字之后，我们还要将一些最具体的规定、注意事项一一告知工人。"

我说："能举个例子吗？"

宋奎就说："好，您等等。"他起身跑出我们谈话的会议室，一会儿又回来，抱回来了一沓子 A4 纸大小的文档。

"来看，人工岛在筑岛的最开始，在岛与隧的接合部位，我们不是要巩固海基、打好几万根'挤密砂桩'吗？我们给工人的《交底书》就要明确施工操作要点——'砂桩砂料'要采用中等沙，颗粒含量不宜大过 3%；砂石料的含水量；成桩实验；桩底标高，等等，14 条。同时，我们还要告诉工人安全注意事项——水上作业必须穿好救生衣；高空作业必须系好安全带；严禁运输船舶超载、超速，等等。"

我看到他给我的《交底书》中有"扭工字块"，就问："扭工字块呢？什么叫'扭工字块的预制'？"

"我们生活当中，常看到某某江河大堤、某某人工岛的外围有一些形状歪七扭八的巨大石块，那就是'扭工字块'，用来挡浪，是用混凝土预制出来的。"

经宋奎一说，我马上想起，港珠澳大桥两座人工岛的四周，像穿了裙子一样,的确有很多大型的石头块儿。

"对,就是那玩意。我们要求工人必须要懂得操作要点:模板及支撑;混凝土拌制;长度、宽度、平面;平整度必须要保证接缝光洁、严密、不漏浆等十项规定。此外,也是要让他们知道怎么做才安全,然后由施工负责人、技术负责人、安全员、交底人、接受交底的工人师傅,有一个算一个,每个人都要签字!"

"每一个人?"

"对,每一个人!"

我听着,接过《交底书》,"检查"上面的签字,果然密密麻麻,都是手写,没有人代签。

我真的明白了,明白了港珠澳大桥在建设的过程当中,正是由于人们把所有的"小事"都按照"大事"来对待和监督,"三零目标"才得以保证,这么多年下来,让人们心惊肉跳的"伤亡事故"才没有发生。

宋奎很严谨地补充:"当然,除了那些人力不可控的突发意外啊。"说着,他抱着《交底书》走了,临走前和我告别,很规矩、很有礼貌。我忽然想到:"你太太呢? 不是说她和你都在港珠澳大桥的岛隧项目上吗? 她在哪儿,我能不能也见见她?"

宋奎笑笑,很高兴地说:"这一次您是见不到我爱人了,因为我们刚刚有了个小宝宝,这会儿她正在长沙休产假呢。"

"那可太好了! 祝贺祝贺! 是男孩还是女孩?"我一边真诚地祝贺一边随口问。

宋奎说:"女孩子,叫湾湾!"

"这名字真好听! 是不是因为港珠澳大桥? 你们两个在珠海,这孩子也是在珠海……"

宋奎抢过话头:"哈哈,对呀,对。就是因为这个!"

我说:"以后还要不要二胎? 现在国家允许了,你们可以再生一个,要是男孩,会不会给他起名字叫'大桥'?"

"哈哈哈,没准会!"

宋奎一边笑,一边回办公室了。

他瘦小的个子,在长长的楼道里,显得很高,脚步尤其显得高兴,噔噔噔的,很有力量。

十八、不求闻达天下,但求无愧我心

我说了,港珠澳大桥不光有笑声、鲜花和奖励,很多人眼角有泪,经历了很多磨难,有些可以示人,有些只能一个人默默吞到肚子里。

朱永灵局长在管理局岗位上那么多年,无论是"前期办",还是后来的"大桥局",他要做的一件大事,就是处理好跟承包商的关系,所谓不做"强势业主",所谓甲乙方要建立"伙伴关系",我听了以后觉得这事已经很难了,但朱局跟我说,这不算难,更难的还没说。

更难的?还有更难?是什么?

受命于三地政府,这个角色,扮演起来,非常不容易。

"随着工作越来越深入,经历的事情也越来越多,我慢慢看清楚自己其实要扮演三种角色——

"第一,谁都要依靠你。无论专责小组,三地政府,所有的承包方,和我们有关系的所有部门、单位,人们都要依靠你,有了事都要找你,谁让你是大桥局的局长?这是第一种身份。

"第二种,我只是一个组织者、召集人。有了什么事,把大家拢在一起来互相磨合,互相碰撞。

"第三,我的第三种身份,就是个'出气筒'。不是吗?这么大的工程,难题成堆,谁遇到了困难、遇到了解不开的头疼事,特别是有了冤屈、怨气,都要找个地方发。你是管理局局长,当然要跟你说,这样我就成了'出气筒'。"

哈哈,没想到朱局这样说。

"当然,我是力争要做成第一种角色的啊,但是很难。港珠澳大桥一桥架三地,涉及三地事物,而三地的政治、法律、文化、习惯、办事风格都不同,很多事情要解释、说服,有时候我甚至会被质询。那些场面很让人不愉快,我都不能让副手们去,怕他们受不了那种气氛,工作积极性受到影响。"

"能举个例子吗?"我说。

"好,"朱局说,"比如工程'超概',超出预算是常有的事,调整就行了。但港珠澳大桥主体工程涉及三方出资,3000万以上的变更都要上报三地政府审批,调整概算怎么调?两头说服,两头看脸子,我就在这个事情上跟很多人拍过桌子、红过脸。"

哦,想起来了,"火星撞地球"——林鸣和朱局。

有一次我在林总那里考证过,我说:"林总,听说有一次您带着面包到大桥局朱局长的办公室里一坐就是一天,去要钱?中午了,人家从食堂给您端来了饭,您也不吃,就啃自己带来的面包。有这事?"

林总笑笑,说:"有,只不过不是面包,是饼干。我和我们岛隧的财务领导去的,在大桥局是坐了一天,什么也不说,但不是在朱局长的办公室,是在他们财务部。"

林鸣说,那一阵企业太困难了,工人们很苦,工程进度又不能推后,也是没有办法。

结果呢?钱要回来了吗?

林总:"没有。"

朱局对岛隧的困难视而不见?不是,朱局不是硬心肠的人。

但是工程有预算,要超出预算申请钱,他也没办法。

再有,具体的施工,港珠澳大桥主体工程的桥墩,起初分界墩在珠海和香港的分界线上。这个桥墩的施工不管由哪家来承担,都会涉及一个"跨界施工"的问题。香港方面不希望承担跨界施工的责任,于是主动提出将分界墩向香港境内移入 10 米,分界墩由港方施工,但管理局要负责把梁架到分界墩上,这意味着跨界施工的责任就转移到管理局身上了。朱局想反正总有人要跨界施工,就不推辞了。结果就为这 10 米的施工,管理局与港方开了 13 次会,港方要求按香港的法规来完成这 10 米的施工,但因为这 10 米属于香港的工程,管理局要求港方出一份委托管理局施工的函件,以便名正言顺地开始施工。

一封"委托函",想想太容易了吧?举手之劳,分分钟搞定。但,就为这个"举手之劳",朱局说:"我们反复催促,一直到我们的施工队做完了所有的工程,准备撤走了,这个函还没有拿到手,我们只好自作主张把梁架上去了。一旦施工过程有任何不测事件发生,责任将全部要我们承担。"

关于三地磨合,不当家不知道要操多少心。

按照三地政府协议,港珠澳大桥管理局还要由香港、澳门各派出一位政府代表作为副局长,来珠海坐镇。但是港、澳的副局长如果要上任,之前肯定要解决一系列的手续问题。第一个问题就是签合同,和谁签?他们是港澳政府公务员,他们的雇主是港澳政府,再跟大桥局签劳动合同?不行,关系不顺。第二,对方工资要按香港的标准来支付,那么这个数额,要高出朱局长很多,和内地其他同事的薪金标准更是不能比,内地同事的积极性必然会受到影响。第三,中国内地员工每年带薪休假最多只有 15 天,港方是 40 天,这样"按规定办事",内部如何平衡?此外还有很多事,连想都想象不到。

朱永灵坐在"局长"的位置上,为了10米大桥的施工安排,也要开13次会,为了磨出一份30万数额的小合同,一搞就是9个月!这可真是够难受的。

不求闻达天下,但求无愧我心。

此时此刻,我理解了为什么港珠澳大桥一上马,朱局就提出"三项基本原则":第一,客观科学、求真务实;第二,兼容并蓄、敢于突破;第三,忍辱负重、甘愿奉献。

不"忍辱负重、甘愿奉献"行吗?!

一切为了国家,一切为了大桥,个人受点委屈不算什么。身边人也都知道,朱永灵为了能把工作做好,为了能够早一点看到港珠澳大桥巍然屹立于伶仃洋上,工作起来从不讲条件,也不顾及个人的利益。十几年来,朱局从来没有找机会为自己提高什么行政级别,也从来没有给自己评过任何"先进"。其实所有"先进"都是由他这个一把手来推荐的,他可以推荐别人,但不推荐自己。

这么多年,朱局从来不接受记者的采访,记者找来,他永远都会回答:"我是三地政府委任的大桥管理局局长,要让我接受采访,必须同时受到三地政府的委托。"由此把记者拒之门外。

"这么多年来,您掉过眼泪吗?"我看朱局不语,就悄悄地问。

实际上在我的采访提纲中,这是一道"必问题"。

局长说:"掉过。"

他真的回答了,没有想到。没有粉饰,也没有躲避。

"啊?真的掉过?"我迅速把精力集中起来。

"2015年2月24日,E15沉管经过了艰难的第一次浮运,到现场由于回淤严重而没有安放,拖回了深坞;第二次浮运,已经准备安装了,走了一半,又因为突然的问题再次被叫停,还要再次地被拖回坞里。你知道,那么大的沉管啊,每一次出发要耗费多少只拖轮牵引,多少人不眠不休地准备!我们已经准备了快三个月,那天是大年初六，社会上还在放假，天气和预测的一样特别好。就在那一天，广东省常务副省长徐少华先生还要来港珠澳大桥给大家拜年。

"我们把一切工作都安排好了。上午10点，我坐在办公室里等消息，工程部突然来了一个电话，说不行，这一次又不行了，E15还得再拖回桂山。"

又要拖回，下一次安装又不知道要等到什么时候。"就是那一次，我放下电话就支撑不住了，一个人在办公室里大哭。"

男儿有泪不轻弹，只因未到伤心处。

朱局说到这儿，眼圈红了。

我也没有再问。坐在他对面，和白巧鲜大姐目光对视了一下。我们都没有出声。

过了一会儿，朱局努力缓和了情绪，才顾上解释："对不起，我有点忍不住了。好在当时办公室里没有旁人，就我自己，我可以哭，不会让同事们看到……"

省长还要来给大家拜年呢，怎么办？

朱局擦去眼泪，不知道这件事该怎么办。

E15历经磨难，徐副省长是知道的。如果说在这一天安装成功了，皆大欢喜，什么都好说，庆功酒也喝得畅快，但是没沉放，没安装，原因又是回淤，结果又拖回去……

唉！

朱局不敢打电话。采访时他对我说："我真怕抄起电话自己的情绪会失控。"他给徐副省长发了一个短信，把E15的情况如实相告。然而，没想到的是，徐少华副省长马上把电话打了过来，说："不要为难。我还是照原计划来珠海，越是这样，我越要到现场，给大家鼓鼓劲。"

朱局的眼泪再次涌出。

前方的将士,不管如何在阵地摸爬滚打、流血牺牲,要的其实就是两个字——理解。此刻对朱局,"理解"就是最好的支持。

理解万岁!

十九、"不成功,就坐牢"!

突然我明白了,为什么港珠澳大桥岛隧项目部的总经理、总工程师林鸣脾气不好,总是骂人,但从来不骂一线的工人。他跟我说,心里难过的时候,"就到施工现场去走一走,跟工人师傅们聊聊天"。无论何时,遇到何种艰难,他知道工人师傅们会用默默的工作来陪伴着他,安慰着他。慢慢地,他的状态就会被找回来了。

很多话,管理者和管理者没法说,不能说,也说不清。

从2012年岛隧工程开始进入深海挖沟、碎石整平的海底基床施工以来,有这样一条船,在施工海域很少靠岸,整天、整月、整年地漂着。这条船叫"振驳28"。说它是船,其实外形根本就没有船的样子,远远望去就是一块大平板浮在水面,上面有塔吊,有机器设备,有永远都堆成山的碎石,一边还有四座白色的小屋,就是铁皮房,由8个集装箱组成,是工人的宿舍。

船不靠岸没什么,但是,船上的人不靠岸,长年累月地不靠岸,那是什么处境?

这些人差不多都是90后,一群年轻的后生,每天的工作极其单调,就是往已经开出槽来的海沟里面抛石头,然后夯实、整平。

来到珠海,第二次做补充采访,我就跟岛隧负责接待我的李正林老师要材料,李老师说好,而且告诉我,每一次林总上去都是他陪着的。我一听,太好了啊,您一定也写了文章,那就快点给我。

"2014年4月8日一大早,林鸣总经理又乘坐'振交4'交通船带队出海到现场去了。今天他要到东岛、'捷龙'专用清淤船、'金雄'精挖船、'振驳28'、'津平1'整平船,挨着去走一趟。"这是李老师文章的开头。

"振驳28"为什么非常重要?

"抛石夯平"是整个沉管隧道建设的先行军,沉管入海,要坐床入海沟,海沟要平,要成为一条"石褥子",视为"复合地基+组合基床"。如果"振驳28"工作不畅,后面的所有工序都无从谈起。

但"振驳28"上的条件太艰苦了。

"走到船尾的食堂,林鸣的脸色渐渐凝重起来。40多名工人排着队站在食堂的窗口前,身上的衣服已经淋湿了,头发上的雨水直往下流;为了避雨,很多人还戴着安全帽,脸上满是疲惫。

"满是铁锈的食堂窗口,破破烂烂的地板,狭窄的生活区,疲惫的工人,仅仅离这里数百米外就是繁华的香港。林鸣说:'看见这个样子,心里就像被刀扎了一下。'"

李老师后来跟我说,林总当时就拿起电话,给基地的有关领导下命令,赶快改善孩子们的生活!记者们曾听到林总这样夸赞这些孩子:"谁说我们的'80后''90后'不堪重用,就看国家给不给机会让他们去历练了!"

白天顶着烈日,挥汗如雨地干活,遇到风雨,就只有躲到发闷的铁皮房里面。公海没有网,连微信都看不了。

有一次林总站在铁皮房外,没有坐到工人的宿舍里去,身边人问他为什么,他说,"宿舍里空间太小了,真不忍心再去占大伙的位置"。

林总下令,经费再紧张也要给大家改善环境。

"6月1日,林鸣总经理又一次来到'振驳28'抛石船。"李老师写道,"锈迹斑斑的厨房用具不见了,全部换上了崭新的不锈钢厨具;船上新装了两间厕所和4个冲凉房,配备了专用的洗衣间和洗衣机;特别是考虑到船上生活单调,工作人员还对二楼进行了大改造,把三个大型集装箱打通,形成了一个多功能厅,可以开会,可以聚餐,还增加了跑步机、健美车、哑铃、握力器、象棋、五子棋、大平板电视;原来6个人住的房间,现在只准住4人,上铺全部用来放置私人物品,房间门口还设置了鞋架;特别是每一个房间都换上了新空调,连通了网络……

"看见员工的住宿环境得到了根本性的改善,坐在宽敞的多功能厅里,林鸣和大家拉起了家常,小伙子们都高兴地说,'我们现在住的可是海上别墅了,都是360度无遮拦的全海景房'!"

哈哈!

将帅的心和普通工作者息息相通。也许正是因为林总对工人很好,工人们高兴,他内心也不觉得孤单。

林总知道我要采访他爱人胡玉梅老师,终于决定让太太陪我了。其实对于她的采访,在我们头一天早上一起吃早点时就已开始——

我是第一次和胡老师见面,知道她退休前也是一家国企的局级干部,人很瘦,个子高高的,头发像年轻人一样在脑后扎了一根长长的"马尾巴"。

我说:"真不好意思啊,胡老师,看您这样子,年轻倒是很年轻的,但是怎么这么瘦?脸色也不好,是不是整天为林总操心?"

我说这话是问者有心,胡老师作为听者却不一定警惕。快人快语、厚道耿直的胡老师就很直率地跟我抱怨起来:"可不是吗,他整宿整宿地不睡觉!"

啊?这怎么说?

胡老师的意思是,林总经常夜里也打电话,什么时候想起来什么事,就打电话,所以她也跟着睡不好。

正说着,一旁的岛隧工程项目部党委副书记樊建华(也是一位瘦得"怪可怜"的女士)立刻接话说:"就是,每次沉管安装,我们的人那个紧张和揪心啊,就别提了!"

樊书记一开口,我听出来了,天津人,跟我妈妈是老乡。这可太巧了。我就改用天津话问她:"您嫩么(怎么)知道的?"

樊书记说:"我每次是第一个要知道消息的人,因为吗呢?要给大部队准备饭菜、水果、夜宵什么的,他们一回来就得吃饭。"

时刻准备着!

"是啊。至于前方成不成功、遇没遇到吗困难和危险,什么消息都没有,我们也不能打电话问。施工流程和过程都是保密的,所以不能问。心里没着没落啊!"

胡玉梅老师接过来说:"林总夜里不睡觉,老打电话,我睡不着不光是烦他,也是心疼他这样会把身体搞坏。"

"过去林总不也是这样吗?"我说,意思是一辈子了,你作为在前线的工程老总的太太,难道还不习惯?

胡老师说:"那会儿我人在北京,眼不见、心不烦。而且过去他都是事后、干成了,才告诉我。这两年我不是退休了吗,过来照顾他,才知道那些沉管安装,E1、E10、E15,还有'最终接头'……心老是这么被揪着。"

这是我和胡老师第一次交流。第二次,就是一同去桂山岛了。坐在船上,这一次也许是她有所准备,也许是我的问话比较"正式"了一些,总之胡老师再跟我提起她的丈夫,"埋怨"没了,说话变得更有情感,也不失理性。

我问:"胡老师,咱这么说吧,如果让您说一句话来评价林总,您会怎么说?让您说两句,您会想到什么?说三句,又会告诉我什么?"我把问题一股脑都提给她,体现一下满腔的诚意。

胡老师笑了笑,也没有多想,就说:"如果让我说一句话,我要说他这个人很有毅力,想做的事情,不怕挫折、不怕苦累,无论如何也一定要干成。这十几年在港珠澳大桥是这样,过去他做过那么多的桥,都这样。反正这一辈子就是跟桥梁、跟土木工程打交道,都是想做就义无反顾、全身心地投入。"

"哦,对对。"我说。这一点我们大家看出来了,林总的"坚持"是出了名的。

"说两句话呢,那第二句我就要说,这个人很细心。这个'细心'不仅表现在大桥的设计、施工以及建设中的每一个具体的步骤上,就是在家,他干什么也都很细。"

"林总在家是什么样子?"我最想听的,其实还真是林鸣工作以外是个什么样子。

"在家?没事的时候?"胡老师想了想,突然笑了,"他这个人好像一辈子也没什么时候没事,在家的时候很少很少……"

我说:"我知道。但是再少,也总要回家的吧?"

两个女人越谈越轻松。胡老师帮我回忆:"真的有几天没事了,他回到家,也会做做家务。"

"林总还会做家务?"这一点可是出乎我的意料,"是真的?"

"是真的。什么家务都做,还很细,比如说拖地,光用墩布来拖那可不行,他还要用抹布去擦。我的腰不好,弯不下,但理解他的细心,是一种习惯,什么都细。家务都如此,那工程的要求,你想,当然更是一丝不苟。"

"那第三句话呢?如果要让您说出第三句呢?"我问。我和胡老师已经在唠家常,差点就要把采访忘了。

胡老师说:"那就是热爱生活。林总有非常好的性情,非常广阔的胸怀,他对任何事物,都是非常有兴趣,旅游啊,拍照啊,天天十公里的长跑啊。比如说,他过去出差,也常离开我和儿子,到外面去做工程。但回来以后,不管多累,总会张罗着给我们做点好吃的,还要带儿子去公园,尽管他经常一边看着儿子,一边就在长椅上睡着了。所以我很感激他,有心就行了。知道他累,以后每一次从外面回来,头一两天,我就不去打扰他,让他一口气睡个够。"

当然,聊天归聊天,对胡老师的采访,我也想好了,会问一两个比较"严重"的问题。我说:"有个很重要的事,不知道您想过没有,港珠澳大桥的岛隧工程,林总作为前线统帅,如果成功了当然是内外满意,居功至伟,但要是不成功呢,失败了呢? 林总会怎样?"

老天原谅,本来谈得很轻松,我话锋一转抛出了这么一个非常严肃的问题,自己心里都觉得不好意思。但是没办法。胡老师确实没想到,明显地一顿。但也只是一顿,然后就非常麻利地回答我:"不成功? 不成功就坐牢呗!"

啊? 如此干脆? 是不是太夸张、太严重了一些?

但胡老师说:"不夸张,一点都不夸张,他就是这么对我说的。"

"为什么? 您能给我个例子吗?"我得寸进尺。

胡老师变得严肃,她告诉我:"比如他在南京做'润扬大桥',挖基坑,离长江只有 50 米远啊,好深好深,他和工人都在坑下。长江水如果灌进来,一瞬间,那是要死人的。死了人你不得坐牢啊? 要有这个思想准备嘛!"

润扬大桥? 我知道。

这个例子我在一个专题片中看到过,但不知道太细的过程,后来向白大姐请教,是白大姐告诉我的。那是 2004 年以前,"中国交建"在江苏承建一座镇江到扬州的大桥,就是润扬大桥。建这个桥的锚锭,是要挖基坑的,很大、很深。工人当时都怕长江水会突然间灌进来。林总心里也担心,但他不能表露,也不能自己站在没有危险的地方干指挥,于是就搬了个小板凳,到深坑的最底部,坐在那儿陪着工人,意思是"同生共死"吧。当然,他嘴上一直在说

"没有问题","我们手里有根据,在坑底下干活是安全的"。

事后我曾经就这个问题问过林总:"您当时心里到底有没有谱儿?"

林总说:"当时我还真不知道坑内到底有没有水源,如果有,哪怕是一股很小的水流,都有可能把旁边的长江水引进来,那水火无情,一个都跑不了。"

搞工程就是这样,危险无处不在。它一旦显身,人就要大难临头!

谢谢你,胡老师。感谢您跟我说了这么多。我用眼神表达着。身为"搞工程的"的家人,胡老师非常清楚自己的丈夫每一次外出、每一次去工地,之于她、之于她的儿子、之于他们这个家意味着什么。

所以她说:"他最难的时候我就在他身边。"

"林总什么时候最难?"我轻轻地问。

"工程遇到困难,旁人不能理解他的苦心。"

"到了那样的时候,林总在家里是什么表现?"我刨根问底,心里是真的想知道。

胡老师说:"不说话。你跟他说话,他也听不见。"

"那您怎么办呢? 怎么劝他、开解他?"我又问。

胡老师这下不说话了,看了我好一会儿,才回答:

"我还能怎么办? 只有在他身旁陪着,就那么默默地陪着,也不说话……"

二十、E10,最匪夷所思的硬骨头

港珠澳大桥岛隧工程 33 节沉管历经了"半刚性"创新、预制、浮运、安装,可谓步步惊心,其中 E1、E15、"最终接头",不少媒体都曾给予了报道。但是,外界知道 E10 吗?E10,也就是 33 节沉管中的第 10 节,2014 年 3 月 4 日安装,安装后又发生了什么?

简单说,E10 的安装出现了偏差。沉管 E1 折磨了大家整整96 个小时以后,林鸣带着他残存的队伍(很多人都知难而退了)开始攻关,找问题,请专家,提整改,创新设备、工法、工艺,做了一大堆事情,终于使得 E1 以后的每一节沉管都一路顺利。

也许是人们自信满满,连上帝都有点嫉妒了吧?

总之,E10 的安装就出现了问题。什么问题?设计标准横向偏差不能大于 5 厘米,E10 是 9 厘米!这偏出来的部分,没法把它按回去,因为 E10 不像"最终接头",设计时就没有逆向操作的预案,也就是说,一旦安装下去就再也提不起,不能推倒重来。这样的"偏差"危不危险?会不会对大桥带来致命的隐患?像我这个外行猜测的,这一节偏出去了,以后 E11,包括再以后的其他沉管,会不会一偏再偏?

谁能说得清啊!当时确实"说不清",因为人们不知道问题出现在哪里。按理说,E10 的安装都是按照操作规程,一步一步好好的呀,为什么 E8、E9 没有问题,单单 E10 就出了偏差?

第二次正式采访林总的时候,我提出了这个问题。

当时上面派人来了,专门成立了"督查组"。林鸣决定就由他本人,还有设计总负责人刘晓东,岛隧工程部副总工程师、总工办主任高纪兵,三个人配合督查组的调查,对外,整个岛隧该怎么干活还怎么干活,对内,就只有他们三个人扛着巨大的压力。当然与此同时,他们也调配了所有的力量,加紧研究 E10 的偏差究竟为什么会出现,原因究竟在哪里。

沉管安装不得不先暂停了下来。

林总变得焦急,脸色铁青,他又开始回家"不说话",在外面连人也不骂了,有时身旁人们跟他说什么,他干脆也像没听见!

E7之后,林总的鼻子因劳累过度大出血,2000cc,险些出了危险把命都搭上,E8安装时,他刚刚大病初愈,严格来讲还没有痊愈。

那段日子,就连高纪兵这个从来都没有动摇过信念的一线铁杆人物,都说他也"不干了"。

这天晚上,已经快9点,让高纪兵在办公室等我,接受采访,说实在的真不好意思。

高纪兵连连摆手说没事没事,只不过"那一段日子",他也不想回忆。

高纪兵说:"那段日子,白天我要陪着督查组去现场,到安装船上去看,去调研,去了解沉管安装的工艺和测控,晚上回来了还要整材料。那材料,有过程,有技术原理,也有的就是各种各样的说明、解释,太多,太难弄了。林总把配合督查组工作的事情交给我,我躲不开,但那些天,说老实话,就那么苦心地熬着……后来我实在受不了了,就跟林总提出我也不干了,我要走!"

"你要走,林总当然不会放你。"我说。

高纪兵说:"是啊,林总说,'你辞什么工?有什么事我担着!'"

好在高纪兵咬牙挺住了,好在那段最难的日子还是挺过来了,所以现在才能接受我的采访和询问。

事实上,E10的偏差刚一出来,林鸣就安排人手去调查了。为什么会出现偏差?林总要知道、督查组要知道、来到珠海做补充采访的我也坚持要知道。

高纪兵开始跟我讲,第一、第二、第三……

太专业了,很难听懂。大概应该是这样:珠江口有咸水、淡水交叉,尤其是枯水时节,海里高密度的咸水要顺着沉管的沟槽往里面走,这样就形成了"大流速",虽然海面上显得很平静,但人们想不到,更看不到,水下已经出现了一把"大剪刀"。E10 的导向架和导向杆后来被潜水员发现出现了很严重的擦痕,那擦伤是人力不可为的,这便显示了 E10 在水下安装的时候,应该是遇到了很大的洋流,从而出现了"齿轮现象",所以才在人们无法察觉的情况下导致了沉管水平方向的错位。

原因找出来了,交通部随后委托岛隧项目总部立刻开始进行一系列的课题研究,大方向就是"沉管安装保障系统"。总结经验教训,人们没有后退,都知道这势在必行。高纪兵最后对我说:"真正的沉管安装'完善化'是从 E10 开始的。"失败是成功之母。

海底的洋流流量,1 米就会给沉管带来 1000 吨的作用力。如此之大的杀伤力,不研究行吗?!

我采访完高纪兵回到北京,两天不到的时间,高总已经把一封巨长的邮件——《港珠澳大桥岛隧工程沉管隧道——深水深槽沉管安装专项方案》发到了我的邮箱。

展开这封邮件,简直是一篇论文。

我试着简单地做一个总结。自 E10 遭遇之后,设计人员做了大量的科研,搞出了一份"风险控制预案",在条分缕析地看清楚了沉管安装过程所具有的 5 大特点和难点之后,明白了我们不得不面对的挑战,至少包括:"深水深槽环境的挑战""通航安全风险持续走高""基床回淤风险问题突出""基槽内海流条件复杂"以及"沉放对接操控难度增大"等等。

这之后,他们又研究出了"8 大系统",作为沉管安装确保质量而必须采取的"施工措施":

1. 增设海中测量平台;

2. 开展深槽内海流实时监测;

3. 开展管节姿态实时监测;

4.优化导向托架结构；

5.加强舾装质量控制；

6.加强安装缆系控制；

7.优化潜水配合方案；

8.增加水下可视化系统。

厉害！

这"8大系统"或者说"8大措施"，总结起来虽然只有几十个字，但是要建立它、完善它，设计和科研人员付出了极大的心血。比如，为了提高沉管管节测控系统的可靠性，他们想到了以光学测量作为GPS-RTK测量控制的校核和备用手段，在CORS系统信号出现问题等异常情况下，仍然能够保证管节的定位安装。再比如，考虑到沉放过程中由于巨型管节形成阻水效应，海底的槽内海流状态还会发生变化，他们在后续管节的安装过程中利用设在安装船上的海流计进行槽内海流的实时监测，研究开发出了沉管对接窗口专用精细化的预报保障系统，从而对管节的着床和对接时机做了进一步的分析和选择。

E10以后，全部后续沉管安装没有再发生由于手段和控制能力不足而出现的质量问题（E15除外，那是因为海底两次突然出现雪崩式回淤导致施工无法进行），就是因为设计和科研已经解决了沉管安装的最佳天气"小窗口"期、海底洋流、水中姿态等难题，不仅使工程得以顺利进行，也使得我们国家在外海、深海沉管安装领域技术、装备、工艺、监测等等，都取得了长足的进步，在世界上也得到同行的关注。

4个月的时间，林鸣和他的队伍，再一次从艰难的跋涉中挺直了腰杆，从问题之中自查，尽管这个过程非常艰辛、漫长，但最后达到了"自我完善"，结果还是让人很高兴的。

那一段日子，林总说，他是得"自己往外捞自己"了。开始我还不明其意,后来明白这"捞",不是证明自己没有错,而是要提升自己的能力,提升整个港珠澳大桥岛隧工程的建设品质。

成功,哪里会来得那么容易!

英雄,哪里会随随便便脱颖而出、一鸣惊人!

没有时间这把锋利的"刻刀",没有真理这把铁面无私的"大锤",任何英雄都不会被雕刻和锻造得栩栩如生,更无从经受历史的考验、拥有放眼世界的大胸襟。

林鸣,港珠澳大桥的建设者们,一次次把自己"捞出来"了!

二十一、成大事者,要吃得起亏!

2018 年 4 月 26 日,《文艺报》特邀著名作家张抗抗朗读世界大文豪雨果先生 1878 年 6 月 17 日在一次"国际文学代表大会"上的开幕词,我偶然听到,陷入深深的沉思。

雨果先生说:"工业追求实用,哲学追求真,文学追求美。实用,真,美,这是人类一切努力的三重目标;这样崇高努力的胜利,先生们,就是各国人民之间的文明和各个个人之间的和平——罗马只是一座城市,但是有了塔西佗,有了卢克莱修,有了维吉尔,有了贺拉斯和尤维那利斯,世界充满了这座城市。如果你们提起西班牙,塞万提斯就跳了出来;如果你们谈起意大利,但丁就站立起来;如果你们说起英国,莎士比亚就出现。法国在某些时刻,可以一位天才概括,巴黎的光辉灿烂是和伏尔泰的光芒不分彼此的。"

说得多好! 一座城市与文化精英一同成名。

一个工程与建设英雄同生共死。

高山,不仅仅让我们对它"高山仰止",还要让我们懂得:"山高人为峰"!

我知道不管我怎样采访，也不可能把港珠澳大桥的建设者们伴随着大桥的建设而成长的心路历程说得清清楚楚、没有遗漏。但无论如何，有一点得承认：港珠澳大桥靓丽的今天，是从苦涩的昨天走过来的。建设者们希望外界理解，他们的每一项成功，其背后都是"有过程"的，会犯错、会出意外，甚至还会"走麦城"。只不过，他们没有因为苦涩而止步，没有因为一时被质疑、被误解而放弃心中的大目标。那目标就是把大桥建成、建好，建得经得起120年使用寿命的考验，让世界看到我们中国人的智慧、力量与毅力。

　　心底无私天地宽啊！无欲则刚！

　　1957年，新中国成立后不久，万里长江上建造起了第一座武汉长江大桥，把武汉、汉阳、武昌三镇连为了一体，极大地促进了"大武汉"的经济和社会发展；60年后，浩瀚的伶仃洋上，中国又架起了一座跨世纪的海上通道，把香港、珠海和澳门连接于一处，不仅实现了当年开国领袖毛泽东在《水调歌头·游泳》中题写的"一桥飞架南北，天堑变通途"，而且更上层楼，变成了"一桥飞架三地，粤港澳大融通"——

　　站在60年后的时间节点上，我知道大桥人感慨万千，我也感慨万千。

　　为什么我会这样跟着激动、高兴、揪心与不安？有一点原因就是，武汉长江大桥建设的时候，我的父亲参加了这个项目并因为技术发明而受到了国家的奖励。十年国庆，他老人家站到了天安门城楼的观礼台上。我出生时，父亲还在长江岸边，手拿电报，心潮起伏，于是为我起了这个与滚滚长江同样有气势、有抱负的名字。

　　60年后，当我站在港珠澳大桥上，我不是一个建设者，但我知道我应该做点什么，那就是为建设者们写书，让他们的丰功伟业能够变成文字、流传千载。树碑立传咱不敢说，但多走走、多看看、多听听，对那些没有人关注的细节，特别是建设者成功了以后躲开掌声、鲜花与喝彩,转过身去心里在想什么,内心又如何翻江倒海、五味杂陈,做一点客观的记录。

幄伞顶山下,又一天的早餐之后,港珠澳大桥管理局那个素净平和的院子,我已经相当熟悉。朱局长和我走出饭堂,又沿着弯路散步聊天,继续我们饭桌上没有说完的话题。

这一次我问:"您现在对事业的追求、工作的作风、人生的价值观,等等吧,和您从小的家庭出身、成长环境特别是父母的教育,有没有关系?"

我知道在对朱局的采访中,这是最后的一块高地。好在正式的、非正式的采访,饭前饭后,我和朱局聊了很多次,基本的信任已经有了。

果然,朱局听了我的话,很爽快地说:"是啊,有关系,有很大的关系。而且,要是说起我的家,我从小的生活经历,那还真是很有意思。"

朱局说:"我的家在湖南湘潭市,母亲小的时候跟着外公在南京,之后回到湘潭当小学语文老师。父亲也是教语文的,教高中,1959年从湖南师范学院毕业。"应该说,他是在一个教师家庭中长大,从小知书达理,有规划好的人生。

但是6岁那年,家里出了点事情,改变了规划中的人生。

朱局有个哥哥,大他8岁。

哥哥13岁的时候,被父母带着回农村老家。这一次哥哥回家,不知道为什么,一下子就被农村热火朝天的劳动生产,特别是过年时热热闹闹的气氛所打动,尽管他还不到"上山下乡"的年纪,但坚决要求父母把他留在农村。父母认为,哥哥年龄尚小,不是真正的"知青"(那时知识青年上山下乡,到农村插队正掀起热潮),就好说歹说把他先带回了城里。

可是回到城里的学校以后,哥哥还是坚持要再回农村去,并把

274

这个想法跟学校工宣队的领导讲了。

工宣队领导说："好啊，广阔天地，大有作为！支持！"于是找到家长，说："面对这么有志气的一个孩子，你们怎么不支持他去农村呢？"

无奈，父母只有依了哥哥的心愿让他走。

就这样，哥哥到了农村。这一走，插队落户，把城里人的户口都改成了农业户口。

哥哥一走，爸妈的工作又离不开。6岁的朱永灵很懂事，就答应跟着哥哥一同去农村。

"你明白了吧？"朱局对我说，"我那时才6岁，哥哥白天到地里去干活，家里的事就都由我来撑着，收拾房子啦，洗衣服做饭啦，等等，有些活儿本属于大人，但我们'家'里没大人，就自己来做。"

因此，朱局实际上是从6岁开始，就走向社会、独立生活了。

所以后来再吃什么苦、遇到什么困难，都吓唬不住他。

直到1978年恢复高考，哥哥从农村落实政策回城了。朱永灵呢？从小在农村小学里启蒙，上到小学二年级，突然得了一场风湿性关节炎，很严重。妈妈当时还在另外的一个地方当老师，教小学四年级，没办法，就把小儿子带在自己身边，小永灵也就从小学二年级直接蹦到了四年级。好在他从小聪明好学，又懂事听话，就是在连跳两级的情况下，学习成绩还是一路拔尖。到了15岁那一年，他的数学老师跟他讲："其实你不妨去参加参加高考，试一试，就算熟悉考场吧。"于是朱局就去了，没想到一考，分数还蛮高。当时普通高校的录取分数线应该是290分，湖南省重点大学的录取线也就只有341分，朱永灵一考便考到了386分。这就是为什么说当时他的成绩连上北大、清华都可以，只是为了圆母亲从小在南京渴望成为一名"同济大学医学院学生"的青春梦想，朱局才选择了去上海同济,去学道路交通工程。

大学毕业后,他先是在湖南省长沙市交通局有了一份稳定的工作,后来还想深造,就先读研究生,后到广东这块改革开放的前沿地带,一路努力,一路进步——31岁已经坐到了广东省公路管理局副局长的位置。

"当时我是既管财务又管计划,管着四个很重要的部门,手头的资源很多,所以很多人都争着巴结我,连我每天的行踪都被人知道得一清二楚。"那种情况一直持续到他被公路局派到香港办公司,原来很多认为他有"交换价值"的朋友,就相继离他而去了。

"角色转换"让他看到了社会"其实很现实"。

等到朱局在香港把公司办好了,挣钱了,领导又把他调回到广东省高速公路公司任董事长,这个时候他手里的"资源"又恢复了,过去离他而去的人,有很多又蜜蜂逐花一般地一个一个回来了,再靠近他。三年后,他毛遂自荐来到了港珠澳大桥前期工作协调小组当办公室主任,尽管大小还是个主任,但"有心人"又都离他而去。他又开始四处"寻求合作""求人说好话",甚至有时还不得不"看人家的脸色"。

唉,世态炎凉,这话说起来很容易理解,但命运真要把你放到那种平台上,翻来倒去的,那滋味……

我一边点头称是,一边又问:"您父母给您的影响集中在哪些方面?"

朱局想了一会儿对我说:"哦,回到你问的主题。他们都是能吃得起亏的人。"

"能吃得起亏",这算什么影响?这影响,对于孩子能起到什么作用?我意外,同时也有点不解。

朱局说:"是啊,就是这一句话。"

我问:"什么叫吃得起亏?"

朱局说:"吃得起亏,就是他们从来不去要不属于自己的东西。"

我还是不能完全明白。朱局也不语。

我想,对于身处领导地位的人,"吃得起亏"是不是就是"不贪"?

朱局点头,承认至少有这层意思:"对,不贪。功名利禄,荣誉好处,他们统统都不眼馋。"

哦。看来朱局真是学习了他的父母。在港珠澳大桥,他不仅不要"不属于自己的东西",就连本该"属于自己的东西",他也不要,也让给大家。

最后在历史上,人们只要看到,港珠澳大桥的首任管理局局长叫"朱永灵"就行了。

就这点要求? 抱负? 当然,我没有说出口。

朱局表示:"我的父母吃得起亏,那是在生活上、待遇上。工作上,他们可是从来都不输给别人。爸妈常说,工作上一定要做到最好,如果说荣誉,这就是最大的荣誉吧!"

人的价值追求决定了他的行动,也决定了他的心胸。

吃得起亏,心胸就开阔。工作要做到最好,这才是最高的荣誉。我忽然明白,这"荣誉"是自己给自己的,最真实、最自然,同时也最高贵。

朱永灵为什么能够在港珠澳大桥的"前期办"从主任做到管理局的局长,十几年踏踏实实、任劳任怨? 他的内心一直有一种刚正不阿、荣辱不惊的铁骨情怀。

曾经有一次,他照例到香港去开会,同时拜访新上任的运输与房屋局局长。负责打扫卫生的阿姨看见他"又来了",脱口就说:"呦,你怎么还没走? 你是港珠澳大桥的定海神针啊?"意思是说,朱局长你这个人怎么还没有得到提升,没有到其他的什么部门去当更大的领导。

朱局当时笑笑:"我没有地方去啊!"

可不是吗,就他来港珠澳大桥这 14 年,围绕着大桥的筹备与建设,中央专责小组的组长换了 3 任,三地委召集人——广东省发改委的主任换了 6 任,香港首席代表——运输与房屋局的局长换了 4 任,主要负责技术的香港路政署署长也换了 4 任,就连珠海的市长都换了 6 位……

"不属于我的我不要,但工作上一定是要做到最好。"

二十二、你所不知的"大湾区"

终于要告别朱局、结束我正式和非正式的采访,分手的时候朱局说:"谢谢你啦,这几天你辛苦了!"而后话锋一转,也不知怎么了,又接着说:"以后我还是不要再见记者了,因为我一说就忍不住,就会说多。我再也不接受任何记者的采访了!"

啊?这又何必?

我说:"朱局,您不必。以后有记者采访,您还是要接受,因为这不是只为您个人,也是在替整个大桥局发声。"

可朱局还是对陪同我的综合事务部的负责人丘文惠说:"不,不,我还是要回到从前的规矩,不再接受任何记者采访了。"就这样,朱局再次把自己内心世界的大门关上了。

我想朱局的"再次沉默",很可能是因为港珠澳大桥(主体工程)已经通过验收,他心底,一方面对工程建设彻底地放下了心,另外一方面,也可能是通车在即,整个大桥管理局的任务从指挥、建设转向运营和管护,又要担起新的担子。大桥一旦投入运营,对粤港澳无疑是里程碑式的重大利好,而对大湾区的建设,也必将产生历史性、坐标式的影响。

大湾区？对,粤港澳大湾区。

这个话题,我还没有展开。

事实上,苏权科从北京开完两会后回到珠海,在接受我采访的时候,我们谈的第一个话题就是"大湾区"。

2018年3月7日,新一届全国政协委员、港珠澳大桥管理局总工程师苏权科,与原交通部副部长黄先耀委员联名,已向大会提案:借鉴"一国两制"下推进港珠澳大桥工程建设的经验,加快做好粤港澳大湾区建设的顶层设计和重大决策。

中国的大湾区,很快就要提到议事日程上来了。

目前在全球,真正能够被人们认可的一流"湾区"其实也就只有3个,分别是美国的"纽约湾区""旧金山湾区"和日本的"东京湾区"。

"湾区",或者说更进一步,"湾区经济",究竟是什么概念,为什么人们要对它格外地推崇?

事实上,"湾区"作为国际重要的滨海经济形态,是当今国际经济版图的突出亮点,更是世界一流滨海城市的显著标志。这些湾区往往以开放性、创新性、宜居性和国际化为最重要的特征,具有开放的经济结构、高效的资源配置能力、强大的集聚外溢功能和发达的国际交往网络,不断发挥引领创新、聚集辐射核心功能,时下已经越来越成为带动全球经济发展的重要增长极和引领技术变革的领头羊。

如果回顾一下历史,2017年3月5日,中国十二届全国人大五次会议,国务院总理李克强就在政府工作报告中提出,要推动内地与港澳深化合作,研究制定粤港澳大湾区城市群的发展规划,发挥港澳独特优势,提升其在国家经济发展和对外开放中的地位与功能。

未来的"粤港澳大湾区"如果建成,它将排名世界的"老四",而且,这个"湾区"因为怀抱起广州、深圳、珠海、佛山、惠州、东莞、中山、江门、肇庆等9市和香港、澳门两个特别行政区,会创建起一个世界最大的"城市群"。

　　目前国家已经提出了"研究制定粤港澳大湾区城市群的发展规划",但和国际成熟的三大湾区以及我们国家自己的"长三角""环渤海湾地区"相比,"粤港澳大湾区"的战略实施,难度还很大,难点就在于如何在"一国两制"的框架下,协调、处理好粤港澳在三地体制、法律及文化之间的差异与冲突,从而构建稳定、有效和可持续的"三地合作发展环境及协同的决策体系"。

　　苏总告诉我,他在今年"两会"上介绍说:港珠澳大桥就是充分发挥了"一国两制"优势的一个最佳案例! 因此我们完全可以把港珠澳大桥工程作为"粤港澳大湾区"的先导工程,这个先导工程通过在理念、制度、组织和管理等方面的不断创新,已经妥善解决了大桥工程立项规划、投融资、工程建设、营运等决策过程中涉及三地的协调与配合问题,成功实现了粤港澳在重大工程领域的密切合作,经验是丰富的、系统的。这些经验,对今后粤港澳大湾区的建设必将提供极有价值的借鉴!

　　委员和记者们都听得津津有味呢。

　　苏总很高兴。我也听得很兴奋。

　　我们知道,港珠澳大桥在规划建设的初期,就构建了"专责小组—三地委—项目法人",这样的"三级治理架构",培养了一大批跨界的管理人才。

　　看一组数据,苏总说:我们在建设过程中形成了400多项专利、30多项工法、30多套专用装备,还有一套由63本册子组成的技术标准体系,涉及技术成果、跨界项目建设管理以及标准互认互通等。这些管理架构、跨界人才、技术标准都可以为"粤港澳大湾区"今后的规划和建设提供强力的支撑和保障。

祖国强大,发展日新月异!

三地合作,必将影响世界!

也许人们真的没有想到,艰苦卓绝的港珠澳大桥,每迈出建设的一步,都同步为后来者提供了宝贵的经验。这是"副产品",还是"先见之明"? 大桥成了"粤港澳大湾区"的"开拓者""拓荒牛"——用苏权科的话说,至少是一块极有价值的"实验田"。

对,实验田!

2018年2月6日,港珠澳大桥的主体工程已经通过了交工验收,目前,苏总他们正在筹备研发"桥梁大脑",也就是利用人工智能、大数据等来管理养护港珠澳大桥,使大桥的每一块梁、每一个桩都处于监控之中,同时还研发着新装备,用于自动检查、自动测试、自动采集数据,甚至实现桥梁的自动养护维修。这些都将大幅提升港珠澳大桥的安全水平,延长使用寿命,也将彻底把人解放出来。

2018年央视春晚,珠海作为分会场之一,亿万观众在镜头里看到了无人机、无人船、无人车等时尚的科技产品在港珠澳大桥上的精彩展示。苏权科说,还是在"两会"上,还是他和黄先耀先生,在另一份提案中也建议:进一步放宽跨界通行政策,增强三地联动协调互信机制,实现人、车、物能上桥、愿上桥、更方便上桥,真正发挥港珠澳大桥对"粤港澳大湾区"的带动作用。

苏权科为什么要提出这第二份提案? 目的很具体,就是想尽快使港珠澳大桥发挥它可以发挥的作用,回答社会上某些对大桥使用效率质疑的声音。

大桥已经建成,通车就在眼前,可这座大桥究竟给谁用、怎么用? 面对社会上的这些"担忧",国家早就有了很好的解决方案。港珠澳大桥的车辆行驶方式和英法海底隧道非常相似。英国靠左、法国靠右，且英、法两地的交通规则也如我们中国的香港与内地一样不相同。港珠澳大桥借鉴英法海底隧道，使用了"两端变换出入口"的方式进行桥梁设计，很容易地解决了机动车香港和澳门靠左行驶、内地靠右行驶这一习惯上不同的问题。

从珠海出发去香港和澳门，司机可以一路向右行驶，但是在靠近香港和澳门的时候，会有变道设计，司机根据指示牌、按照标志走就可以调整到靠左行驶；同样，从香港或者澳门前往珠海的司机也是如此。当然很多司机一开始可能会略感不适，但是慢慢地，很容易就会习惯。

说到车辆的牌照问题，目前人们想要从大桥上往返香港、珠海和澳门，确实还需要"两地牌照"，大桥车牌的申请也一直备受关注。毕竟，港珠澳大桥一旦通车，尤其随着"粤港澳大湾区"概念的出台，这55公里全长的大桥势必会成为整个"大湾区"的重要交通枢纽。2017年8月底，珠海市横琴新区管委会就已经指出：珠海拟以横琴为中心，构建面积达26平方公里的"港珠澳大桥经济区"，香港、珠海、澳门三地对港珠澳大桥能够带动周边人流、物流、资金流和信息流的作用，都普遍看好，所以，需要两地车牌使用大桥的用户数字也会出现井喷式的增长。

就目前的规定，需要使用港珠澳大桥的人办理"车牌"有两种申请方式：

第一，从香港到内地，条件是"满足3年内在广东省投资纳税额达到10万元以上者"；

第二，从内地去香港，条件是"满足在广东省实业投资纳税额达到100万元以上者"。

这样的"门槛儿"猛地一看可够高的吧？但是仔细想一想需求，再看看趋势——

2017年8月25日，粤港两地政府宣布发放3000个港珠澳大桥香港两地牌私家车的配额,之后,申请异常踊跃。粤港两地政府在 12 月 12 日又宣布,再增发 7000 个大桥香港两地牌私家车的配额,使大桥在开通前发出的香港两地牌私家车配额总数达到了 10000 个。

一万个"大桥两地私家车车牌配额"对于两地社会的需求肯定是太小了,毕竟港珠澳大桥通车后,过去香港到珠海要么水路一小时、要么陆路四个多小时的状况,将要被"30 分钟"所取代,小车 150 元,货柜车 115 元,货车 60 元,55 公里的长度啊,谁会拒绝这样的"便利"? 谁会舍近求远?

有人说:我没有那么大的"投资",但是也想使用港珠澳大桥,难道就眼看着上不去?

这也不是问题,因为港珠澳大桥一旦开通,每天都会有客运大巴,大巴车最密的时候,设计发车时间是每辆相隔只有 3—5 分钟。

横跨东西、飞架三地的港珠澳大桥,跨越的不仅仅只是一道地理天堑。

对,还有人们的内心。

正像孟凡超大师所说:"我们看待今天的港珠澳大桥,目光为什么不能再放远一点?"

将来随着"大湾区"规划的落实,粤港澳 11 座城市,注定会形成一个"经济圈"。在 11 座城市这个"大群""大圈"里,什么问题不好解决?别说汽车牌照、开车习惯、通关便利化等等的问题都将以合理的方案变得"不成问题",就是香港、澳门回归祖国以后的制度"50 年不变",到了 50 年以后,都一体化了,还有什么可变、不可变的?

"湾区"的兴旺肯定要三地社会共同努力,面对国际舞台的残酷竞争,哪一方面"单打独斗"都不如大家团结在一起拥有的实力和信心更强。

2016 年，"粤港澳大湾区"的 11 座城市 GDP 之和已经达到 9.35 万亿元，总体经济规模已经与韩国相当。

　　7 月 1 日，《深化粤港澳合作　推进大湾区建设框架协议》在香港签署，正式成为国家战略。

　　按照协议，粤港澳三地将在中央有关部门的支持下，会逐渐完善创新的合作机制，促进互利共赢的合作关系，共同将"粤港澳大湾区"建设成为更具活力的经济区，宜居、宜业、宜游的优质生活圈，内地与港澳深度合作的示范区，打造出一个国际一流湾区和世界级的"城市群"。

　　港珠澳大桥，一座凝聚了三地中国人力量与胸怀的跨世纪工程，为世界带来的贡献不仅仅是智慧，还有理想主义的、前瞻性的无限诗意。

　　二次赴珠海做补充采访的时候，我跟大桥局的余烈副局长要了他 14 年的工作日记，那时，看到他给我花花绿绿地捧出了一大堆，虽然我只摘录了一篇，就已经感受到日记内容是货真价实的丰满和翔实。那时候我还不知道，除了"工作日记"，其实余局还有很多篇"诗记"。

　　余局经常写诗。我已经见识过了，港珠澳大桥的很多建设者，都是诗人。

　　余局的"诗记"有一个名字——《虹起伶仃》。

　　太感人了。

　　搞工程的，过去建桥，施工人员就是在大桥现场用钢筋、混凝土"土法上马"，所以大凡"建桥的"，一般都被人说成是"搞土木的"。搞"土木工程"的，却能有情怀和实力去作诗？怎不让我这个学文科的汗颜！

　　忍不住顺手拈来几篇。这是余烈 2015 年 5 月至 12 月，半年之内写成的：

6月3日

今年4月至5月，一月半竟有半年的降雨量，工程人总希望一年365天都可以开工；但项目大、影响大、关注度高，其实"安全"与"进度"压力更大：

伏枥远望大江东，金乌西坠满天红。

三十年来洪潮卷，躬逢其盛唱大风。

6月13日

港珠澳大桥青州航道桥两个主塔高163米，主跨径458米，现塔柱封顶，"中国结"吊装焊接已完成：

巍巍双塔扼青州，隐隐长桥枕玉流。

同心已结云天阔，初心不改证通途。

7月5日

才筑高塔结同心，如今崖桥又落成。

龙王惊闻连夜探，伶仃洋上多大神。

12月20日

又到深冬逐鹿时，伶仃风高闻马嘶。

今朝深坞乘潮去，夜半完胜报君知。

冬海寒潮阴雨天，征衣再披鼓重喧。

保九争十真豪迈，潮头擘画迎新元。

……

伟大的时代，中国人抖擞寄予了几代英雄热望的"醒狮情怀"。这一点，正像2017年12月31日国家主席习近平在2018年新年贺词中谈到科技创新、重大工程建设捷报频传时,鼓舞人心的那一句话:港珠澳大桥主体工程全线贯通,复兴号奔驰在祖国广袤的大地上——"我为中国人民迸发出来的创造伟力喝彩!"

喝彩,一座跨世纪的大桥已经出现在中国的珠江口和伶仃洋,宣告了世界桥梁史新的"珠穆朗玛峰"地标;不久的将来,中国还会有一个大湾区——"粤港澳大湾区",这又是一个无限风光在险峰的挑战。

没有谁比港珠澳大桥的建设者更合适、更有经验和能力去攀登它了。

很多人接受采访之后很明确地告诉我:他们不想离开大桥,都很想投入到新的"粤港澳大湾区"的建设。

祝福你们——港珠澳大桥的建设者!

盼望看到——粤港澳大湾区的开路先锋!

我已经听到你们的心声,不仅是心声,还有口号、脚步。

很多人已经在迈开步伐,踏上征程——

英雄们又要挥洒汗水,又要出发了?!

后　记

　　采访结束，就要离开港珠澳大桥管理局的前一天，朱永灵局长让手下人给我送来了两封信。这两封信，是我向他要的，一封是2016年年底，港珠澳大桥主体工程——桥梁工程全线贯通，他向"粤港澳三地委"主席和委员们递出辞呈，不再连任管理局局长，要把这个位置让给更年轻的人；第二封是2017年5月，当上一年"三地代表"没有同意他的请辞之后，他又写了第二封，意思和内容相同。我说，为什么要这样做呢，大家都议论，将来如果"粤港澳大湾区"上马，朱局您来做这件事，那是"不二人选"，没有什么人比您更合适了。

　　但是当我展开信，读着，读着，读到信尾，忽然意识到："呀，这两封信，是原件啊。末尾都有朱永灵的签名。"急忙反馈："别别别，可别让朱局把原件给我！我就是一个普通记者，此次匆匆采访要是写书，我也只能摘录朱局信里面的内容；如果不写，或许因为其他的什么原因，此书一时半会儿出不来，那朱局这信……"

　　朱局让人回我："没什么，我的心意已向三地代表表达了，原件留在我手里也就没用。"

　　这！当下无语。

　　朱局啊，朱局，你这个人，为什么能够把除了工作以外的所有事情,都看得如此轻、如此淡?

2018 年 4 月 28 日,国家交通运输部、中华全国总工会联合开展的"2017 年感动交通年度人物"视频报告会在交通运输部召开,朱永灵当选"十大人物"。会上,他的致敬词只有 57 个字:"14 年唯精唯一,大作于细,终换来海天一桥,贯连三地。用心血浇灌,盼它长,盼它贯通,盼它发光。打得了持久战,赢得了攻坚战,百年工程,匠心独具!"

前后两次到港珠澳大桥采访,我先期已于 5 月在《当代》发表了报告文学《天开海岳——走近港珠澳大桥》,之后应出版社的邀请扩写成书,又到珠海。第二次采访,时间紧,内容多,大桥通车在即,出版社希望通车时书最好能出来。我以个人名义,不是先前的中央电视台的记者,所以只能利用假期,怎么安排也躲不开一个日子——生日,我的生日,不是一个"小生日"——我的 60 大寿。

老公和孩子已经开始商量着要为我好好地过这个生日了,但是 3 月 24 日,这一天躲不开,实在躲不开。这个生日看来只有注定在港珠澳大桥过了。

这件事,我并没有跟人说,只有后来与我一起采访朱局的白巧鲜大姐知道,我还嘱咐她"千万不要声张"。但是到了 3 月 24 日这天早上,记得我们是在"岛隧基地"旁边的一家农家茶楼里边吃早点,边采访林总。在这个过程中,我接到了手机上的一条短信,是我们 CCTV 新闻评论部主任发过来的,短信上写着:大姐,祝你生日快乐。落款是"绍伟"。我当时挺感动,就把这条短信让紧挨着我坐的白大姐看了,没想到大姐脱口而出:"哦,对对。今天还是咱们长江老师的生日。"

此话说过也就罢了,我们继续饮茶、采访。

但是到了晚上,采访归来,我被通知是在港珠澳大桥"岛隧基地"的食堂吃饭,由于刚匆匆从大桥的人工岛上下来,就去洗手间,最后一个进入小食堂。当我进来的时候,我愣了,大约有十位左右的"白衣人",身上都是清一色的工作服,已坐在饭桌前,就等着我开餐,其中很多位都是我认识的——岛隧工程总项目部的副总、主任、各部门的领导。

我急忙道歉,说:"不好意思,不好意思,我没有想到。"匆匆落座,然后大家吃饭。

席间,人们知道,林总是从来不喝白酒的,突然,他跟服务员要白酒,并且说"我要连喝三杯"。对面坐着的樊建华书记马上就开始劝他,但没用。林总已经站起身,说今天这三杯酒,是为了一个人的生日——我们的长江老师,她今天60岁。这个生日没有和家里人一起过,却在我们的岛隧基地……

说话间,哇,小食堂的灯被关上了,门外推进来一辆餐车,餐车上是一个两层高、插着晃晃悠悠五彩蜡烛的生日蛋糕。

我哽咽了。

这样的事,如果只发生在我一个人身上,也许是偶然,但港珠澳大桥,我知道,十几年的调研、论证、设计、施工,在这个漫长的过程中,这样的事情发生在官兵之间,其实是太多太多了。

为什么一想到港珠澳大桥的建设者,我就很自然地会联想到"官兵"?

因为我是当兵出身。

因为我知道林鸣爱"骂人",但他从来不骂工人。

朱永灵在前期协调办陷入僵局,大桥几乎要"流产"的时候,他首先拜托朋友把手下的12个人,一个一个地都先安排了工作,然后大家都有着落了,他才准备撤。

但是12名元老,没有一个人离开!

古代丁勇用命,舍生取义,那些真正慷慨赴死,心甘情愿的,一定是与他的长官有着过命交情的人。这种"过命"从何而来？战场上是互挡刀剑，你生我死，和平年代是什么？是信任，是知遇，是荣辱与共、情同手足，于不经意间，弥漫在一个又一个相互体恤、关怀的细节里。

这样的场面让人如何不感动，如何能忘记？

……

匆匆采访，匆匆成书。

此刻，我要感谢的自然不能不提：

出版社的信任；

家人、朋友的支持；

接受过我采访和为我提供线索，准备资料、照片的很多工作人员；

以及我在书中没有提到名字，但也为港珠澳大桥做出了很大贡献的每一个人。他们都是英雄，在我心里，他们都是令我终生尊敬与敬仰的英雄好汉！

长　江

2018 年 5 月 6 日